LORD OF THE FLIES

蝇王

William Golding

［英］威廉·戈尔丁 著

龚志成 译

上海译文出版社

"让规则见鬼去吧！我们是强有力的——我们会打猎！要是有野兽，我们就把它打倒！"

……噼啪作响的火堆冒出了浓烟和火星,火光在山顶上摇曳不停。

"这个猪头是献给野兽的。猪头是供品。"

"——这是一个帮派——"
"——他们强迫我们——"
"——我们无可奈何——"

《蝇王》：我的读后感

去年是威廉·戈尔丁诞生一百一十周年。上海译文出版社今年再版《蝇王》这个书。编辑让我写导读。我不敢写。怎么可以为这样一本获诺贝尔文学奖的书写导读呢？这是纯文学作家、主流文艺批评家，或者哲学家和社会学家要做的事情。我只是一个科幻小说作者。我想最多叫读后感，而且只是科幻的读后感。当然也有人把《蝇王》这个书，归于大概念的科幻范畴，因为它描写了核战争，可能整个世界都毁灭了，然后剩下一个只有孩子的孤岛。他们在这个岛上重新搭建文明，颇有技术性，但也同时构筑野蛮，让我想到一些以原始社会为题材的科幻。《蝇王》写的是一个假设性的未来，也可以是一种反乌托邦、敌托邦的类型。但是它是真实的，读后觉得是确实发生了的。有几个意象让我难以释怀。

一是孩子，或者未成年人。小说描写了一个由孩子组成的世界。书中主角都是孩子。他们逃至荒岛，形成新的集体，又大致分成两个派别，形成对峙和攻防，有点像我们小的时候打群架那样。应该说，孩子代表的是未来，同时也代表过去。因为他们没有接受完整的文化教育。从生物演化来看，从受精卵到婴儿，反映了几十亿年间整个生物演化过程，比如最开始像鱼，最后才有人形。在卡尔·萨根那里，人类行为受到爬虫复合体、哺乳动物脑和新皮质的支配。其中爬虫复合体是最古老的，新皮质是人类进入文明黎明期后才渐渐出现的。那么这三者在合作又斗争。爬虫复合体就是人类的幼年。人性中我们称作邪恶的，或者说兽的那部分，在小说中，反映为野兽，或者猪头上的苍蝇，便是这个东西。这也是暗喻人类社会，还没能真正走出童年。因此岛上的各种杀伐显得是那么自然。其实也有很多书和电影是以此为内容的，像阿瑟·克拉克写了《童年的终结》。而在《大逃杀》里，孩子为了生存而互相杀伐。最近那个《鱿鱼游戏》也是如此。其他的还有卢基扬年科的《四十岛骑士》、刘慈欣的《超新星纪元》以及卡德的《安德的游戏》，也都充满类似的"小将式"残酷。所以这是戈尔丁对于文明的理解。我们的本能冲动，我们野蛮的一面，始终在对抗着文明的部分，这可能是一种危险，但也或许就是人类演化的动力。孩子们在竞争中，最后还是生存了下来，双方都磨炼出了本事。在这个过程中小将们完成了对异己者的清除。整个《蝇王》读下来，更像是一场游戏。人离不开游戏，但沉湎在里面是令人恐惧的。现在很多孩子学编程，老师讲，二十年后五种孩子将不会被淘汰，一是对事物有好奇心的孩子，二是有创新创造能力的孩子，三是懂得管理情绪的孩子，四是拥有延迟满足能力的孩子，五是学习能力强的孩子。但在《蝇王》中，我看到，不会被淘汰的，是能斗狠的孩子，是能威胁对方生命的孩子。《蝇王》告诉我们，对于一些民族而言，暴力和仇恨贯穿了历史和未来。人类在无休止争斗。这是恒定不变的主题。但唯其如此，爱才不会消失。因为我们太爱自己了，我们太自私了。这是由基因决定的。为了爱自己，才必须爱他人，或者装出来爱他人。这使得未来仍然是不明朗的，繁丽外表下有着毁灭的光影。但为了活下去，抗争也是一个主题。人要从噩梦中挣逃出来。实在不行还可以选择自杀。但《蝇王》里没有人自杀。他们可能选择了妥协，或者寄望于成人的解救。最后坐军舰来到岛上的成人好像上帝那样的救世主。但如罗伯茨所言，第二次世界大战实是几位自居为超人的政客所造成的生灵涂炭之变局，而战争的结束又催生了新的独裁者。救世主对人类的危害，既是战争等政治动乱，也是如上帝般用精神和知识束缚人类。救世主的冲动与法西斯的行径何其接近。只有用意志逃离或使自己死亡，才能打破这一僵局。

　　二是核武，或上帝之火。《蝇王》讲的是原子战争的背景。冯·丹尼肯在他的书中指称《圣经》中所多玛和蛾摩拉的毁灭，是缘于外星来的核火。那么苍蝇王这个魔头，在我看来便是核武的象征。它喻意人类发掘出了物质中的超级力量，要扮演上帝的角色。《蝇王》是戈尔丁在二战之后写的。作者本人参与了战争。我认为他写的是人类世的问题。什么是人类世？在地质学上，依据所对应地层的生命特征将地球四十六亿年的历史分成了前后两个部分：前面是没有明显生命迹象的隐生宙，后面是有了明显生命痕迹的显生宙。显生宙又根据动植物形态的重大变化划分出三个代，分别是古生代、中生代和新生代。人类生活的地质时期是显生宙新生代第四纪的全新世。但诺贝尔化学奖得主保罗·克鲁岑认为，如今人类已不再处于全新世，而是进入一个叫做人类世的新时期。这个时期的特征是人类操控了地球演化的进程。人类世可能是由十八世纪末人类活动对气候及生态系统造成全球性影响开始的。这个时间节点正与戈尔丁的同乡詹姆斯·瓦特在一七八二年改良蒸汽机的时机吻合。而二〇一九年科学家在澳大利亚进行科考期间，在坎贝尔岛取样，发现一棵北美云杉上面记录了数次原子弹试验产生的放射性碳，其放射性元素峰值出现在一九六五年十月至十二月之间。由此又把人类世开始的时间确定为一九六五年。这是一个剧变时期。人类创造出比历史上所有时期加在一起还要多得多的物质财富。我们开始登陆月球和地外行星，走出太阳系。我们发动了两次世界大战，并掀起地球第六次生物大灭绝的浪潮。短短一百年不到人类第一次拥有了可以自我毁灭以及毁灭整个地球的手段，包括核武器、纳米技术和生物科技。它们建立在二十世纪相对论和量子论的创建以及 DNA 双螺旋结构的发现上。这构成现代文明的基础，也把人类带向后人类。人类开始再造自身及地球。《蝇王》中孩子们在岛上的行为，他们使用火，搭建房屋，猎杀动物，猎杀人类，反映的都是这个。他们释放了能力，也释放了恶魔，正走向自我毁灭。正如澳大利亚国立大学微生物学教授、人类消灭天花病毒的功臣弗兰克·芬纳所称，人类可能在一百年内灭绝，人类世将终结。《蝇王》描写了自有生命以来这颗星球上出现的最大恐惧。如何面对并战胜这种恐惧，是这本书发出的警示。

三是自然，或者存在。尽管是人类当道，自然界依然顽固地存在着，它体现在那个外在于我们的巨大物体上面。我以前忽略了《蝇王》中对大自然的描写，再读时才深深为它震撼，不禁想到核战争的另一面——亦即或许只有用核战争，才能消灭掉人类这只叮在腐肉上的苍蝇，让地球恢复到从前的自然状况。戈尔丁对自然的描写真是精彩绝伦,比如:"正午发生了各种稀奇古怪的事情。闪闪发亮的海面上升着,往两边分开,显出根本不可能存在的许多平面;珊瑚礁和几株紧贴在礁石较高处的矮棕榈树像是要飘上天去,颤动着,被撕开来,像雨珠儿在电线上滚动,又像在排列古怪的许多面镜子中被折射。有时候,在原先没有陆地的地方隐约出现了陆地,而当孩子们聚精会神地注目时,陆地又像个气泡似的一晃就不见了……中午,各种幻影融进天空;在那上面,骄阳如怒目俯视着。然后,到傍晚时分,蜃景消退下去,海平面又回复了水平方向,又变成蓝蓝的,夕阳西下时,海平面轮廓清晰。那是一天中又一个比较凉快的时候,但吓人的黑夜也就要来临了。夕阳西沉以后,黑夜君临岛上,好像把一切都扑灭了;群星遥远,星光下的茅屋里传出了一阵阵骚动声。"这样的描写在《蝇王》中比比皆是。这不能简单归于英国小说的传统,而更有着作者的沉思。我们生存在一个难以理解的自然体中。我们是神秘宇宙的一分子,由地球这个孤岛载着在茫茫大海中航行。这究竟是有目的的,还是没有目的,而仅仅是偶然的?读罢《蝇王》会产生这样的迷惘之问。作为一群天不怕地不怕的小将,我们怎么面对这个奇异的世界?我们怎样才能做到不被抛弃、不自我毁灭,也不被宇宙中更强大的力量毁灭?我们是否要减少一些狂傲自负，而养成敬畏心和谦虚心？这样的主题，在从玛丽·雪莱到威尔斯那里也好，在从克拉克到巴拉德那里也好，都有体现。英国不仅是科幻小说的发祥地，还是科学革命、工业革命的发源地。在这块土地上产生了牛顿、达尔文和霍金。因此《蝇王》这本书也是在叩问我们的存在。在编程学习中，老师会告诉孩子："创作作品并不难，首先你得定角色，先看角色有几个，再看角色是什么。想想他们干什么，最后再定怎么做。"因此我们要把握好怎么去创造角色。我们不仅是游戏的创造者，同时也是这场游戏中的角色。我们走的每一步都关系着我们在宇宙中的存亡。读罢《蝇王》这部小说，我更愿意去仰望浩瀚的星空并思考内心的道德了。

这是我的三点感触。它们是以非常文学的方式从我内心中自然滋生的。因此我觉得在这个科技成了第一现实的时代，在这个物质为王的时代，文学艺术的意义是不会殒灭的。它是对抗吃人苍蝇的武器。文学是什么时候产生的已不可知。我觉得文学跟生存是有关的。估计在更早的时候，文学便发生在成年猿人在山洞里给孩子讲故事的时候，而这跟用火的发明有关。没发明用火之前没有这样的环境。原始社会人类寿命十几二十岁，但他们已经懂得通过讲故事把经验传递下去。到后来就产生了乔叟、莎士比亚、萧伯纳和狄更斯。《蝇王》的文学性是很强的。它把故事用绝妙的意象表现出来。小说的描写和叙事足够精致，包括孩子们五彩缤纷的行为，还有那些犹如梦境的对话，反反复复像在不停循环，还有野兽、岛屿和大海的意象。《蝇王》也表明，文学要关注当代的重大问题。在破碎化的时代，要有统合性的关注。像最近戈尔丁的同乡伊恩·麦克尤恩写的《我这样的机器》和石黑一雄写的《克拉拉与太阳》，都是这样的。文学为我们当下的生存，提供了很好的一种注释。《蝇王》使得我对剧变时代的文学怀有信心和期待。

韩　松

2022年1月

斯蒂芬·金序

我从小在新英格兰北部的一个小农村里长大,那里的大部分路都是土路,奶牛比人多,从一年级到八年级的校舍就是孤零零的一间靠生柴火炉取暖的房间。坏孩子不会被关禁闭;放学以后他们得留下来,要么劈柴火,要么给茅坑撒石灰。

当然了,镇里也没有图书馆,不过,在距我的兄弟大卫和我从小到大的家约半英里的地方有一座废弃的牧师公馆,里面有一个房间,地上发霉的书本堆得高高的,有些书胀得像电话簿一样厚。其中相当比例的书是给男孩看的童书,我们的英国远亲把这类书叫做"异想天开"。大卫和我都是贪婪的读者,这个爱好是从我们母亲那里得来的,于是我们扑向这批宝藏,如同饥饿的人扑向烤鸡大餐。

有十几本书讲的是一个聪明的男孩——发明家汤姆·斯

威夫特（我们那时常常打趣说，我们迟早会碰到一本书，书名叫《汤姆·斯威夫特和他的电动祖母》）；还有数量几乎与之相当的书讲的是一个叫戴夫·道森的英国皇家空军飞行员，一位二战英雄（他的喷火式战斗机总是"打着螺旋桨奋勇爬升"）。我们与堂·温斯洛一起同邪恶的蝎子战斗，与"哈代小子"们一起探案，与"罗弗小子"们一起游荡。

最终——大约是在约翰·肯尼迪当选总统的前后——我们渐渐感觉到书里似乎缺了点儿什么。这些故事当然都够刺激，可当中有些地方就是……怪怪的。这可能部分是因为大多数故事的背景都设置在二十年代和三十年代，比大卫和我出生的年代早了几十年，不过这不是主要原因。这些书里的有些东西就是不对劲儿。里面的孩子不对劲儿。

那时村里还没有图书馆，不过到了六十年代早期，图书馆终于来到了我们身边。每月一次，一辆笨重的绿色大货车会在我们那座小小的学校门前停下，车体一侧上写着金色的大字：缅因州流动图书馆。司机兼图书管理员是一个大块头的女士，她对孩子的喜爱几乎赶得上她对书本的热爱，而且她也总是乐意给我们提供建议。一天，我在标着"年轻读者"的分区前花了二十分钟的时间，从书架上抽出一本接一本的书，然后又把它们放回原处。这时她问我在找哪类书。

我想了一会儿，然后问了一个问题——这也许是意外，也许是冥冥之中的天意；正是这个问题开启了我此后的人生。"你有没有什么故事讲的是真实的小孩子是怎样的？"她想了想，然后走到移动书店里标着"成人小说"的分区前，抽出一本薄薄的精装本。"试试这本，斯蒂维，"她说。"如果有人问起，就对他们说，你是自己找到的。不然的话，我可能会有麻烦。"

这本书，当然了，也许正是你此刻打算重读的那一本，抑或是（哦，你多幸运）一本你正打算初次体验的书。

想象一下我的惊讶吧（"震惊"也许更确切）：这时，距我光顾卫理公会街角学校门前的那座移动图书馆——那辆停在尘土飞扬的门前庭院里的大货车——已经过去半个世纪了，我从网上下载到了《蝇王》的音频版；我听着威廉·戈尔丁在开始完美的朗读前，以一篇随意而又引人入胜的引言清晰阐释了曾经一度困扰着我的问题，而且正中靶心。"一天我坐在壁炉的一侧，我的妻子坐在另一侧，我突然对她说：'要是写一个故事，讲一群男孩在一个小岛上，展示他们实际可能的行为——他们是男孩儿，而非童书里通常把他们描绘成的小圣人——这想法是不是挺不错？'她说，'这想法太棒了！你写吧！'于是我就开始动笔了。"

我此前也读过成人小说，或者勉强算是成人小说的东西（卫理宗牧师公馆的那个到处是受潮书本的房间里不但有汤姆·斯威夫特，而且同样堆满了大侦探波罗），但没有一本书写的是儿童，面向的却是成人读者。因此，对于我在《蝇王》的纸页间发现的东西，我丝毫没有准备：这本书完美地理解了我和我的朋友在十二三岁的时候是何种货色，完全没有表现出那类司空见惯的恭维与隐晦。我们能表现出善心吗？是的。我们能显露出仁慈吗？答案还是肯定的。那么，我们能不能在某个瞬间突然变成小恶魔？我们的确能，而且也这样做过。一天至少两次，暑假时还会频繁得多——当我们可以为所欲为之时。

戈尔丁用他对男孩的那种毫不感情用事的理解推动了一个悬念骤起的冒险故事。对于那时本身就是个十二岁男孩的我而言，在没有父母监督的情况下在一座无人居住的热带岛屿上游荡——这个想法似乎让我感到解放，甚至如天堂般美好。等到那个脸上有胎记的男孩（第一个提出岛上可能有野兽的小东西）消失的时候，我的解放感已经同不安感夹杂在了一起。再往后，我读到了那个生了重病，或许出现了幻觉的西蒙与那只砍下的猪头——它被穿在一根杆子上，四周苍蝇萦绕——面对面，这时我恐惧了。"老母猪半开半闭的、昏暗的眼睛带着对成年人生活的无限讥讽，"戈尔丁写道。"这双眼睛是在向西蒙证实，一切事情都糟透了。"这句话当时就在我心中回响，如今在过去了这么多年之后，它的回响依旧。我的一部由数篇相互关联的中篇小说组成的作品——《亚特兰蒂斯之心》——就用它作为书中的一句卷首引语。

我的这篇文字距离"学术性序言"有十万八千里远,因为《蝇王》带给我的初次阅读体验与"学术"或"分析"毫无关系。这本书——在我的记忆中——是头一本长出双手的书——一双有力的手,从书页间伸出,一把抓住我的喉咙。它对我说:"这不只是娱乐;这是生或死。"

《蝇王》一点儿也不像牧师公馆里的男孩类童书;事实上,它让那些书过时了。在公馆的藏书中,哈代小子们也许会被绑起来,但你知道他们会获得自由。一架德国梅塞施密特也许咬住了戴夫·道森的机尾,但你知道他会脱险(不用说,让他的喷火式战斗机猛打螺旋桨)。当我读到《蝇王》的最后七十页时,我不但认识到了其中的有些男孩可能会死,而且我明白:有些一定会死。这是不可避免的。我只是希望那不会是拉尔夫,对于他我怀抱着一种极其热烈的认同,以至于我在翻页的时候手上直冒冷汗。我不需要哪个老师来告诉我:拉尔夫代表文明的价值,而杰克对野蛮和献祭的拥抱象征着这些价值会多么轻而易举地被扫到一边;这一点甚至对一个孩子而言也是显而易见的。尤其是对一个孩子而言,一个曾经漫不经心地目睹(并且参与)了许多校园欺凌行为的孩子。当我看到成人世界终于在最后一分钟施手介入时,我的轻松感真是无以复加——尽管那个海军军官对这群衣衫褴褛的幸存者近乎不假思索的草草评断让我愤怒（"我本以为一群英国男孩……是有能力做出更好表现的……"）。

我的怒气一直没有消退，直到我记起——那是几周以后的事了，但我依然天天思考着这本书——这群男孩之所以一开始会上岛，正是因为一帮白痴成年人发动了一场核战争。几年后（这时我十四五岁，正在第四次或是第五次阅读这本小说），我看到了一个由戈尔丁作后记的版本。在后记中，他写道（大意）：成年人拯救了孩子……可谁来拯救成年人呢？

于我而言，《蝇王》永远代表了小说的目的，以及是什么让小说不可或缺。我们在读一个故事的时候，应该抱有获得娱乐的期望吗？当然。想象的表演如果不能带来娱乐，那就是糟糕的表演。可这还不是全部。一部成功的小说应当抹去作者和读者间的分界线，让他们能够携手。这时，小说就成为了生活的一部分——主菜，而非甜点。一部成功的小说应当打乱读者的生活，让他/她误了约会、茶饭不思、忘记遛狗。而在一流的小说中，作者的想象成为了读者的现实。它会闪耀，炽热且猛烈。我在我的大半个作家生涯中一直推崇这些观点，为此也并非没有受过批评。如果小说仅仅与感情和想象有关——其中一条最有力的批评是这样说的——那么文学分析就将被抛开，对书本的讨论也将无足轻重。

我承认,"这书让我着迷"这句话在围绕一部长篇小说(或者是短篇小说,或者是一首诗)的课堂讨论中可以说是没啥价值的,但我还是要说,它依然是小说的那颗跳动的心脏。"这书让我着迷"是每一个读者都希望在他掩卷之时能够说出的话,不是吗?这不也正是大多数作家希望能够提供给读者的那种经历吗?

对一部小说做出发自内心的情感回应也并不与文学分析相斥。我用了一个下午读完了《蝇王》的后半部分,我的双眼大睁,我的心怦怦直跳——我没有思考,只是在狼吞虎咽。但从那以后,我一直在思考这本书,思考了五十年,甚至更长时间。我作为作家和读者的首要原则——这主要就是在《蝇王》的影响下形成的——就是先感觉,再思考。你想分析的话尽可以去分析,但先挖掘经历。

戈尔丁的那句话不断地在我脑海中回响:"要是写一个故事,讲一群男孩……展示他们实际可能的行为——这想法是不是挺不错?"

这想法是不错。一个非常不错的想法产生了一部非常不错的小说,这本书直到今天依然同戈尔丁在一九五四年出版它时一样令人激动、蕴含深意且发人深省。

(宋佥　译)

目录

第一章	海螺之声	1
第二章	山上之火	41
第三章	海滩上的茅屋	66
第四章	花脸和长发	81
第五章	兽从水中来	109
第六章	兽从空中来	139
第七章	暮色和高树	161
第八章	献给黑暗的供品	185
第九章	窥见死尸	219
第十章	海螺和眼镜	234
第十一章	城堡岩	258
第十二章	猎手的狂叫	281
译后记		312

第一章　　海螺之声

金发少年攀下岩石最下面的一截,又开始摸索着朝环礁湖[1]方向走去。虽然他已经脱掉了那件学校里常穿的厚运动衫,用一只手拖着,但还是热得要命;灰衬衫湿淋淋地粘在身上,头发湿漉漉地贴在前额上。在这个少年的周围,一条长长的孤岩猛插进丛林深处,天气闷热,孤岩就像个热气腾腾的浴缸。这会儿少年正在藤蔓和断树残干中吃力地爬着,突然一只红黄色的小鸟怪叫一声、展翅腾空;紧接着又响起了另一个声音。

"嘿!"这声音喊道,"等一等!"

孤岩侧面的矮灌木林丛被摇晃着,大量的雨珠啪嗒啪嗒地直往下掉。

"等等,"这声音又叫,"我给缠住了。"

金发少年停住脚,自自然然地紧紧袜子。他这动作一时间让人觉得这孩子好像是在老家[2]一样。

那个声音又叫开了。

"这么些藤蔓我真没法弄掉。"

说这话的孩子正从矮灌木林丛中脱身退出来,细树枝在他油垢的防风外衣上刮擦刮擦直响。他光光的膝弯弯处圆鼓鼓的,被荆棘缠住擦伤了。他弯下腰,小心翼翼地拨开棘刺,转过身来。比起金发少年,这个男孩稍矮一些,身体胖乎乎的。他用脚轻轻地试探着安全的落脚处,往前走着,随后又透过厚厚的眼镜往上瞧瞧。

"带话筒的那个大人在哪儿?"

金发少年摇摇头。

"这是一个岛。至少在我看来是一个岛。那里是一条伸进外海的礁脉。兴许这儿没大人了。"

胖男孩像是大吃一惊。

"本来有个驾驶员,他没在客舱,他在前上方的驾驶舱里。"

金发少年眯起眼睛凝视着那条礁脉。

"别的全是些小孩儿。"胖男孩接着往下说。"准有些跑出来了。他们准会出来,可不是吗?"

---

1 海洋上被珊瑚礁所包围的水面。

2 原文为 the Home Counties,指伦敦附近各郡。

金发少年开始十分随意地找路往水边走去。他努力装出一副随随便便的样子，同时又避免表露出过分明显的无动于衷，可那胖男孩急匆匆地跟着他。

"到底还有没有大人呢？"

"我认为没有。"

金发少年板着面孔回答；可随后，一阵像已实现了理想般的高兴劲儿使他喜不自胜。在孤岩当中，他就地来了个拿大顶，咧嘴笑看着颠倒了的胖男孩。

"没大人啰！"

胖男孩想了想。

"那个驾驶员呢。"

金发少年两腿一屈，一屁股坐在水气濛濛的地上。

"他把咱们投下后准飞走了。他没法在这儿着陆。有轮子的飞机没法在这儿着陆。"

"咱们被攻击了！"

"他会平安回来的。"

胖男孩晃晃脑袋。

"下降那阵子我从一个窗口往外瞧过。我看见飞机的其他部分直朝外喷火。"

他上下打量着孤岩。

"这不就是机身撞的。"

金发少年伸出手来,摸摸树干高低不平的一头。一下子他显得感兴趣起来。

"机身又怎么了?"他问道。"那东西现在又跑哪儿去了呢?"

"暴风雨把机身拖到海里去了。倒下的树干这么多,情况一定非常危险。机舱里准保还有些小孩儿呢。"

胖男孩迟疑一下又问:

"你叫什么名字?"

"拉尔夫。"

胖男孩等着对方反问自己的名字,可对方却无意要熟悉一下;名叫拉尔夫的金发少年含含糊糊地笑笑,站起身来,又开始朝环礁湖方向走去。胖男孩的手沉沉地搭在拉尔夫的肩膀上。

"我料想还有好多小孩分散在附近。你没见过别人吗?"

拉尔夫摆摆头,加快了脚步,不料被树枝一绊,猛地摔了个跟头。

胖男孩站在他身边,上气不接下气。

"我姨妈叫我别跑,"他辩解地说,"因为我有气喘病。"

"鸡—喘病?"

"对呀。接不上气。在我们那个学校就我一个男孩得气喘病。"胖男孩略带骄傲地说。"我还从三岁起就一直戴着眼镜。"

他取下眼镜递给拉尔夫看,笑眯眯地眨眨眼,随后把眼镜往肮脏的防风外衣上擦起来。一会儿胖男孩苍白的面容上又出现了一种痛苦和沉思的表情。他抹抹双颊的汗珠,匆匆地推一推鼻上的眼镜。

"那些野果。"

他环顾了一下孤岩。

"那些野果,"他说,"我以为——"

他戴上眼镜,绕过拉尔夫身边的藤蔓走开,在一堆缠绕着的簇叶中蹲了下去。

"我一会儿就出来——"

拉尔夫留神地解开缠绕在身上的枝叶,悄悄地穿过杂树乱枝。不一会儿胖男孩呼噜呼噜的声音就落到他的身后,拉尔夫急急忙忙地朝仍位于他和环礁湖之间屏障似的树林赶去。他翻过一根断树干后,走出了丛林。

海岸边长满棕榈。有的树身耸立着,有的树身向阳光偏斜着,绿色的树叶在空中高达一百英尺。树下是铺满粗壮杂草的斜堤,被乱七八糟的倒下的树划得东一道西一道的,还四散着腐烂的椰子和棕榈树苗。之后就是那黑压压的森林本体部分和孤岩的空旷地带。拉尔夫站着,一手靠着根灰树干,一面眯起眼睛看着粼波闪烁的海水。从这里往外约一英

5

里之遥，雪白的浪花忽隐忽现地拍打[1]着一座珊瑚礁。再外面则是湛蓝的辽阔的大海。在珊瑚礁不规则的弧形圈里，环礁湖平静得像一个水潭——湖水呈现各种细微色差的蓝色、墨绿色和紫色。在长着棕榈树的斜坡和海水之间是一条狭窄的弓形板似的海滩，看上去像没有尽头，因为在拉尔夫的左面，棕榈、海滩和海水往外伸向无限远的一点；而几乎张眼就能看到的，则是一股腾腾的热气。

拉尔夫从斜坡上跳下去。沙子太厚，淹没了黑鞋子，热浪冲击着他。他觉得身上的衣服很重，猛地踢掉鞋，刷地扯下连同宽紧带的一双袜子。接着又跳回到斜坡上，扯下衬衫，站在一堆脑壳样的椰子当中，棕榈和森林的绿荫斜照到他的皮肤上。拉尔夫解开皮带的蛇形搭扣，用力地脱掉短裤和衬裤，光身子站在那儿，察看着耀眼的海滩和海水。

拉尔夫够大了，十二岁还多几个月，小孩子的凸肚子已经不见了；但还没大到那种开始感到难为情的青春期。就他的肩膀长得又宽又结实而言，看得出他完全可能成为一个拳击手，但他的嘴形和眼睛偏又流露出一种温厚的神色，表明他心地倒不坏。拉尔夫轻轻地拍拍棕榈树干，终于意识到这确实是个岛，又开心地笑笑，来了个拿大顶。他利索地翻身

---

[1] 原文 flinked，系作者所臆造的一个词。意谓 flicker（摇曳），flick（轻弹声）和 blink（闪烁）等词义的综合。

站起来,蹦到海滩上,跪下拨了两抱沙子,在胸前形成个沙堆。随之他往后一坐,闪亮而兴奋的眼睛直盯着海水。

"拉尔夫——"

胖男孩在斜坡上蹲下身子,把斜坡边缘当个座位,小心地坐下来。

"对不起,我来迟了。那些野果——"

他擦擦眼镜,又把扁鼻子上的眼镜推了推。眼镜框在鼻梁上印了道深深的、粉红的"V"形。他打量着拉尔夫精神焕发的身体,然后又低头瞧瞧自己的衣服,一只手放到直落胸前的拉链头上。

"我姨妈——"

随后他果断地拉开拉链,把整件防风外衣往头上一套。

"瞧!"

拉尔夫从侧面看看他,一言不发。

"我想咱们要知道他们的全部名字,"胖男孩说,"还要造一份名单。咱们该开个会。"

拉尔夫不接话头,所以胖男孩只好继续说下去:

"我不在乎他们叫我啥名字,"他以信任的口气对拉尔夫说,"只要他们别用在学校时常叫我的那个绰号。"

拉尔夫有点感兴趣了。

"那个什么绰号?"

胖男孩的视线越过自己的肩膀瞥了一下,然后凑向拉尔夫。

他悄悄地说:

"他们常叫我'猪崽子'[1]。"

拉尔夫尖声大笑,跳了起来。

"猪崽子!猪崽子哟!"

"拉尔夫——请别叫!"

猪崽子担心地绞紧了双手。

"我说过不要——"

"猪崽子哟!猪崽子哟!"

拉尔夫在海滩的炽热空气中手舞足蹈地跳开了,接着又装作战斗机的样子折回来,翅膀后剪,机枪往猪崽子身上扫。

"吓—啊—哦!"

他一头俯冲进猪崽子脚下的沙堆,躺在那里直笑。

"猪崽子!"

猪崽子勉强地咧开了嘴,尽管这样对他打招呼是过分了,他也被逗乐了。

"只要你不告诉别人——"

拉尔夫在沙滩中格格地笑着。痛苦和专注的神色又回到

---

[1] 原文 Piggy,意谓小猪。

了猪崽子的脸上。

"等一等。"

猪崽子赶紧奔回森林。拉尔夫站起来,朝右面小步跑去。

在这儿,海滩被成直角基调的地形猛地截断了;一大块粉红色的花岗岩平台不调和地直穿过森林、斜坡、沙滩和环礁湖,形成一个高达四英尺的突出部分。平台顶上覆盖着一层薄薄的泥土,上面长着粗壮的杂草和成荫的小棕榈树。因为没有充足的泥土让小树长个够,所以它们到二十英尺光景就倒下干死。树干横七竖八地交叠在一起,坐起来倒挺方便。依然挺立着的棕榈树形成了一个罩盖着地面的绿顶,里面闪耀着从环礁湖反射上来的颤动的散光。拉尔夫硬爬上平台,一下子就注意到了这儿凉快的绿荫,他闭上一只眼,心想落在身上的树叶的影子一定是绿色的,又择路走向平台朝海的一边,站在那里俯视着海水。水清见底,又因盛长热带的海藻和珊瑚而璀璨夺目。一群小小的、闪闪发光的鱼儿东游西窜、忽隐忽现。拉尔夫兴高采烈,他用带低音的嗓门,自言自语地说道:

"太棒了!"

在平台外面还有更迷人的东西呢。某种不可抗拒的自然力量——也许是一场台风,或是伴随他自己一起到来的那场风暴——在环礁湖的里侧堆起了一道沙堤,因而在海滩里造成个长而深的水潭，较远一头是粉红色的花岗岩高高的突出部分。拉尔夫以前曾上过当：海滩水潭看上去深，其实不然。现在他走近这个水潭，本也没抱希望。这个岛却是一个真正的岛，而这个水潭是由海发大潮所造成的，它的一头深得呈墨绿色，使人难以置信。拉尔夫仔细地巡看了这整整三十码水面，接着一个猛子扎了进去。水比他的血还暖，拉尔夫就好像是在一个巨大的浴缸里游泳。

猪崽子又出现了，坐在岩石突出的边上，带忌妒心的眼光注视着拉尔夫的雪白身躯在绿水里上下。

"你游得不好。"

"猪崽子。"

猪崽子脱掉鞋袜，小心地把它们排放在岩石边上，又用一只脚趾试试水温。

"太热！"

"你还等什么呀？"

"我啥也不等。可我的姨妈——"

"去你的姨妈！"

拉尔夫从水面往下一扎，然后在水中睁着眼游；水潭的沙质岩边隐隐约约地像个小山坡。他翻了个身，捏住鼻子，正看到一道金光摇晃碎落在眼前。猪崽子看来正在下决心，他动手脱掉短裤，不一会儿光了身，露出又白又胖的身躯。

他踮着脚尖走下了水潭的沙滩边,坐在那儿,水没到颈部,他自豪地对着拉尔夫微笑。

"你不打算游吗?"

猪崽子晃晃脑袋。

"我不会。不准我游。我有气喘病——"

"去你的鸡喘不鸡喘!"

猪崽子以一种谦卑的耐心忍着。

"你游得不行啊。"

拉尔夫用脚啪嗒啪嗒地打着水游回到斜面下,把嘴浸下去,又往空中喷出一股水,随后抬起下巴说:

"我五岁就会游泳。我爸爸教的。他是个海军军官。他一休假就会来救咱们的。你爸爸是干什么的?"

猪崽子的脸忽地红了。

"我爹死了,"他急匆匆地说,"而我妈——"

他取下眼镜,想寻找些什么来擦擦,但又找不到。

"我一直跟姨妈住一块儿。她开了个糖果铺。我常吃好多好多糖,喜欢多少就吃多少。你爸爸什么时候来救咱们?"

"他会尽量快的。"

猪崽子湿淋淋地从水中上来,光身子站着,用一只袜子擦擦眼镜。透过早晨的热气他们所听到的唯一声响,就是波浪撞击着礁石那永无休止的、恼人的轰鸣。

11

"他怎么会知道咱们在这儿?"

拉尔夫在水里懒洋洋地游着。睡意笼罩着他,就像缠绵脑际的蜃楼幻影正在同五光十色的环礁湖景致一比高低。

"他怎么会知道咱们在这儿呢?"

因为,拉尔夫想,因为,因为……从礁石处传来的浪涛声变得很远很远。

"他们会在飞机场告诉他的。"

猪崽子摇摇头,戴上闪光的眼镜,俯视着拉尔夫。

"他们不会。你没听驾驶员说吗?原子弹的事?他们全死了。"

拉尔夫从水里爬了出来,面对猪崽子站着,思量着这个不寻常的问题。

猪崽子坚持问道:

"这是个岛,是吗?"

"我爬上过山岩,"拉尔夫慢吞吞地回答,"我想这是个岛。"

"他们死光了,"猪崽子说,"而这又是个岛。绝没人会知道咱们在这儿。你爸爸不会知道,肯定谁也不会知道——"

他的嘴唇微微地颤动着,眼镜也因雾气而模糊不清。

"咱们将呆在这儿等死的。"

随着这个"死"字,暑热仿佛越来越厉害,热得逼人。

环礁湖也以令人目眩的灿烂袭击着他们。

"我去拿衣服,"拉尔夫咕哝地说。"在那儿。"他忍着骄阳的毒焰,小步跑过沙滩,横穿过高出沙滩的平台,找到了他东一件西一件的衣服,觉得再穿上灰衬衫倒有一种说不出的惬意。随后他又爬上平台的边缘,在绿荫里找了根适当的树干就坐下了。猪崽子吃力地爬了上来,手臂下夹着他的大部分衣服,又小心翼翼地坐在一根倒下的树干上,靠近朝向环礁湖的小峭壁;湖水交错的反射光在他身上不停地晃动。

一会儿猪崽子又说开了:

"咱们得找找别人。咱们该干点事。"

拉尔夫一声不吭。这儿是座珊瑚岛。他避开了毒日的煎熬,也不管猪崽子那带凶兆的嘟哝,还做着自己快乐的梦。

猪崽子仍顺着自己的话题往下说:

"咱们有多少人在这儿?"

拉尔夫走上前去,站在猪崽子身旁回答:

"我不知道。"

在暑热烟霭的下面,一阵阵微风拂过亮光闪闪的水面。微风吹到平台时,棕榈叶片发出簌簌的低吟,于是,模糊的太阳光斑就在他俩身上浮掠而过,像明亮的带翅膀的小东西在树阴里晃动。

猪崽子仰望着拉尔夫。后者脸上的阴影全反了;上半部是绿茵茵的，下半部由于环礁湖的反映，变得亮闪闪的。一道耀眼的阳光正抹过他的头发。

"咱们总该干点事吧。"

拉尔夫对他视若无睹。一个想象中存在而从未得到充分实现的地方，终于在这儿一跃而为活生生的现实了。拉尔夫快活极了，笑得合不拢嘴，猪崽子却把这一笑当作是对他的赏识，也满意地笑起来。

"假如这真是个岛——"

"那又怎么样呢？"

拉尔夫止住了微笑，用手指着环礁湖。在海蕨草中有个深米色的东西。

"一块石头。"

"不，一个贝壳。"

忽然，猪崽子高兴起来；他兴奋得倒也并不过分。

"对。这是个贝壳。我以前见过像这样一个。在人家的后屋墙上。那人叫它海螺。他常吹，一吹他妈妈就来了。那东西可值钱哩——"

靠拉尔夫的手肘边，有一棵小棕榈树苗倾斜到环礁湖上。由于它本身的重量，小树苗已经从贫瘠的泥土中拖出了一团泥块，它很快就要倒下了。拉尔夫拔出细树干，在水里拨弄起来，五颜六色的鱼东窜西逃。猪崽子的身子倾斜着，看上去很不稳。

"当心！要断了——"

"闭嘴。"

拉尔夫心不在焉地说着。贝壳有趣、好看、是个有价值的玩意儿；拉尔夫好像在做一个白日梦，梦中生动的幻象萦绕在他和猪崽子之间，可猪崽子并非他梦境中的人物。他用弯曲的棕榈树苗把贝壳推出了海藻，再用一只手当作支点支撑住树枝，另一只手往下压细树苗的一端，直到把贝壳挑了上来，水滴滴答答地往下直淌，猪崽子一把抓住海螺。

此刻海螺不再是一个可望而不可即的东西了，拉尔夫也变得激动起来。猪崽子唠唠叨叨地说：

"——海螺；可真贵。我敢打赌，你要买个海螺，就得花好多、好多、好多的钱——那人把海螺挂在花园围墙上，我姨妈——"

拉尔夫从猪崽子手里接过贝壳，一些水顺他的手臂流下。贝壳是深米色的，散布着淡淡的粉红斑点。在磨出一个小孔的贝壳尖和粉红色的贝壳嘴当中，壳体长约十八英寸，略呈螺旋状，表面还有精巧的凸纹。拉尔夫把壳内深处的沙子摇晃出来。

"——像头奶牛哞哞叫，"猪崽子说。"他还有些白石子，还有一只养着绿鹦鹉的鸟笼。当然，他不会去吹那些石子，他说——"

猪崽子停下来喘了口气，摸摸拉尔夫手里那个闪光的东西。

"拉尔夫！"

拉尔夫抬起头来。

"咱们可以吹这个来召人开会。他们听见了会来的——"

他笑看着拉尔夫。

"这不就是你的意思吗？你从水里捞起这只海螺就为这缘故吧？"

拉尔夫把金黄的头发往后一撩。

"你那朋友怎么吹海螺的？"

"他吹起来有点像吐唾沫似的，"猪崽子说。"我姨妈不让我吹，因为我有气喘病。他说你从下面这儿使劲往贝壳里吹。"猪崽子把一只手放到他那突出的小肚子上。"你试试看，拉尔夫。会把别人召来的。"

拉尔夫半信半疑，他把贝壳小的一头抵在嘴上吹起来。从贝壳嘴里冲出一阵急促的声音，可再没别的了。拉尔夫擦去嘴唇上的咸水，又试吹起来，但贝壳里仍然没有一点声音出来。

"他吹起来有点像吐唾沫似的。"

拉尔夫噘起嘴往里鼓气，贝壳呜地冒出一种低沉的、放屁似的声音。这下子可把两个男孩逗乐了，在一阵阵哈哈的笑声之中拉尔夫又使劲吹了几分钟。

"他从下面这儿使劲吹。"

拉尔夫这才抓住了要点，运用横膈膜的气往贝壳里猛送。霎时那东西就响了。一种低沉而又刺耳的声音在掌心中嗡嗡作响，随后穿透杂乱无章的林海，到粉红色的花岗岩山才发出回声。成群的鸟儿从树梢上惊起，下层的林丛中则有什么动物在吱吱乱叫乱跑。

拉尔夫把贝壳从嘴边拿开。

"天哪！"

听过海螺刺耳的声音后，他那平常的讲话声再听起来就像是悄声细语。他把海螺顶住嘴唇，深吸一口，又吹了一下。螺声再次嗡嗡作响，然后随着他越来越使劲，声音碰巧升高了一个八度，比刚才吹的一次更加刺耳。猪崽子哇哇地高喊，面带喜色，眼镜闪闪发亮。鸟儿在惊叫，小动物在急促地四散奔逃。拉尔夫接不上气了，海螺的声音又跌下了八度，变成一股低沉的呜呜气流[1]。

海螺沉默了，就像一支闪烁的獠牙；拉尔夫的脸由于接不上气而灰暗无光，岛的上空充满了鸟儿的惊叫声以及各种回声。

1　原文 wubber，系作者臆造，拟声。

"我敢打赌,你在几英里外都听得见。"

拉尔夫喘过气,又吹了一连串短促的强音。

猪崽子欢叫起来:"来了一个!"

沿海滩约一百码的棕榈树林里冒出了一个男孩子。他六岁上下,身体结实、头发金黄、衣衫褴褛,面孔则被黏糊糊的野果浆汁涂得一塌糊涂。为了某种显而易见的目的,他把裤子脱了下来,现在刚拉上一半。他从长着棕榈树的斜坡跳进沙滩,裤子又落到脚踝上;他一步步地走出沙滩,小步跑到平台。猪崽子在他上来的时候帮了把忙。与此同时,拉尔夫继续猛吹海螺,吹到林中响起了许多小孩的声音。小男孩朝拉尔夫面前一蹲,快活地仰起头来直望着拉尔夫。等到他肯定地知道他们将一道干点事情时,才流露出一种心满意足的神态,并把他唯一还算干净的指头,一只肉色的大拇指,放进了嘴巴。

猪崽子向他弯下腰去。

"你叫什么名字?"

"约翰尼。"

猪崽子喃喃自语着这个名字,随后大声地说给拉尔夫听,而后者毫无兴趣,因为他还在使劲地吹海螺。拉尔夫紫涨着脸,为吹出这种巨大的声响而兴奋至极,他的心似乎跳得连敞开的衬衫也在颤动。森林中有片呼喊声越来越近。

海滩上此刻出现了一派生机勃勃的迹象。左右伸展开达几英里长、在暑热烟霭底下震颤着的沙滩上，时隐时现着许多人影；一群男孩子经过烫人而无声的海滩，正朝平台赶来。三个不比约翰尼大的小孩子从近得令人吃惊的地方突地冒了出来。他们方才一直在森林里狼吞虎咽地大嚼野果。一个肤色黝黑、不比猪崽子小多少的孩子，拨开一处矮灌木林丛钻出来，走到了平台上，愉快地朝大伙儿笑笑。越来越多的孩子们赶来了。他们从天真的约翰尼身上得到启示，坐等在倒下的棕榈树干上。拉尔夫继续不停地猛吹出短促又刺耳的海螺声。猪崽子则在人群中东走西跑，问名问姓并皱眉蹙额地记着这些名字。孩子们服从猪崽子，就像过去无条件服从带话筒的大人。有些孩子光着身子，提着衣服；还有些半裸着身子，或者多少穿点衣服；有穿各种学校制服：灰色、蓝色、浅黄色的；有穿茄克衫或线衫的；有穿着彩条纹袜子和紧身上衣的；还有戴着各种徽章，甚至格言牌的。在绿荫里横卧着的树干之上，人头济济，头发有褐色的、金黄的、黑色的、栗色的、淡茶色的、鼠灰色的；都在那儿窃窃私语，都睁大着眼睛观察着拉尔夫，猜测着某种事情正在进行。

沿着海滩单独地或三三两两地走来的孩子，越过暑热烟霭至附近沙滩的交接部分就一跃而变得清晰可见。在这儿，孩子们的眼光先被一个在沙滩上舞动着的、黑黑的、蝙蝠样的东西吸引住了，随后才察觉到这之上的身体。原来蝙蝠样的东西是一个孩子的身影，由于垂直的阳光照射而在杂乱的脚步之中缩成的一块斑影。就是当拉尔夫在吹海螺时，他也注意到了最后两个随飘动的黑斑影到达平台的身体。两个脑袋尖尖、长着短麻屑似的头发的男孩，像狗似的趴倒在拉尔夫面前，躺在那里气喘吁吁地露齿而笑。他们俩是双胞胎，长得非常相像，此刻正微笑着；孩子们见了大吃一惊，简直难以相信自己的眼睛。双胞胎一块儿呼气吸气，一块儿咧嘴而笑，矮小结实，生气勃勃。他们俩朝拉尔夫抬起湿润的嘴唇。似乎是因为身上皮肤不够，所以他们的侧影显得模糊、嘴巴张得挺大。猪崽子朝他们弯下身子，他亮闪闪的眼镜对着他们，在阵阵的海螺声中重复着他们两人的名字。

"萨姆埃里克，萨姆埃里克[1]。"

猪崽子一时给弄糊涂了；双胞胎晃着脑袋，指来点去，大伙儿哈哈大笑。

拉尔夫终于停住不吹了，坐在那儿，一只手提着海螺，脑袋低垂在膝盖上。海螺的回声消失了，随后笑声也消失了，一片静谧。

在海滩钻石般闪烁的烟霭中某种黑乎乎的东西正在摸索

---

[1] 即 Sam and Eric（萨姆和埃里克）双胞胎两人名字的共同的简称。

前来。拉尔夫一眼先见，他注视着，他全神贯注的眼光渐渐把所有孩子的眼光都吸引到那个方向。接着那个东西从烟霭中走到了清晰的沙滩上，这下孩子们才看到黑乎乎的并不全是阴影，却大多是衣服。那东西是一队男孩，他们穿着令人陌生的古怪衣服，排成并列的两行，迈着整齐的步子。他们手里拿着短裤、衬衫，提着各种衣服；但每个男孩都头戴一顶带银色帽徽的黑方帽。他们的身体从喉咙到脚跟都裹在黑斗篷里，左胸前还佩着一个长长的、银色的十字架，每个人的颈部都装饰着丑角服装上用的叠花边领。热带的暑热，翻山越岭，寻找食物，此刻再加上沿着光线强烈得令人目眩的海滩这次大汗淋漓的行军，使他们的皮肤红得就像刚洗过的梅子。管他们的一个男孩穿着一样，不过他的帽徽是金色的。这支队伍离平台约十码远时，他一声令下，队伍停住，在炽热的阳光下他们个个气喘吁吁，汗如雨下，东摇西晃。这个男孩独自往前走来，斗篷轻扬，一跃而上平台，此刻他眼前几乎是一片漆黑，但他仍盯着前面看。

"带喇叭的大人在哪儿？"

拉尔夫觉察到他的眼睛被太阳照得看不清东西，回答道：

"这儿没带喇叭的大人。只有我。"

这男孩走近一点，眼光向下，盯着拉尔夫，同时皱起面孔。看见了一个膝盖上搁着深米色贝壳的金发男孩，这似乎并没有使他满足。他麻利地转过身来,黑斗篷兜着圈圈。

"那么,有没有船呢?"

在拂动着的斗篷里显出他是个大身架的瘦高个儿:黑帽子下露出红头发。他脸上长着鸡皮疙瘩和雀斑,长相难看,但并不带傻样。两只浅蓝色的眼睛向前看着,此刻虽有点沮丧,但又露出正要发怒的样子,或者说随时准备发怒的样子。

"这儿没大人喽?"

拉尔夫在他背后回答:

"没有,可我们正开会呢。来参加吧。"

穿斗篷的男孩们挤得紧紧的队列散了开来。高个子的男孩对他们喊道:

"合唱队[1]!立正!"

队员们服从了,但他们疲惫不堪,挤在一起排成一个队列,在阳光下站在那里摇来晃去。其中也有一些开始小声抱怨起来:

"可是,梅瑞狄。请问,梅瑞狄……我们可不可以……?"

就在那时,一个男孩突然噗的一声合脸倒在沙滩上,队伍一下子乱了套。他们把摔倒在地的男孩抬到平台上,让他躺下。梅瑞狄瞪着眼,无可奈何地说:

"那好吧。坐下。由他去。"

---

[1] 原文 choir,即教堂里的唱诗班。

"可是,梅瑞狄。"

"他老是晕倒,"梅瑞狄说,"在直布罗陀晕倒;在亚的斯亚贝巴晕倒;而且在晨祷时还晕倒在指挥身上呢。"

这最后一句行话引起了合唱队员的一阵窃笑,他们像一群黑鸟似的栖息在横七竖八的树干上,很感兴趣地观察着拉尔夫。猪崽子没敢再问名字。这种整齐划一所产生的优越感,还有梅瑞狄口气中毫不客气的权威性,把他给镇住了。他畏畏缩缩地退到拉尔夫的另一边,拨弄起自己的眼镜。

梅瑞狄转向拉尔夫。

"一个大人也没有吗?"

"没有。"

梅瑞狄坐在树干上环顾着四周。

"那么我们只好自己料理自己的事情了。"

在拉尔夫的另一边感到安全了一点的猪崽子怯生生地说道:

"就为这,拉尔夫才召开这个会,来决定我们该怎么办。我们已经晓得了一些名字。那是约翰尼。那两个——他们是双胞胎,萨姆和埃里克。哪个是埃里克——?你?不——你是萨姆——"

"我是萨姆——"

"我是埃里克。"

"最好大家报报名字，"拉尔夫说道，"我叫拉尔夫。"

"我们已经知道大部分人的名字了，"猪崽子说。"刚知道这些名字。"

"小孩儿的名字，"梅瑞狄说。"为什么偏要叫我杰克？我叫梅瑞狄。"

拉尔夫很快地朝他转过身来。听得出这是一种自己会拿主意的口气。

"还有，"猪崽子继续说道，"那个男孩——我忘了——"

"你够啰嗦了。"杰克·梅瑞狄说。"闭嘴，胖子。"

一阵大笑。

"他可不叫胖子，"拉尔夫喊道，"他名叫猪崽子！"

"猪崽子！"

"猪崽子哟！"

"嗬，猪崽子哟！"

响起了暴风雨般的笑声，甚至连最小的孩子也在笑。片刻之间除猪崽子以外，其他男孩子们都连成一气，猪崽子脸色通红，耷拉着脑袋，又擦起眼镜来。

笑声总算平息了下去，又继续点名。在合唱队的男孩里一直粗俗地龇牙咧嘴的那个是莫里斯，他的个儿仅次于杰克。还有个谁也不认识的鬼头鬼脑的瘦个子男孩，他老一个人呆着，一副躲躲闪闪、偷偷摸摸的样子。他喃喃地说完他的名字是罗杰，又一声不吭了。还有比尔、罗伯特、哈罗德、亨利等等；才晕倒过，现在靠着一根棕榈树干坐着的那个合唱队男孩，脸色苍白地朝拉尔夫微笑，说自己叫西蒙。

杰克说话了。

"咱们该想定一个办法，想想怎么才能得救。"

一阵喊喊喳喳之声。一个叫亨利的小男孩说他要回家。

"住口，"拉尔夫漫不经心地说着。他举起海螺。"我觉得该有个头儿来对某些事情下决定。"

"一个头儿！一个头儿！"

"我该当头儿，"杰克骄矜地说，"因为我是合唱队的领唱，又是领头的。我会唱升 C 调。"

又是一阵闹哄哄的声音。

"那好吧，"杰克说，"我——"

他踌躇不定了。后来那个叫罗杰的、黑黝黝的男孩动弹一下，讲话了。

"大伙儿投票表决。"

"对呀！"

"选一个头儿！"

"大伙儿选——"

这场选举的游戏几乎像海螺那样令人开心。杰克开始反对，但是希望有个头的要求已经变成一场选举，而且拉尔夫本人也大声表示赞同。没有一个男孩能找得出充分的理由来解释这种现象;猪崽子感到情况已经明摆在那里,头头非杰克莫属。然而,拉尔夫坐在那里,身上有着某种镇定自若的风度,与众不同:他有那样的身材,外貌也很吸引人;而最最说不清的,或许也是最强有力的,那就是海螺。他是吹过海螺的人,现正在平台上坐等着大家选他,膝盖上安安稳稳地搁着那碰不起的东西,他就是跟大家不同。

"选那个有贝壳的。"

"拉尔夫!拉尔夫!"

"让那个有喇叭似的玩意儿的人当头。"

拉尔夫举起一手以示安静。

"好了。谁要杰克当头?"

合唱队以一种沉闷的服从举起了手。

"谁要我当?"

除合唱队、猪崽子以外,其余的人都立刻举起了手。随后猪崽子也勉强举起了手。

拉尔夫点着数。

"那我当选头头了。"

孩子们鼓起掌来,甚至连合唱队员也拍起手来;杰克恼羞成怒,脸红得连雀斑都看不见了。他刷地站立起来,接着又改变主意坐下;与此同时,闹哄哄的声音仍在继续。拉尔夫瞧着杰克，急于表示点意思。

"合唱队归你，当然。"

"他们确能组成一支队伍——"

"或当猎手——"

"他们可以当——"

杰克红涨的脸色渐渐恢复了正常。拉尔夫又挥手示意安静。

"杰克负责管合唱队。他们可以当——你要他们当什么？"

"猎手。"

杰克和拉尔夫互相微笑着，两人都带着一种羞怯的好感。其余的男孩迫不及待地讲起话来。

杰克站起身。

"好了，合唱队，脱掉你们的外套。"

就像下课一样，合唱队的男孩子一立而起，一面叽叽喳喳地说着话，一面把黑斗篷堆在草地上。杰克把自己的衣服往拉尔夫身旁的树干上一撂。满是汗水的灰短裤紧贴在他身上。拉尔夫不无钦佩地看看他们，杰克注意到了拉尔夫的眼光，解释道：

"刚才我正要爬过那座小山，想知道四周有水围着没有。可你的海螺声把我们给召来了。"

拉尔夫微笑着，他举起海螺以示安静。

"大伙儿听着。我得有时间把事情好好想想。我没法对一件事情立刻决定该怎么办。如果这不是个岛,咱们可能马上就会得救。所以咱们得决定这是不是一个岛。大家都必须呆在这儿附近,别走开。我们三个——要去多了就会把事情搞糟,还会互相丢失——我们三个先去摸摸底,把事情弄弄清楚。我去,还有杰克,还有,还有……"

他环顾着四周一张张急切的面孔。挑选的余地很大。

"还有西蒙。"

西蒙周围的男孩吃吃地笑了,于是他站起来,也微微笑了。西蒙因发晕而苍白的脸色已恢复了正常,不难看出,他虽瘦小,却是个挺精神的小男孩。从披散下来的、又黑又粗又乱的头发下露出炯炯的目光。

他朝拉尔夫点点头。

"我去。"

"还有我——"

杰克嗖地从身后的刀鞘里拔出了一把相当大的刀子,一下子捅进了树干。响起了一阵窃窃私语声,随后又平静下来。

猪崽子嚷嚷道:

"我也要去。"

拉尔夫向他转过身去。

"这种事你干不了。"

"我反正要去——"

"我们用不着你,"杰克直截了当地说。"三个尽够了。"

猪崽子的眼镜一闪一亮。

"他刚找到海螺那阵子我就跟他在一起。我早就跟他在一块儿,比谁都早。"

杰克和别的孩子们对这点毫不理会。眼下大伙儿已经散开。拉尔夫、杰克和西蒙从平台上一跃而下,沿着沙滩走过洗澡的水潭。猪崽子跌跌撞撞地紧跟在他们身后。

"要是西蒙在咱俩当中走,"拉尔夫说道,"那咱们就可以在他头顶上讲话。"

三个孩子加快了脚步。这就使得西蒙不得不时时加快步子跟上他们。不一会儿拉尔夫停住脚转身看看猪崽子。

"瞧。"

杰克和西蒙装作什么也没注意到,继续赶路。

"你不能来。"

猪崽子的眼镜又蒙上了一层雾气——这回还带着一种蒙羞受辱的感觉。

"你告诉了他们。我说了以后还告诉他们。"

他满脸通红,嘴巴颤动着。

"我说过我不要——"

"你到底在说什么呀?"

"关于称呼我猪崽子的事。我说过只要他们不叫我猪崽子，别的我就不在乎；我还说别告诉人，后来你就一下子说了出去——"

两个孩子都不响了。拉尔夫恍然大悟地瞧着猪崽子，看出他的感情受到伤害，正气得要命。拉尔夫犹豫不决，到底是道歉一声好，还是干脆火上浇油。

"叫你猪崽子总比叫胖子好，"拉尔夫最后说，带着一种真正领导派头的直率说道，"不管怎么样，要是你感到不高兴，我为此而抱歉。好了，回去吧，猪崽子，去点名。那是你的活儿。回头见。"

拉尔夫转身去追另外两个。猪崽子停住脚，双颊上的怒容慢慢地消失了。他往后朝平台方向走去。

三个男孩在沙滩上轻快地走着。海潮平平，一长条布满海藻的海滩坚硬得几乎像条路。孩子们感觉到一种魅力扩展到他们和周围景色之上，为此兴高采烈。他们互相顾盼，大声嬉笑，说个不停，可谁也没有把别人的话听进去。气氛明朗而欢快。拉尔夫面临着对所有这一切作出解释的任务，他来了个拿大顶，又倒了过来。三个孩子刚笑完，西蒙怯生生地触触拉尔夫的手臂；他们又禁不住笑起来。

"前进，"杰克跟着说，"咱们是探险家。"

"咱们要走到岛的尽头，"拉尔夫说道，"到岛角上去转转看。"

"假如这是个岛——"

时近傍晚，烟雾逐渐地散开去。岛的尽头他们看得清清楚楚，在形状和感觉上都并不出奇。那是一个普普通通的方方的混杂地形，在环礁湖里还坐落着一大块巨石。海鸟正在上头营窝作巢。

"正像一层糖霜，"拉尔夫说，"在粉红色的蛋糕上的糖霜。"

"这个角落没啥转头，"杰克说，"因为根本没有一块大岩石，只有个弧形地段——而且，你们还看得到，山岩乱极了——"

拉尔夫用手遮着太阳光，眼光随着一片巉岩——沿山向上的高高低低的轮廓望去。这一部分的海滩比他们见过的其他部分都更靠近山。

"咱们从这儿爬试试看，"他说。"我倒是认为从这条路上山最方便。这儿丛林植物少点；粉红色的岩石较多。来吧。"

三个男孩开始向上登攀。不知是什么力量把一路上的山石扭曲砸碎，它们七歪八倒，常常是你堆我叠地垒作一团。这山岩最常见的特征是：在一个粉红岩石的峭壁顶上还盖着一大块歪斜的巨石；而在这之上又接二连三地压着石头，直至这一片粉红色的山岩形成一整块，保持着平衡，这一整块岩石穿过迷魂阵似的森林藤蔓凸向晴空。在粉红色的峭壁拔地而起的地方,有不少狭窄的小径逶迤而上。这些小径深陷在一片植物世界之中,孩子们可以面对山岩侧身沿着小径爬上去。

"这种小径是什么东西搞出来的呢?"

杰克停了一下,擦着脸上的汗水。拉尔夫站在他身旁,上气不接下气。

"是人吗?"

杰克摇摇头。

"是动物。"

拉尔夫直盯着黑洞洞的树底下。森林微微地颤动着。

"继续往前走。"

困难倒不在于沿着崎岖的山脊向上登攀,而在于不时地要穿越矮灌木林丛到达新的小路。在这儿,无数藤蔓的根茎紧缠在一起,孩子们不得不像穿针引线似的在其中前进。除开褐色的地面和偶尔透过树叶闪现的阳光,他们唯一的向导就是山坡的倾斜趋势:看那些四周长满粗大藤蔓的洞穴,是不是这一个高于那一个。

孩子们渐渐地、想方设法地向上攀爬着。

他们陷在这些乱糟糟的缠绕植物之中,在可以说是最困难的时候,拉尔夫目光闪闪地回顾着另两个。

"真带劲。"

"好极了。"

"没话说。"

他们并没有显而易见的理由该这样高兴。三个人全都热得要死、脏得要命、筋疲力尽。拉尔夫身上给划得一塌糊涂。藤蔓有大腿那么粗,缠绕在一起,仅留有很小的间隙,只好钻过去。拉尔夫试着叫了几声,他们所听到的只是低沉的回音。

"这才是真正的探险。"杰克说道。"我敢打赌,以前这儿准没人来过。"

"咱们该画张地图,"拉尔夫说,"可就是没纸。"

"咱们可以往树皮上划,"西蒙说道,"再使劲把黑的东西往里嵌。"

在暗淡的光线中,三人眨着亮闪闪的眼睛,进行着严肃的交流。

"真带劲。"

"好极了。"

这儿可没地方拿大顶了。这次拉尔夫表达激情的方式是装作要把西蒙撞倒;一会儿他们就在幽暗的树丛底下喘着粗气,乐成一团。

互相分开以后,拉尔夫先开了口。

"得再走喽。"

从藤蔓和树丛出去,下一个粉红色的花岗岩峭壁还在前面,离这儿隔着一段路,因而孩子们可以沿着小路小步往上跑。这条小路又通向更开阔的森林,他们得以在这当中瞥见一望无际的大海。骄阳毫无遮拦地照在小路上,阳光晒干了在黑暗和潮湿的暑热中浸透了他们衣服的汗水。通向山巅的最后一段路看上去就像在粉红岩石上的蔓草,蜿蜒而上,却不再投入黑暗之中。孩子们择路穿越狭隘的山路,翻过碎石砂砾的陡坡。

"瞧哪!瞧哪!"

在岛的这一端的高处,四散的岩石隆起着,有的像草垛,有的像烟囱。杰克依傍着的那块大石头一推就动,发出刺耳的轧轧声。

"前进——"

但不是"前进"到山顶去。突击顶峰还必须留待三个孩子接受如下的挑战以后:前面横着一块像小汽车那样大的岩石。

"嗨哟!"

岩石摇来摇去,跟上了节拍。

"嗨哟!"

摆动的幅度增大了,越来越大,直到逼近能维持平衡的临界点——来一下——再来一下——

"嗨哟!"

那块大石头在一个支点上摇动,晃晃荡荡,决然一去不返,它越过空中,摔下去,撞击着,翻着筋斗,在空中蹦跳着,发出深沉的嗡嗡声,在森林的翠顶上轰地砸出一个大洞。回声四起,鸟儿惊飞,那儿弥漫着白色的、粉红色的尘灰。远处再下面的森林震颤着,仿佛有一个发怒的恶魔经过,然后海岛又平静下来。

"真带劲!"

"真像一颗炸弹!"

"喂——啊——呜!"

他们足有好几分钟沉浸在胜利的喜悦之中。终于又离开这地方朝前走。

通向山顶的路之后就容易了。当他们离山顶还有最后一段路时,拉尔夫在原地停了下来。

"天哪!"

他们正处在山侧的一个圆山谷边上,确切点说是半圆的山谷边上。这儿开满了蓝蓝的野花——一种岩生植物;溢流顺着口子垂荡下去,水沫乱溅地落到森林的翠顶上。空中满是翩翩飞舞,忽上忽下的各种彩蝶。

从圆山谷再往前一点就是方方的山头,不一会儿他们就已站在山顶上了。

在登上山顶以前他们就猜到了这是个岛：因为在粉红色的岩石中向上爬时，两侧都是大海，高处的空气极其明澈，孩子们凭某种本能就意识到四面都是大海。可他们感到，似乎等站到山顶上，并可以看到圆环状的海平线时，再来下这个最后的结论更合适些。

拉尔夫回头对另两个说：

"这个岛是属于咱们的。"

海岛有点儿像船：他们所立之处地势隆起，他们身后参差不齐的地形下延到海岸。两边都是各种各样的岩石、峭壁、树梢，山坡很陡；正前方，在船身的范围之内，地形下降的坡度稍稍缓和一些，遍地覆盖着绿树，有的地方露出粉红色的岩石；再过去是岛上平坦而浓绿的丛林，延伸下去，最后以一块粉红色的岩石而告终。就在这个岛渐渐消失在海水的地方，有着另外一个岛：几乎是同海岛分开的一块像城堡似的岩石矗立着，隔着绿色的海面与孩子们相对，像一个险阻的粉红岩石的棱堡。

孩子们俯瞰着这所有的一切，随后放眼大海。他们站得高高的；下午已经过去，而景象仍很清晰，并没有受到烟霭的干扰。

"那是礁石呢。一座珊瑚礁。我见过这样的图片。"

这礁石从两三个方向环绕着小岛,它们位于一英里之外的海中,跟现在被孩子们看作是他们的海滩相平行。珊瑚礁在海中乱散着,就好像一个巨人曾弯腰要为海岛的轮廓划一条流动的白粉线,可还没来得及划好就因累而作罢。礁石内侧:海水绚烂、暗礁林立、海藻丛生,就像水族馆里的生态展览一样。礁石外侧是湛蓝的大海。海潮滚滚,礁石那边拖着长长的银白色的浪花泡沫,刹那间他们仿佛感到大船正在稳稳地后退着。

杰克指着下面。

"那是咱们登陆的地方啊。"

在瀑布和峭壁之外,树林中有一道明显的缺口:那是断树残干,往后延伸,在孤岩和大海之间只剩下一抹棕榈。也正在那儿,突入环礁湖的是那块高出的平台,周围有小虫似的人影在动来动去。

拉尔夫从他们所站的平地朝斜坡方向往下看去,约略看到一条曲折的线,那是一条溪谷,它穿过野花,盘旋直下到一块岩石,孤岩就从那里开始。

"这条路回去最快。"

孩子们眼睛闪闪发亮,兴奋得合不拢嘴,他们凯旋了,品尝着占有的欢乐。他们精神振奋,全是好朋友。

"没有村烟,也没有船只,"拉尔夫聪明地说。"咱们以后会吃准这点；可我认为这个岛没人住。"

"咱们要找吃的，"杰克叫道。"打猎。抓猎物……等到有人找到咱们为止。"

西蒙瞧瞧他们俩，什么也没说，可一个劲地直点头，弄得黑头发前后乱甩：他脸上容光焕发。

拉尔夫俯瞰着没有礁石的另一个方向。

"还要陡呢，"杰克说。

拉尔夫用手做成一个倒放着的杯子的形状。

"那下面有一小片森林……山把那片森林抬高了。"

满山遍野都长着树木——各种野花和乔木。此刻森林骚动起来，萧声阵阵，此起彼伏。附近成片的岩生野花拂动着，一会儿微风就带着凉意吹到了他们的脸上。

拉尔夫伸开双臂。

"全是咱们的。"

孩子们在山上欢笑着、翻着筋斗、大声嚷嚷。

"我饿了。"

西蒙一提起饿，别的孩子倒也感到了这点。

"走吧，"拉尔夫说道。"咱们已经弄清楚想要了解的事情了。"

他们翻过一道岩石斜坡，落到一片野花丛中，又在树木下找路前进。他们在那块地方停了下来，好奇地观察着四周的矮灌木丛。

西蒙先开了口。

"像蜡烛。蜡烛矮树。蜡烛花蕾。"

矮灌木丛是墨绿的常青树,芳香扑鼻,好多光滑的绿色花蕾叠着花瓣朝向阳光。杰克拿刀一砍,香沫四溅。

"蜡烛花蕾。"

"你又不能拿花蕾点燃,"拉尔夫说。"它们只是看上去像蜡烛。"

"绿蜡烛,"杰克鄙弃地说,"咱们又不能吃这些玩意儿。走吧。"

孩子们又开始进入密密的森林,他们拖着疲乏的步子扑通扑通地行走在一条小径上,突然听见一阵噪声——短促刺耳的尖叫声——以及蹄子在小路上沉重撞击之声。他们越往前推进,尖叫声越响,最后变成一阵阵声嘶力竭的狂叫。他们发现一头小野猪被厚厚的藤蔓所缠住,它恐怖万分,发疯似的朝四下挣扎着,发出持续的尖细的叫声。三个孩子冲上前去,杰克还拔出刀子挥舞起来。他在空中高举手臂。随后停了一下,一个间隙,小野猪继续狂叫,藤蔓在猛烈地抽动着,杰克粗骨骼的手臂挥来挥去、刀刃闪亮。这次不长的停顿使孩子们意识到要是小野猪向下冲去,力量是会很大的。接着小野猪挣脱了藤蔓,急忙奔进矮灌木林丛。只剩下孩子们面面相觑，看着那恐怖的地方。杰克的脸苍白得更衬出雀斑来。他觉察到自己还高举着刀子，便垂下手臂把刀身插入鞘内。一时他们全都羞愧地笑起来，又开始爬回原来的小径。

"我正在选地方，"杰克说。"我正等机会拿主意往哪儿下手。"

"你该用刀戳下去，"拉尔夫狂热地说道。"人们老是说杀猪的事。"

"割猪的喉咙放血，"杰克说，"要不就吃不成肉。"

"那你为啥不——？"

孩子们很清楚他为啥没下手：因为没有一刀刺进活物的那种狠劲；因为受不住喷涌而出的那股鲜血。

"我正要，"杰克说。他走在头里，另两个看不到他的表情。"我正在找地方。下一回——！"

他一把从刀鞘里拔出刀子，猛地砍进一棵树的树干。下一回可不发善心了。他狂野地环顾着四周，挑战似的看看有谁反驳。随后他们一下跑进了阳光里，不一会儿就边忙着找东西吃，边顺着孤岩走向平台去开会了。

第二章　山上之火

拉尔夫一吹完海螺，平台已挤得满满的。这次聚会跟上午举行过的那次不同。下午的阳光从平台的另一侧斜射进来，大多数孩子在感到灼人的阳光的威力时已经被晒得很厉害，他们穿上了自己的衣服。而合唱队，引人注目地不那么像一个团体，仍将斗篷扔在一边。

拉尔夫坐在一根倒下的树干上，左面朝着太阳。他的右面是合唱队的大多数成员；他的左面是这次疏散前互不相识的稍大的孩子；他的前面是蹲坐在草地上的小孩子们。

此刻静了下来。拉尔夫把带粉红斑点的米色贝壳提到自己的膝盖上，一阵突如其来的微风轻轻吹过平台。他吃不准站好还是坐好。他侧眼朝左面、朝洗澡的那个水潭方向瞧瞧。猪崽子就坐在身边，并没有给他出主意。

拉尔夫清清嗓子。

"那就这样吧。"

他随即发现自己能顺顺当当地说下去，解释清自己必须说的话。他一手捋捋自己金黄的头发，一面说道：

"我们在一个岛上。我们几个到过山顶，看到四面都是海水。我们没看到房子和炊烟，也没看到足迹、船只和人。我们是在一个没人居住的荒岛上，这岛上没别人。"

杰克插嘴说：

"我们得有一支队伍——去打猎。猎野猪——"

"对呀。这岛上有野猪。"

他们三人全都忙着试图转达一种感受，一种看到过肉色有生命的东西在藤蔓中挣扎的感受。

"我们看见——"

"吱喳乱叫——"

"它逃脱了——"

"我还没来得及下手——但是——下一回！"

杰克把刀猛劈进一枝树干，挑战似的朝四下瞧瞧。

会议又继续下去。

"大家知道，"拉尔夫说，"咱们需要有人去打猎、去弄肉。还有件事。"

他举起了膝盖上的贝壳，环顾着一张张光影斑驳的面孔。

"一个大人也没有。咱们只好自己照顾自己。"

会上一片叽叽喳喳，随之又静下来。

"还有件事。咱们不能许多人同时发言，必须像在学校里那样来个'举手发言'。"

他把海螺举到面前，打量着海螺嘴。

"谁要发言我就给他拿海螺。"

"海螺？"

"这贝壳就叫海螺。我把海螺给下一个要发言的。他就拿着海螺说话。"

"可是——"

"瞧——"

"谁也不可以打断他的发言，我除外。"

杰克站起身。

"咱们要作些规定！"他激动地高叫道。"规定许多条！谁要是破坏这些条条——"

"喂——哦！"

"真带劲！"

"好啊！"

"干吧！"

拉尔夫感到有谁从他膝上拿起海螺。接着猪崽子站了起来，兜着那只米色的大贝壳站在那儿，欢叫声静了下去。杰克还站着，疑惑不定地瞥了拉尔夫一眼，后者却在笑嘻嘻地轻拍着一根圆木。杰克只好坐了下来。猪崽子一面取下眼镜朝衬衫上擦擦，一面眼睛眨巴眨巴地看着与会者。

"你们在妨碍拉尔夫。你们不让他抓住最重要的事情。"

他停顿一下以引起大家的重视。

"谁知道咱们在这儿？呃？"

"在飞机场会有人知道。"

"带喇叭那东西的大人——"

"我爸爸。"

猪崽子又戴上眼镜。

"没人知道咱们在什么地方，"猪崽子说道。他的脸色更加苍白，呼吸急促。"他们大概知道咱们要上哪儿；大概不知道。但是他们不知道咱们现在哪儿，因为咱们根本没到过目的地。"他张口结舌地瞧了大家一会儿，然后摇晃着身子坐下。拉尔夫从猪崽子手里接过了海螺。

"我打算说的就是这个，"他接着说，"当你们全都，全都……"他注视着大伙儿全神贯注的表情。"飞机被击落着火了。没人知道咱们在哪儿。咱们可能会在这儿呆老长时间。"

真是鸦雀无声，大家连猪崽子呼哧呼哧的呼吸声也能听见。阳光斜射进来，半个平台都铺满了金色的阳光。环礁湖上的轻风一阵紧接一阵,就像追逐着自己尾巴的小猫,夺路越过平台,窜进森林。拉尔夫把垂在前额上的一绺金发往后一捋。

"那咱们只好在这儿呆老长时间了。"

没人吱声。拉尔夫突然咧嘴笑起来。

"可这个岛真不赖啊。我们——杰克、西蒙和我——我们爬过山。这个岛好极了。有吃有喝的,还有——"

"各种山岩——"

"蓝蓝的野花——"

猪崽子有点儿恢复过来了,他指指拉尔夫手里的海螺,杰克和西蒙不响了。拉尔夫继续说道:

"咱们在岛上等的时候可以玩个痛快。"

他狂热地作着手势。

"就像在书里写的一模一样。"

一下就爆发出一阵喧嚷声。

"金银岛[1]——"

"燕子号人和亚马逊号人[2]——"

1　指英国作家史蒂文森(1850—1894)的小说。
2　英国作家兰塞姆(1884—1967)所写的少儿系列小说的第一种。燕子和亚马逊是两只小船的名字,两派少年分别以船名命名,互相开战闹着玩。书中描写了强盗、风暴和探险等。以孩子们共同机智地战胜了强盗为结局。

"珊瑚岛[1]——"

拉尔夫挥舞着海螺。

"这是咱们的岛。一个美好的岛。在大人找来之前,咱们可以在这儿尽情玩耍。"

杰克伸手拿了海螺。

"有野猪,"他说。"有吃的;沿那边过去的小溪里可以去洗澡——样样都不缺。还有人发现别的东西吗?"

他把海螺递还给拉尔夫,坐了下来。显然没人发现别的东西。

稍大的孩子们注意到了一个小孩意见相反。有群小孩怂恿他出来,可他不肯。这个小孩是个小不点儿,小得像只虾米,约摸六岁,一侧的面孔由于一块紫红的胎记而模糊不清。此刻他站着,被众目睽睽的眼光盯得不知所措,他用一只脚趾头往下钻弄着粗壮的野草。他嘟嘟哝哝,几乎要哭了出来。

别的小孩低声嘟哝着,可态度全挺严肃,他们把他推向拉尔夫。

---

1 英国作家巴兰坦(1825—1894)的小说。描写三个英国青少年在南太平洋珊瑚岛上的惊险故事。他们性格开朗,机智勇敢,是患难与共的好朋友,由于船只失事而漂流到一座孤岛上,终于战胜了海盗和土人,回到了故乡。书中的杰克是个身强力壮、见义勇为的英俊青年;拉尔夫年纪稍小一些,故事的讲述者;彼得金是个小个子,年纪最小,头脑机敏,好开玩笑。戈尔丁创作《蝇王》受到《珊瑚岛》的影响,但《蝇王》实质上是对《珊瑚岛》充满光明描写的否定。

"好吧,"拉尔夫说道,"那就来说吧。"

小男孩心慌意乱地四下张望着。

"快说吧!"

小男孩伸出双手去拿海螺,与会的孩子们大笑大嚷起来;他马上缩回双手,哭开了。

"让他拿海螺!"猪崽子喊道。"让他拿!"

拉尔夫示意他拿起了海螺,可随之一阵笑声淹没了小男孩的声音。猪崽子跪在他身边,一手按在大海螺上,听他讲,并向其余的人作出解释。

"他要知道你们打算拿蛇样的东西怎么办。"

拉尔夫笑了,别的孩子也跟着笑了。小男孩蜷曲着身体缩作一团。

"给我们讲讲蛇样的东西。"

"现在他说那是只小野兽。"

"小野兽?"

"蛇样的东西。好大好大。他见过。"

"在哪儿?"

"在林子里。"

不知是飘荡的微风,还是西下的夕阳,给树木底下带来了阵阵的凉意。孩子们感到了这点,骚动起来。

"在这么大小的岛上不可能有小野兽、蛇样的东西,"

拉尔夫好心地解释道。"只有在大地方,要么像非洲、要么像印度,才找得到那种东西。"

一阵喃喃细语声;接着是一阵庄重的点头。

"他说小野兽在黑暗中出来。"

"那他根本就看不见!"

一阵笑声、欢闹声。

"你们听见吗?他说在黑暗中看到了那东西——"

"他还是说见过小野兽。那东西来过又走了,后来又回来,要吃掉他——"

"他在做梦呢。"

哄堂大笑。拉尔夫环顾着四周,看着一张张面孔,寻求大家的赞同。大点的孩子们赞同拉尔夫;可小孩子中却有不少人表示疑惑,单靠推理式的保证可说不服他们。

"他准是做恶梦了。因为老在这些藤蔓中跌跌撞撞。"

更庄重的点头;孩子们知道恶梦是怎么回事。

"他说见过野兽、蛇样的东西。他问今晚它会不会再来。"

"可根本没小野兽呀!"

"他说在早上小野兽变成绳子样的东西挂在树枝上,不知道今儿晚上会不会再来。"

"可根本没有小野兽呀!"

此刻却一点笑声都没有了,大伙儿面容肃然地瞧着他。

拉尔夫双手捋着头发，又好玩又恼怒地注视着这个小男孩。

杰克一把抢过海螺。

"当然拉尔夫说得对。没有蛇样的东西。但要是真有蛇我们就把它逮住干掉。我们正要去猎野猪，为大伙儿搞点肉。我们也要去打蛇呢——"

"可实在没有蛇呀！"

"我们去打猎时会搞清楚的。"

拉尔夫恼了，一时无法可想。他感到自己面对着某种不可捉摸的东西。而盯着他的眼睛又是那么样的全神贯注，毫无幽默感。

"可实在没有野兽呀！"

拉尔夫不知是什么力量从他内部涌上来迫使他又大声地强调这一点。

"可我告诉你们没有野兽！"

与会者默不吭声。

拉尔夫又举起海螺，他一想到自己接下去要说的话，心情又好了起来。

"现在咱们来讨论最重要的事情。我一直在考虑。就是在我们几个爬山时也在想。"他向另外两个会意地咧嘴笑笑。"刚才在海滩上也在想。我想的就是，咱们要玩，还要得救。"

与会者表示赞同的热情呼声像热浪那样冲击着他，他一时断了话头，想了想后又说：

"咱们要得救，当然咱们会得救。"

响起了一派喧闹声。这种只是出于拉尔夫的新的权威，并非有什么根据的直率的断论，却给大家带来了光明和欢乐。拉尔夫不得不挥舞海螺以示安静，让大伙儿继续听他说。

"我父亲在海军里。他说已经没什么岛屿是人们所不知道的了。他说女王有个大房间，里面全是地图，世界上所有的岛都画在那上面。所以女王一定会有这个岛的地图的。"

又响起了一片欢天喜地的声音。

"早晚会有船派到这儿。说不定还是我爸爸的船呢。大家等着，早晚咱们总会得救。"

他停顿一下，以示强调。与会者因他的话而产生一种安全感。他们本来就喜欢拉尔夫，而现在更尊敬他了。大伙儿自发地开始拍手叫好，一会儿平台上就响彻了掌声。拉尔夫一阵脸红，他侧眼看到猪崽子毫不掩饰的钦羡之情，而在另一侧看到杰克在嘻嘻地傻笑，表现他也知道怎么鼓掌。

拉尔夫挥挥海螺。

"停下！等一等！听我说！"

他在安静的气氛中得意扬扬地继续说道：

"还有件事。咱们有办法帮助他们找。船只经过岛的附近时,船上的人不一定会注意到咱们。因此必须在山顶上升起烟来。咱们一定要生堆火。"

"一堆火!生一堆火!"

一半孩子立刻站了起来。杰克在当中鼓噪着,也不记得拿海螺了。

"来吧!跟我来!"

棕榈树下的一片空地充满了噪声,孩子们跑动起来。拉尔夫也站了起来,大叫安静,可没人听他。人群一下子都跑向岛的一端,一窝蜂地跑了——跟着杰克跑了。甚至连小小的孩子们也跑起来,踩着断枝落叶,使劲地跑着。留下拉尔夫拿着海螺,此外就只剩下了猪崽子。

猪崽子的呼吸几乎已经完全恢复正常。

"一群小孩儿!"他轻蔑地说。"一举一动真是像一群小孩儿!"

拉尔夫犹豫不决地看着猪崽子,把海螺搁到树干上。

"我打赌是吃茶点的时候了,"猪崽子说。"真不知他们跑到那山上去想干什么?"

他颇带敬意地抚摸着海螺,随后停下来抬头仰望。

"拉尔夫!嘿!你上哪儿?"

拉尔夫已经爬上了孤岩的第一层断裂面。他前面老长一段路都响着孩子们咔嚓咔嚓地踩着枝叶的声音和欢笑声。

猪崽子带着很不满的眼光看着他。

"像一群小孩儿——"

他叹了口气，弯下腰系紧鞋带。蜂拥而去的人群中的噪声随着他们上山而渐渐消逝。然后，猪崽子带着一种长者不得不跟上孩子愚蠢的胡闹而作出牺牲的表情，他捡起海螺，转向森林，开始择路翻过高低不平的孤岩。

山顶的另一侧之下有片平坦的森林。拉尔夫无意中又做了个倒放着的杯子的手势。

"那下面咱们要多少柴火就有多少。"

杰克点点头，用牙齿咬住下嘴唇。在山的较陡峭的一侧，在他们脚下约一百英尺处开始，有块地方好像已经特地设计好来放燃料似的。在潮湿的暑压之下，树木缺乏足够的泥土，没法长足，过早地倒下腐烂了：藤蔓盘缠，在底下托着枯树，新的树苗夺路而长。

杰克转向已经站好的合唱队。他们戴着的黑帽子滑向一侧，盖住一只耳朵，就像戴着贝雷帽。

"咱们要搞一个柴火堆。来吧。"

他们找出最恰当的下坡路，开始用力地拖拉枯树残枝。已到山顶的小孩子们也跟着滑了下来，除了猪崽子一人以外，人人都在忙碌。大多数的树木都已腐烂不堪，一拉就碎，木屑四飞，还有纷扬的树虱和烂物；可也有些树干被原根拉出来。双胞胎萨姆和埃里克先找到一根可能会是原根的圆木，但他们搬不动，拉尔夫、杰克、西蒙、罗杰和莫里斯也来插手帮忙。接着他们把那棵奇形怪状的枯树一点点抬到岩石上，把它往柴火堆上一倒。每一群孩子都多少加了点，柴火堆越来越高。又一个来回时拉尔夫发现自己正同杰克一块儿扛一根大树枝，他们俩分担着这个重物，不由互相咧嘴而笑。在微风中、在欢叫中、在斜射到高山上的阳光中，再次散发出一种魅力，散发出一种亲密无间、大胆冒险和令人满足的光辉，一种奇妙而无形的光辉。

"真有点吃不消。"

杰克露齿笑着回答：

"咱们俩能扛得动。"

他们俩一块儿竭力扛着树枝，摇摇晃晃地爬上了最后一段陡峭的山路。他们俩一块儿哼着一！二！三！把大树枝砰地扔到大柴火堆上。随后他们俩又洋溢着胜利的欢乐，欢笑着走回去，于是拉尔夫忍不住来了个拿大顶。在他们下面，孩子们仍在干着活，尽管有些小家伙已经没有兴趣，在这片新的森林里寻找起野果来。此刻双胞胎以令人意想不到的聪明，捧着一抱抱枯树叶爬上山来，把叶子倾倒在柴火堆上。感到柴火堆够高了，孩子们一个个都不再回去拿，他们站在粉红色的、嶙峋的山顶石之中。呼吸现在平静了,身上的汗水也干了。

拉尔夫和杰克互相瞅瞅,大伙儿都在他们边上干等着。他们俩滋生起一种惭愧的感觉,也不知道怎么来表示这种心情。

拉尔夫红涨着脸先开了口。

"你来怎么样?"

他清清嗓子继续说:

"你来点火好吗?"

于是尴尬的局面揭开了,杰克的脸也红了。他开始含糊不清地喃喃而语。

"你把两根树枝互相摩擦。你摩擦——"

他瞥了一下拉尔夫,拉尔夫却不打自供了无能,他脱口而出。

"谁有火柴吗?"

"你做张弓,旋动那支箭取火,"罗杰说道。他搓手模仿着,"嘶嘶。嘶嘶。"

一阵微风吹过山来。随之而来的是穿着短裤和衬衫的猪崽子,他小心翼翼地从森林中费力地走了出来,夕照在他的眼镜上反射出一闪一闪的亮光。他胳膊下夹着海螺。

拉尔夫朝他喊道:

"猪崽子！你带火柴了吗？"

别的孩子跟着嚷嚷，山上一片嗡嗡响。猪崽子摇摇头，来到柴火堆旁。

"嗳呀！是你们搞了这么个大堆？是不是？"

杰克突然用手指着，说：

"他的眼镜——拿眼镜作聚光镜！"

猪崽子没来得及脱身就给团团围住了。

"嘿——放我走！"正当猪崽子发出恐怖的尖叫，杰克早一把从他脸上抢走了眼镜。"当心！还我眼镜！我都看不见了！你要把海螺给打碎了！"

拉尔夫用胳膊肘把他推向一边，跪在柴火堆旁。

"站开，别挡光。"

一阵推推拉拉，再加上瞎起劲的大叫大嚷。拉尔夫把眼镜片前前后后，上下左右地移来移去，夕阳的一道亮闪闪的白光落到一块烂木头上。几乎同时升起了一缕轻烟，呛得拉尔夫干咳起来。杰克也跪下轻轻地吹着，于是轻烟飘散开去，接着烟更浓了，终于出现了一小团火苗。在明亮的阳光下开始几乎看不见的火苗卷住了一根细树枝，火越来越大，闪现着灿灿的火光，又蹿上一根树枝，发出噼里啪啦的尖响的爆裂声。火苗越蹿越高，孩子们一片欢腾。

"我的眼镜！"猪崽子号叫着。"还我眼镜！"

拉尔夫从柴火堆旁站开一点,把眼镜塞到猪崽子摸索着的手里。猪崽子的声音慢慢变成了叽里咕噜的自怨自诉。

"弄得这么脏。我戴着连手都看不见——"

孩子们跳起了舞。柴火堆那么朽蚀不堪,现在像引燃物那么干燥,金黄的火焰大口地吞没着一根根大树枝,熊熊的火苗蹿到二十英尺的空中摇来晃去。火堆近处,热浪逼人,微风吹过,带起一条火星。一根根树干在烈火中蜷缩为灰白的余烬。

拉尔夫叫喊道:

"再要柴火!大家全去找柴火!"

此刻生活变成了一场同火的竞赛,孩子们四散奔进了稍在高处一点的森林。要在山上保持一面迎风飘扬的美好的火之大旗已成当务之急,没一个人再顾得上别的。即使连最小的孩子们也拿来小片的木头投进火堆,除非被果子所吸引的。空气流动得稍快一些,成了一股轻风,因此下风头和上风头有了明显的界限。一头空气凉飕飕的,但另一头火堆中冲出灼人的热浪,一瞬间就能把头发都烘得拳曲起来。孩子们感到了习习晚风吹拂在湿漉漉的脸上,停下享受这股清凉,于是便发现自己已精疲力竭。他们扑倒在乱石堆中的阴影里。火苗迅速减弱下去;随后火堆渐渐坍下去了,内中不时地响起一种焦炭的轻轻的爆裂声,一大股火星往上直冲,倾斜开来，随风飘去。孩子们躺在地上，像狗似的喘着粗气。

拉尔夫把搁在前臂上的脑袋抬起来。

"没用啊。"

罗杰不住地往灼热的灰烬中呸呸吐着唾沫。

"你这是什么意思？"

"没有烟，只有火啊。"

猪崽子已经安安稳稳地坐在两块岩石当中，膝盖上放着海螺。

"咱们没生成火，"他说，"有什么用！像这样烧的火堆咱们又没法维持，再怎么试也不行。"

"胖子你太费心思啦，"杰克鄙视地说。"你只会干坐。"

"咱们用过他的眼镜，"西蒙边说，边用前臂擦擦黑污污的脸颊。"他那样也算帮了忙。"

"我拿着海螺，"猪崽子恼怒地说道。"你们让我发言！"

"海螺在山顶上不算数，"杰克说，"你还是闭嘴吧。"

"我手里拿着海螺。"

"放上青树枝，"莫里斯说道。"那是生烟的最好法子。"

"我拿着海螺——"

杰克恶狠狠地转脸说：

"你闭嘴！"

猪崽子蔫了。拉尔夫从他那儿拿过海螺，环顾了一下周围的孩子们。

"咱们得专门派人看管火堆。要是哪一天有船经过那儿,"——他挥臂指向笔直的海平线——"如果咱们有个点燃的信号,他们就会来带咱们走。还有件事。咱们该再作些规定。哪儿吹响海螺就在哪儿开会。山上这儿同下面那儿都一样。"

大伙儿都同意了。猪崽子张嘴要说,瞥见杰克的眼神,又闭口不言。杰克伸出手去拿海螺,他站起来,乌黑的手小心地捧着易碎的海螺。

"我同意拉尔夫说的。咱们必须有规定照着办。咱们毕竟不是野蛮人。咱们是英国人;英国人干哪样都干得最棒。所以咱们干哪样都得像个样。"

他转向拉尔夫。

"拉尔夫——我将把合唱队——我的猎手们拆散开来,也就是说——分成小组,我们负责看管生火堆的事——"

这样的慷慨大度引起了孩子们一阵喝彩之声,杰克因此咧嘴笑看着大家,随后挥动海螺以示安静。

"我们现在就让火烧完它。反正晚上有谁会看到烟呢?而且,我们只要喜欢,随便什么时候都可以再把它生起来。奥尔托斯——这星期你来管生火;下星期再增加到三个人——"

与会者庄重地一致同意。

"而且我们还要负责设一个观察哨。要是我们看到那儿有船,"——大伙儿顺着杰克臂骨粗突的手臂所指的方向望过去——"我们就把青树枝放上去。那时烟就更浓了。"

大家目不转睛地直盯着深蓝的海平线,似乎那儿随时都可能出现一个小小的船影。

西下的夕阳就像一滴燃烧着的金子,一点点滑向海平线。当阳光和温度趋弱之际,他们几乎同时觉察到了傍晚姗姗来临。

罗杰拿起海螺,神色沮丧地环顾着大伙儿。

"我一直盯着海看。连船的影子也没有。多半咱们压根儿别想得救了。"

一阵喊喊喳喳的咕哝之声,然后又是一片静寂。拉尔夫取回了海螺。

"我以前说过咱们会得救的。咱们只要等着就行了。"

猪崽子勇敢地、怒气冲冲地拿过海螺。

"那就是我说的!我说过开会呀,还有别的事呀,可随后你们都要我住口——"

他的嗓门越来越响,变成了一种道德上的责问,变成了一种哀诉。大伙儿骚动起来,开始轰他下去。

"你们说要一个小火堆,结果给弄了个像干草堆那样的大堆。要是我说什么，"猪崽子以一种认识到无情现实的痛苦表情叫喊道，"你们就说住口住口，可要是杰克、莫里斯或西蒙——"

他愤激得说不下去，站在那里，眼光越过他们，俯视着山的冷漠的一侧，直看到他们刚才找到枯树残枝的那块美好的地方。随后猪崽子怪笑起来，大伙儿则沉默下去，惊诧地瞧着他那闪光的眼镜。他们顺着他那专注的眼光看去，想发现这带敌意的冷笑究竟是什么意思。

"你们确实有了小火堆呢。"

从枯死或将要枯死的树木上垂下的藤蔓中，正到处冒出烟来。他们看到，在一缕烟的底部出现了一闪一亮的火光，随后烟越冒越浓。小小的火苗在一株树干上颤动着，又悄悄地爬过簇叶和灌丛蔓延开去，火势在不断增强。一条火舌舔到另一根树干，像欢快的松鼠攀缘直上。烟正在扩大，它泄漏出来，滚滚朝外。火之松鼠借着风势，跃攀上一棵挺立的树木，又从上往下吞食着。在黑魆魆的树叶和浓烟形成的天盖之下，遍地的大火紧贴地面抓住森林张口吞噬。成片的黑黄色的浓烟不断地滚滚涌向大海。看着熊熊的烈焰，看着它不可抗拒地向前的势头，孩子们爆发出一阵阵尖叫声，一阵阵激动的欢呼声。火焰仿佛凶禽猛兽，像美洲豹似的腹部贴地匍匐前进，接着扑向一排桦树似的小树苗——密布在粉红色的岩石露头上的小树苗。大火扑闪着向当道的树木蔓延，树上的枝叶随火而化。火势中心的烈焰轻捷地跃过树木之间的间隙，然后摇曳而行，兀地一闪就点燃了一整排树木。孩子们欢呼雀跃，在他们的下面，四分之一平方英里的一块森林发狂似的冒着浓烟烈焰，十分凶恶可怕。一阵阵毕毕剥剥的火声汇成了似乎要震撼山岳的擂鼓似的隆隆声。

"你们总算有了自己的小火堆。"

孩子们的情绪在低落下去，大家默不作声，他们对自己释放出的那种力量开始产生一种敬畏感，拉尔夫吃惊地意识到这一点。这种想法和惧怕使他勃然大怒。

"哼，住口！"

"我拿着海螺，"猪崽子以受到挫伤的口气说道。"我有权发言。"

大伙儿看着他，以一种对所看到的东西毫无兴趣的眼光看着他，他们竖起耳朵倾听着擂鼓似的隆隆火声。猪崽子胆怯地瞥一眼那可怕的大火，把海螺紧兜在怀里。

"现在只好让那林子烧光了。那可是咱们的柴火呢。"

他舔舔嘴唇。

"咱们什么法子也没有。咱们应该更当心一点。我真怕——"

杰克的视线移开火海。

"你老是怕呀怕呀。唷——胖子!"

"我拿着海螺,"猪崽子脸色苍白地说。他转向拉尔夫。"拉尔夫,我拿着海螺,是不是?"

拉尔夫勉强地转过身来,还留恋着既光彩夺目又令人畏惧的景象。

"怎么啦?"

"海螺。我有权发言。"

双胞胎一起咯咯地发笑。

"我们要烟火——"

"瞧哪——"

一股烟幕延伸出岛外达数英里之遥。除了猪崽子以外,所有的孩子都吃吃地笑开了;一下子他们又笑又叫,兴高采烈。

猪崽子冒火了。

"我拿着海螺!你们听着!咱们该做的头一件事就是在那下面,在海滩边造几间茅屋。夜里在那下面可冷呢。但拉尔夫刚说个'火'字,你们就扯开嗓门儿,乱叫乱嚷地爬到这儿山上来。就像一帮小孩儿!"

大家听着他那激烈的长篇大论。

"要是你们不肯急事先办、合理行动,又怎么能盼望得救呢?"

他取下眼镜,作了个好像要放下海螺的姿势;但是大多数大孩子朝海螺突然一动又使猪崽子改变了主意。他把海螺往胳膊下一塞,又蹲伏到一块岩石上。

"后来你们又到这儿来搞了个根本没用的大篝火。这下可已经把整个岛都点着了。要是整个岛都烧个精光,才真是可笑哩!咱们不得不吃煮水果,还有烤猪肉。那可不是闹着玩的!你们说拉尔夫是个头,可又不给他时间多想想。随后他说了句什么,你们就哄地一下跑了,就像、就像——"

他停下喘了口气,大火正朝着他们咆哮。

"事情还没完呢。那些小孩儿们。那些小家伙[1]。谁理会他们了?谁知道咱们有多少人?"

拉尔夫突然朝前一迈。

"我早跟你讲过。我告诉你要造份名单!"

"我怎么能做得到呢,"猪崽子气愤地叫喊道,"全靠我一个人?他们待不了两分钟就跳到海里;要不就跑进森林;他们散得哪儿都是。我怎么能把他们的人和名字一一对上号呢?"

拉尔夫舔舔灰白的嘴唇。

"你就不知道咱们应该有多少人吗?"

---

1 原文 littlun,系戈尔丁所臆造的词,因此将后文的 bigun(亦系作者所造)译作"大家伙",以体现原文结构上的对称。

"那些小东西像小虫子似的到处乱跑，我又怎么跟得上他们呢？后来你们三个就回来了，你一说要搞个火堆，他们全跑了开去，我根本就没有机会——"

"够了够了！"拉尔夫尖刻地叫着，一把夺回了海螺。"要是你不想干就干不成。"

"随后你们就来到山上，在这儿抢走了我的眼镜——"

杰克转身向他。

"你闭嘴！"

"——那些小东西正在下面那有火堆的地方逛来逛去。你怎么能担保他们现在就不在那儿？"

猪崽子站起来指指浓烟烈焰。孩子们一阵咕哝，又安静下来。猪崽子的神态显得有点异样，因为他正喘不过气来。

"那个小东西——"猪崽子气喘吁吁地说——"那个脸上带斑记的小男孩，我没看见他。他到哪儿去了？"

人群静得像死一样。

"那个说看见蛇的小男孩。他在那下面——"

大火中一棵树像炸弹似的轰地炸裂开来。高挂着的一条条藤蔓刹时跃入眼帘，它们拼命地挣扎着，随之又垂荡下去。小孩子们看到后尖声大叫起来：

"蛇！蛇呀！看蛇哪！"

不知不觉之中，西下的夕阳离海平面已经很近很近了。孩子们的脸膛被由下而上的阳光照得通红通红的。猪崽子扑倒在一块岩石上，伸开双手紧抓着。

"那个脸上有斑记的小东西——眼下他可在——哪儿呀？我对你们说，我可没看见他。"

孩子们面面相觑，惊恐万状，心里很疑惑。

"——眼下他在什么地方？"

拉尔夫似乎羞愧地喃喃答道：

"多半他回到那，那——"

在他们下面，山的冷漠的一侧，擂鼓似的隆隆火声还在不停地回荡。

第三章　　海滩上的茅屋

杰克弓着身子。他像个短跑选手似的蹲在地上，鼻子离潮湿的地面只有几英寸。在他头上三十英尺光景，树干以及交织着垂挂下来的藤蔓在绿蒙蒙的暮色中混成一片；四周全是矮灌木林丛。踪迹到这儿只有蛛丝马迹可寻：一根断裂的树枝呀，一个可能是蹄子的一侧留下的印记呀。他低着下巴，目不转睛地盯着这些痕迹，似乎想要迫使它们对他说出什么秘密。随后杰克像狗似的四肢着地——这怪不舒服，可他并不觉得，又悄悄地朝前爬了五码停下。在这儿有个成圈圈形状的藤蔓，茎节上垂荡着卷须。卷须的下沿被磨得光光：那是硬毛密生的野猪在穿过藤圈时磨擦所成的。

杰克蹲着身子，他的脸部只偏离这条线索几英寸；接着，他盯着前面半明半暗的矮灌木林丛。他淡茶色的头发，比他们刚上岛那阵子可长多了，颜色也更淡了；晒得人要脱皮的太阳射在他那布满黑雀斑的光背脊上。他右手拖着一根约长五英尺的尖木棒；除了用来佩刀的皮带所束着的一条破烂短裤，他什么也没穿。杰克闭上眼睛，抬起头，大张着鼻孔深深地呼吸，估摸着暖和的气流，想作一点判断。森林里一片宁静。

他终于长长地叹了口气，睁开了眼睛。蓝莹莹的眼睛这当口儿仿佛因受到挫折而闪着怒火，有点儿发狂。他伸出舌头舔舔干裂的双唇，察看着默默无言的森林。然后又悄悄地向前，边在地上东寻西找。

森林的静谧比起暑热来更为逼人，在这个时刻，甚至连各种昆虫的哀鸣都听不见。只是当杰克从一个枝条搭成的老鸟窠里惊起一只花哨的鸟儿，才打破了宁静，似乎从无限久远的年代里发出一声尖厉的鸟叫，又引起了阵阵的回声。这声怪叫使杰克倒抽一口冷气，缩作一团；片刻之间，与其说他是个猎手，倒不如说是个在乱树丛中鬼头鬼脑的猴样的东西。随后，痕迹和挫折促使他继续前进，他又贪婪地在地面上搜索起来。在一棵灰树干上长着浅色花朵的大树旁，杰克突然停了下来，闭上眼睛，又吸了一口暖和的空气：这一次他呼吸有点儿急促，脸上甚至一阵苍白，随后热血又涌上来。他像幽灵似的穿过树下的黑暗处，蹲着身子，低头察看脚下被踩踏过的土地。

热乎乎的粪便堆在翻起的土中,光溜溜的,呈橄榄青色,还有点儿在冒气。杰克抬起头来,睁大眼睛看着痕迹上面绕作一团的藤蔓。然后他提起长矛悄悄地前进。穿出这团藤蔓,痕迹与一条野猪出没的路径相交;这条路径被踩踏得足以成为一条小道,宽度也够了。地面因经常被踩踏变得挺硬,杰克站直身子,他听见有东西在小道上走动。他右臂朝后一摆,用尽浑身力气投出长矛。从野猪出没的路径传来一阵急促而猛烈的嗒嗒的蹄子声,一种响板似的声音,引人入胜又令人发狂——吃肉有盼头了。他冲出矮灌木林丛,一把抓起长矛。野猪的快步声却已经消失在远处。

杰克站在那儿,汗如雨下,褐色的泥土横一条竖一条地沾在身上,一副打了一天猎的样子。他嘴里嘟囔着骂人话,绕过痕迹处,在树丛中费力地往前走,直走到一处稍微开阔一点的地方;支撑着浓黑树顶的光树干被淡褐色树干和叶冠茂盛的棕榈树所代替。之外是银波闪闪的大海,他又能听见其他孩子们的声音了。拉尔夫正站在一个用棕榈枝叶搭起来的新鲜玩意儿旁边,这是个面朝环礁湖的简陋的窝棚,似乎摇摇欲坠。杰克开口说话时,拉尔夫还没注意到他。

"还有水吗?"

拉尔夫从乱糟糟的树叶中把头一仰,皱着眉头。甚至当他看着杰克时,注意力都还没有集中过来。

"我说你有没有水哪？我口渴。"

拉尔夫的注意力从窝棚上集中过来，吃惊地认出了杰克。

"噢，你好。水吗？在树那边。该还剩下点吧。"

在树阴里排列着一批椰子壳，杰克拿起一只盛满清水的，咕嘟咕嘟地一饮而尽。水直泼到他的下巴、头颈和胸上。喝完水后他呼哧呼哧地直喘气。

"要那个。"

西蒙从窝棚里说：

"稍高一点。"

拉尔夫转向窝棚，把一根上面满是当瓦片用的带绿叶的树枝往上挪了挪。

树叶一分开，就飘飘扬扬地纷纷坠地，空洞中露出西蒙那张懊恼的面孔。

"对不起。"

拉尔夫打量一下这堆破烂，挺倒胃口。

"老是盖不好。"

他猛地往杰克脚下一倒。西蒙仍留在窝棚里，从空洞中朝外面看。拉尔夫一躺下就解释道：

"一直干了好几天啰。可瞧瞧！"

两个窝棚已竖了起来，但是摇摇晃晃的。这一个却成了一堆废料。

"他们却老是到处跑。你记得那次会吗？为了造好窝棚，每个人都得要怎么使劲干才行呀！"

"我跟我的猎手可除外——"

"猎手除外。可是，小家伙们——"

他打着手势，考虑用什么字眼。

"他们简直无可救药。稍大一点的也好不了多少。你看见吗？我整天跟西蒙一起干活。别的一个也没。他们跑开洗澡呀、吃呀、玩呀。"

西蒙谨慎地伸出头来。

"你是头儿。你训训他们。"

拉尔夫平躺在地上，仰望着棕榈树林和天空。

"这个会那个会的。咱们不是老爱开会吗！每天都开。一天两次。尽扯淡。"他支起一个手肘。"我敢打赌，要是我现在吹起海螺，他们准跑着过来。你知道，然后咱们就煞有介事地开会，有的就会说我们该造架喷气机，有的会说该造艘潜水艇，还有的会说该造一台电视。可一开完会，干不了五分钟，他们就东游西荡开了，要不就会去打猎。"

杰克脸红了。

"咱们需要肉呀。"

"嗯，可咱们一点儿都没弄到呢。咱们还需要窝棚。再说，其余的你那些猎人已回来几个钟头了。可他们一直在游泳。"

"我还在干，"杰克说。"我让他们走的。我得继续干。我——"

他极力克制自己，极力扑灭中烧的怒火。

"我继续干。我认为，由我自己——"

一种狂热的神色又出现在他的眼睛里。

"我认为我也许会杀掉……"

"但是你没有。"

"我想我也许会的。"

某种暗藏的激情使拉尔夫的声音在颤抖。

"但是你还没有做到。"

要不是因为那口气，他的挑斗或许本会被忽略过去。

"我想你大概对搭窝棚不感兴趣吧？"

"咱们需要肉——"

"可咱们没弄到。"

此刻对抗很明显了。

"可我一定会弄到的！下一次！我要在这根矛上装上倒钩！我们扎伤了一头猪，可矛脱落下来。只要我们能装上倒钩——"

"咱们需要窝棚。"

杰克突然怒气冲冲地叫起来。

"你这是责骂我——?"

"我只是说我们在累死累活地干!没别的。"

他们俩全都涨红着脸,难以互相正视。拉尔夫身体一滚,肚子朝地,拨弄起地上的草来。

"要是遇到咱们刚掉到岛上那阵下的大雨,窝棚对咱们真是少不了。还有件事。咱们需要窝棚是因为——"

他停了一停;两人都把怒气丢到一边。随后他改变话题,谈起一件不会引起争吵的事情。

"你已经注意到了,是不是?"

杰克放下长矛,蹲坐下去。

"注意到什么?"

"嘿。他们担惊受怕的事。"

他滚了过来,盯着杰克那张凶相毕露的脏脸。

"我是说事情弄成那个样子。他们晚上做梦。你可以听得见。你夜里有时醒过来不?"

杰克摇摇头。

"他们说呀、叫呀。小家伙们。甚至还有些大的呢。就好像——"

"就好像这岛上闹怪事。"

这插话使他们吃了一惊,抬头一看,见到西蒙正正经经的面孔。

"就好像,"西蒙说,"就好像小野兽、小野兽或蛇样的东西是真的一样。还记得吗?"

两个稍大的男孩一听到这个令人害臊的字眼时,不由自主地畏缩了一下。此刻还没有正式提到"蛇",这个字眼是不宜提起的。

"就好像这岛上闹怪事,"拉尔夫慢吞吞地说道。"对呀,说得对。"

杰克坐着挺直身、伸直腿。

"他们疯了。"

"疯子。记得咱们去探险那阵子吗?"

他们互相咧嘴笑笑,记起了第一天的魅力。拉尔夫继续说道:

"因此咱们需要拿窝棚作为一种——"

"住所。"

"不错。"

杰克收拢双腿,抱着膝盖,皱眉蹙额地尽量想把话讲清楚。

"在森林里反正一样。当然啰,我是指打猎的时候——不是采野果子,当你独自一个——"

他停了一下,吃不准拉尔夫是否会拿他的话当真。

"说下去。"

"打猎的时候，有时你自己会感到就像——"他忽然脸红了。

"当然其实也没啥。只是一种感觉。但是你会感到好像不是你在打猎，而是——你在被谁猎捕；在丛林里好像有什么东西一直在跟着你。"

他们又不吭声了：西蒙听得入了神，拉尔夫不很相信，并且有点光火。他端坐起来，用一只脏手擦着一个肩膀。

"唷，我倒不晓得呢。"

杰克跳了起来，急匆匆地说道：

"在森林里你就会有那样的感觉。当然其实也没啥。只有——只有——"

他快步朝海滩跑了几步，随后又折回来。

"只有我知道他们是怎样感觉的。是不是？就那么回事。"

"咱们所能干的最好事情，就是使自己得救。"

杰克不得不想一想，才总算记起了"得救"是怎么回事。

"得救？对对，当然啰！不过全一样，我倒是想先逮头野猪——"他抓起长矛，猛戳进泥地。一种意思不很明确而又狂野的神色又出现在他的眼睛里。拉尔夫的目光穿过自己的一绺金发，挑剔地看着他。

"只要你的猎手记得住要生火——"

"你呀！你的火呀！"

两个男孩快步走下海滩，在海水边上回顾着粉红色的山。蔚蓝色的晴空画上了一缕白烟，冉冉上升，慢慢消失。拉尔夫皱起眉头。

"不知道在多远才能看得见这烟。"

"几英里。"

"咱们的烟生得不够浓。"

白烟的底部仿佛觉察到了他们的目光，逐渐变成浓浓的一团，慢慢上升，并入上面那条细小的烟柱。

"我估计他们加了青树枝，"拉尔夫喃喃自语。他眯起眼睛，转过身去朝海平线方向寻找着。

"找到啦！"

杰克叫得这么响，倒把拉尔夫吓了一跳。

"什么？在哪儿？是条船吗？"

但是杰克却指着从山头向岛的稍平坦部分蜿蜒而下的高斜坡。

"自然啦！它们全躺在那上面——它们准这样，当阳光太热时——"

拉尔夫迷惑地注视着杰克全神贯注的脸色。

"——野猪爬上了高坡。到了那高处，太阳晒不到的地方，正在暑热之中休息呢，真像老家的母牛——"

75

"我还以为你看到一只船呢!"

"我们可以悄悄地接近一头——我们把脸涂黑了,那猪群就认不出来——也许能围住它们,然后——"

拉尔夫熬不住了,他气呼呼地说:

"我在谈烟呢!你不想要得救了?你只会说猪呀、猪呀、猪呀!"

"可咱们需要肉呢!"

"我跟西蒙一个人干了一整天活,可你回来甚至连茅屋都没注意到!"

"我也在干活——"

"可你喜欢那种活!"拉尔夫叫喊道。"你要打猎!而我——"

在明亮的海滩上他们对视着,为感情的龃龉而吃惊。拉尔夫先侧眼看向一边,装着对沙滩上一群小家伙们感兴趣的样子。从平台外孩子们游泳的水潭里传来了一阵阵猎手的嬉闹声。猪崽子平躺在平台的一端,俯视着五光十色的海水。

"这些人都帮不了多大忙。"

他想要进一步解释,人们怎么从来就跟你所想的不一样。

"西蒙。他很帮忙。"他指指窝棚。

"其他的全都跑开了。西蒙干的跟我一样多。只有——"

"西蒙总在附近。"

拉尔夫开始往窝棚走去，杰克在他身旁跟着。

"替你干一点吧，"杰克喃喃而语，"干完了我洗个澡。"

"别费心啦。"

可当他们走到窝棚，西蒙却不见了。拉尔夫把头伸进那空洞里，又缩回来，转脸向杰克说：

"他一溜烟走了。"

"腻了罢，"杰克说，"准去洗澡了。"

拉尔夫皱皱眉头。

"他真是又古怪又好笑。"

杰克点点头，要是拉尔夫随便说些什么别的，他也会同意的；两人不再讲话，一同离开了窝棚，朝洗澡的水潭走去。

"洗完澡以后，"杰克说道，"我再吃点东西，就翻到山那边去看看能不能找到踪迹。你去不去？"

"可是太阳快落山了！"

"也许还有时间——"

他们俩一块儿朝前走着，却如陌路相逢，感受和感情都无法交流。

"要是能搞到一头猪该多好！"

"我要回去继续搭窝棚。"

他们困惑地互相瞅瞅，爱恨交加。洗澡水潭暖洋洋的咸水、嬉闹声、泼水声和欢笑声，这所有的一切刚刚足以把他们俩再连在一起。

拉尔夫和杰克本指望在洗澡水潭找到西蒙，可西蒙并不在那里。

原来当他们小步跑下海滩回头去望山头那阵子，西蒙原也跟在后面跑了一段路，后来他停住了，看见海滩上有一些孩子想在一个沙堆旁边搭一个小房子或者说是小茅屋，他皱皱眉头，随后转身离去，好像带着某种目的走进了森林。西蒙是个瘦骨嶙峋的小个子，下巴突出，眼睛倒很有神采，使得拉尔夫误以为他又快活可爱又顽皮淘气。西蒙乱糟糟的粗黑的长头发披散而下，几乎遮没了他那又低又阔的前额。他穿着破烂的短裤，像杰克那样光着脚丫子，本是黝黑的皮肤被阳光晒成深褐色，跟汗珠一起一闪一亮。

他择路爬上孤岩，翻过第一天清晨拉尔夫曾爬过的那块大岩石，然后朝右折进树林子。他踏着熟悉的小道穿过成片的野果树，那儿不费力气就可找到吃的，虽然并不尽如人意。同一棵树上又长花儿又长果子，到处都是野果成熟的香味和草地上无数蜜蜂的嗡嗡声。本来在他身后跟着跑的小家伙们，在这儿追上了他。他们七嘴八舌地簇拥着他朝野果树走去，嘴里不知道在叫点什么。接着，在下午的阳光下，在蜜蜂的嗡嗡声中，西蒙为小家伙们找到了他们够不着的野果，他把簌叶高处最好的摘下来，向下丢到许许多多向前伸出的手里。满足了小家伙们以后，他停了停，四下张望一番。小家伙们双手满捧着熟透的野果，莫名其妙地望着他。

西蒙转身离开了他们，沿着勉强辨认得出的小路走去。不久他就进入了高高的丛林之中。高大的树身上满是意想之外的淡雅的花朵，一直长到密不透光的树叶形成了华盖，树林里的小动物在那上面喧闹。这儿的空间也是黑洞洞的，藤蔓垂下了无数的枝条，就像从沉没的船上垂下的索具。柔软的泥土里留下了西蒙的脚印；而当他一碰到藤蔓，它们就从上到下整个儿颤动起来。

他终于来到了一个阳光更充裕的地方。这儿的藤蔓用不着长得太远就能照到阳光，它们平织成一块大"毯子"，悬挂在丛林中一块空地的一侧；在这儿，有一方岩石压着地面，只有小树苗和凤尾草才能稍稍生长。整个空地的周围都是芳香扑鼻的深色矮灌木丛，就像一个满装着暑热和阳光的碗钵。一棵参天的大树倾倒在这空地的一角，靠在亭亭直立的树木上，一种生长迅速的攀缘植物一直爬到了大树顶上，随风摇曳着它那红色和黄色的小树枝。

西蒙停住脚。他像杰克所做过的那样，扭头看看靠近身后的地方，迅速地瞥了瞥四周，肯定周围没有别人。刹那间他几乎是在鬼鬼祟祟地行动。随后他弯下腰扭动着身子往那

"毯子"当中钻了进去。藤蔓和矮灌木丛长得如此稠密，西蒙往前挤着，汗水都被刮到枝条上；他身子刚一过去，身后的枝条就又合拢了。他终于安然地到达了正中，到了一个叶子稀疏，又跟林中空地隔开的小角里。他蹲下来，分开树叶，朝外窥测着空地。热烘烘的空中只有一对华丽的花蝴蝶在上下扑飞，别的什么也没有。他竖起警觉的耳朵，屏气静息地倾听着岛上的各种声音。夜幕正在降落；毛色艳丽的怪鸟的啁啾声，蜜蜂的嗡嗡声，正在飞回到筑在方岩石上窝巢的海鸥的哑哑声，都变得越来越轻。几英里之外，深沉的海水撞击着礁石，发出低微的声音，轻得简直令人难以觉察。

西蒙一松手，原先像形成屏幕似的枝叶又回复原位。倾斜的淡黄色阳光渐渐减弱；阳光擦上矮灌木丛，抹过像蜡烛似的绿色花蕾，朝树冠上移去，树木下面的夜色更浓了。缤纷的色彩随着光的隐去而一起消失；暑热和急切的心情顿时也冷了下来。蜡烛似的花蕾微微地颤动着。绿色的萼片稍稍收缩，乳白色的花尖雅致地向上迎接开阔的夜空。

此刻阳光已经高得完全照不到空地，并渐渐地从空中褪去。夜色倾泻开来，淹没了林间的通道，使它们变得像海底那样昏暗而陌生。初升的群星投下了清光，星光下，无数蜡烛似的花蕾怒放出一朵朵大白花微微闪烁，幽香弥漫，慢慢地笼罩了整个海岛。

第四章　　花脸和长发

　　孩子们开始习惯的第一种生活节奏是从黎明慢慢地过渡到来去匆匆的黄昏。他们领略了早晨的各种乐趣、灿烂的阳光、滚滚的大海和清新的空气,既玩得痛快,生活又如此充实,"希望"变得不是必要的了,它也就被忘却了。快到正午时分,充溢的阳光几乎直射而下,清晨各种棱角分明的色彩柔化成珍珠色和乳白色;而暑热——似乎是高悬的太阳给了它势头——变得凶猛无比,孩子们东避西闪,跑进树荫躺在那里,有的甚至睡起觉来。

　　正午发生了各种稀奇古怪的事情。闪闪发亮的海面上升着,往两边分开,显出根本不可能存在的许多平面;珊瑚礁和很少几株紧贴在礁石较高处的矮棕榈树好像要飘上天去,颤动着,被撕开来,像雨珠儿在电线上滚动,又像在排列古怪的许多面镜子中被折射。有时候,在原先没有陆地的地方隐约出现了陆地，而当孩子们聚精会神地注目时，陆地又像个气泡似的一晃就不见了。猪崽子颇有学问地把这一切说成只不过是"海市蜃楼"；因为没有一个孩子能够越过这一片海水到达珊瑚礁（在那儿可有咬人的鲨鱼等候着），大伙儿对这些神秘的现象习以为常，也不在意了，正如他们对闪烁着的、奇妙的群星也已经熟视无睹了一样。中午，各种幻影融进天空；在那上面，骄阳如怒目俯视着。然后，到傍晚时分，蜃景消退下去，海平面又回复了水平方向，又变成蓝蓝的，夕阳西下时，海平面轮廓清晰。那是一天中又一个比较凉快的时候，但吓人的黑夜也就要来临了。夕阳西沉以后，黑夜君临岛上，好像把一切都扑灭了；群星遥远，星光下的茅屋里传出了一阵阵骚动声。

然而，按北欧传统，干活、游玩和吃喝都是从早到晚[1]进行的，所以孩子们不可能完全适应这种新的生活节奏。小家伙珀西佛尔老早就爬进了窝棚，在那儿待了两天，说呀、唱呀、哭呀，大家都认为他疯了，并感到有点好笑。从那以后他形容憔悴，眼睛红肿，变得可怜巴巴的；成了一个不玩尽哭的小家伙。

较小的男孩现在被通称为"小家伙们"。个子的大小从

---

[1] 原文为 day，在这里是指从早上到晚上入睡前这一段时间，如从早上六时到晚上十时。

拉尔夫开始排下去；虽然西蒙、罗伯特和莫里斯三个人之间比较难以区别，但是在这些孩子们当中，大家伙们大、小家伙们小，却是任何人都不难辨认的。无疑应该算作是小家伙们的，大约六岁上下，他们过着一种很特别的、同时又是紧张的生活。他们白天大部分时间都在搞吃的，可以够得着的野果都摘来吃，也不管生熟好坏，现在对肚子痛和慢性腹泻都已经习惯了。他们感受到黑暗中的难以言传的种种恐怖，只好挤作一堆互相壮胆。除了吃睡之外，他们就找空玩耍；在明晃晃的水边，在白闪闪的沙滩上，漫无目的地玩耍，把时间打发过去。在这种环境里，孩子们本来会老是哭喊着叫娘的，但实际上这种情况的发生比人们所预料的要少得多；他们皮肤很黑，肮脏不堪。他们服从海螺的召唤，一来因为是拉尔夫吹的，拉尔夫是个大个子，他足以成为同权威的成人世界相联系的纽带；二来是因为他们喜欢聚在一起，把聚会当作娱乐。但是除此以外，他们很少去打扰大家伙，他们有他们自己感情热烈的、激动的共同生活。

他们在小河的沙洲上用沙子堆起各式城堡。这些城堡高约一英尺，并以各种贝壳、凋谢的花朵和好玩的石子装饰起来。围绕着城堡的是各种标记、小路、围墙、铁路线，但只有在靠近海滩平面看去才看得清是这些东西。小家伙们在这儿玩耍着，如果说并不快乐，至少也入了迷；而且常常会三个小家伙在一起玩同一个游戏。

眼下有三个正在这儿玩——亨利是其中最大的。他也是脸上长着紫红胎记男孩的远亲,那个孩子自从发生大火的那天夜里起就没有再露过面;但亨利还年幼,还不懂这个。要是有人告诉他那个孩子乘飞机回家了,他也会相信这个说法,一点都不感到惊讶。

这天下午亨利有点像个小头头,因为另外两个是岛上最小的孩子,珀西佛尔和约翰尼。珀西佛尔的肤色是鼠灰的,就连他的母亲也不怎么喜欢;约翰尼则长得挺帅,一头金发,天性好斗。这会儿约翰尼很听话,因为他兴致蛮高;三个孩子跪在沙地里,总算相安无事。

这时罗杰和莫里斯走出了森林。他们刚下管火的岗,下来准备游泳的。罗杰带路直闯,他一脚踢倒城堡,把花朵埋入了沙子里,并打散了三个小家伙收集来的石子。莫里斯跟着,一边笑,一边把城堡破坏得更厉害。三个小家伙停止游戏,仰脸呆看着。事情发生的当口儿,他们感兴趣的特别标记还没被触及,所以尚未表示出强烈的不满。只有珀西佛尔因一只眼睛弄进沙子呜呜地哭了,莫里斯赶忙走开。以前莫里斯曾因把沙子弄进一个小孩的眼睛而受过惩罚。眼下,尽管不会有爸爸或妈妈来严厉地教训他,莫里斯仍感到做了错事而忐忑不安。他在心里编造出一个含糊的借口,嘴里嘟囔着游泳什么的,撒腿快步跑开了。

罗杰还待在那里看着小家伙们。他比刚上岛那阵子黑不了多少,但是一头稻草堆似的黑头发,在后面长长地披在颈部,在前面低得覆盖了前额,似乎倒很配他那张阴沉沉的面孔,使人看了起初只觉得有一种陌生和不好相处的感觉,现在却感到很可怕了。珀西佛尔不再啜泣,继续玩着,因为泪水已经冲掉了眼中的沙子。约翰尼蓝灰色的双眼看着他,随后抓起沙子往空中撒去;一会儿珀西佛尔又哭了起来。

亨利玩腻以后,就沿着海滩闲荡开去,罗杰尾随着他,在棕榈树底下跟他朝同一个方向慢悠悠地逛。亨利与棕榈树隔开着一段距离,他年纪太小,还不懂得避开毒日头,所以没有沿着树阴向前。他走下海滩,在水边忙起来。浩瀚的太平洋正在涨潮,每隔几秒钟,比较平静的环礁湖水就上涨一英寸。在这最近一次上涨的海水中有一些小生物,随着海潮漫上烫人而干燥的沙滩,这些小小的透明生物前来探索。它们用人们难以识别的感官考察着这片新的地域。在上一次海潮侵袭把食料一卷而光的地方,现在又出现了种种食料:也许是鸟粪,也许是小虫,总之是散在四处的、陆上生物的碎屑。这些小小的透明生物,像无数会动的小锯齿,前来清扫海滩。

这可把亨利迷住了。他拿着一段木棒拨弄着,这木棒已被海水冲刷得发白，随波漂动着，被他拎在手里，他想用这木棒控制这些清扫者的活动。他划了一道道小沟，让潮水将其灌满，尽量在里面塞满小生物。他全神贯注，此刻的心情不是单纯的快乐，他感到自己在行使着对许多活东西的控制权。亨利跟它们讲话，催促它们这样那样，对它们发号施令。海潮把他往岸的深处赶，他的脚印所形成的一个个小坑截住了一些小生物，这又使他产生了一种自己是主宰的错觉。他盘腿坐在水边，弯着腰，乱蓬蓬的头发覆盖着前额，遮过眼睛；下午的骄阳正倾射出无数无形的毒箭。

罗杰也等着。起先他躲在一株大棕榈树身的背后；但当他十分清楚地看到亨利被透明的小生物迷住了的时候，就一点也不隐蔽地站了出来。罗杰沿着海滩放眼望去。珀西佛尔已哭着走开了，剩下约翰尼得意扬扬地占有着城堡。他坐在那里，自个儿哼哼唱唱，并朝假想的珀西佛尔扔着沙子。从约翰尼处再往远去，罗杰可以看到平台，看到水花的闪光，拉尔夫、西蒙、猪崽子和莫里斯正往潭里跳水；他用心地听他们在讲些什么，但只能依稀地听到点声音。

一阵突如其来的微风拂过棕榈树林的边缘，簇叶摇曳抖动起来。在罗杰上方约六十英尺的地方，一串像橄榄球大小的、纤维质块的棕榈果，从叶梗上松落下来。它们接二连三地掉在他的周围，砰然着地，可没砸到他。罗杰没想要避一避，他看看棕榈果，又看看亨利，再看看棕榈果。

棕榈树下的底土是一块高起的滩地；世代相生的棕榈树在这底土里把原先是铺在另一块海岸边的沙滩上的石子都弄松了。罗杰弯腰捡起一块石子，瞄了瞄，朝亨利扔去——可没扔中。石子——荒唐岁月的象征——在亨利右面五码处弹起，掉进水里。罗杰收集了一把石子，又开始扔起来。可亨利周围有一个直径约六码的范围，罗杰不敢往里扔石子。在这儿，旧生活的禁忌虽然无形无影，却仍然是强有力的。席地而坐的孩子的四周，有着父母、学校、警察和法律的庇护。罗杰的手臂受到文明的制约，虽然这文明对他一无所知并且已经毁灭了。

水中扑通扑通的声音使亨利吃了一惊。他不再去弄那些无声的透明小生物了，却像个调节者似的用棒指着逐渐扩散的涟漪的中心。石子一会儿落在他这边，一会儿又落在他那边，亨利随着声音转来转去，可总来不及看到空中的石子。最后终于被他看到了一块，亨利笑了起来，寻找跟他寻开心的朋友。然而罗杰忽地又躲到了棕榈树身背后，他斜靠在树身上，气喘吁吁，眼睛一眨一眨。随后亨利不再对石子感兴趣，就漫步走开了。

"罗杰。"

杰克站在约十码远的一棵树下。罗杰睁大眼睛看到他时，一块比杰克黝黑的皮肤更黑的阴影从他身上慢慢地移过去；可是杰克毫无觉察。他迫不及待，一副不耐烦的样子，正向罗杰打招呼，于是罗杰朝他走去。

小河的一头有个水潭，其实只不过是沙子把水挡回而形成的一个小小的水池，里面长满雪白的睡莲和针样的芦苇。萨姆和埃里克在那儿等着，还有比尔。杰克避着阳光，跪在池边，手里拿着两张摊开的大叶子。一张叶子上盛着白泥，另一张装着红土。叶子旁边还放着一根从火堆里取来的木炭棒。

杰克一边拌泥一边对罗杰说：

"野猪闻不到我。我想它们是看见了我，看到了树下肉色的东西。"

他抹着黏土。

"我要有点绿的该多好！"

杰克抬起头来把涂好的半边面孔朝着罗杰，回答罗杰带疑问的目光。

"为了打猎。像在战争中那样。你晓得——涂得使人眼花缭乱。尽量装扮成看上去是另一个模样——"

杰克急切地诉说着，连身体都在扭动。

"——就像树干上的蠹虫。"

罗杰懂了，他庄重地点点头。双胞胎朝杰克走来，开始胆怯地抱怨起什么事情。杰克挥手让他们靠边。

"闭嘴。"

他拿木炭棒往脸上红的白的泥巴中涂擦。

"不。你们俩跟我去。"

杰克窥测着自己的倒影,并不满意。他弯下身子,双手捧满微温的池水,擦去脸上的泥块。雀斑和淡茶色的眉毛又显了出来。

罗杰勉强地微笑着说:

"你看上去真像个大花脸。"

杰克又重新打扮起来。他先把一边的脸颊和眼窝涂成白色,随后又把另一边涂成红色,再从右耳往左下巴涂上一道黑炭色。他再低头从池塘里看看自己的倒影,可是他呼出的气息弄皱了镜子般平静的池水。

"萨姆埃里克。给我拿个椰子。要空的。"

他跪着捧起一果壳水。一块圆圆的太阳光斑正落到他脸上,水中也出现了一团亮光,杰克惊愕地看到,里面不再是他本人,而是一个可怕的陌生人。他把水一泼,跳将起来,兴奋地狂笑着。在池塘边上,他那强壮的身体顶着一个假面具,既使大家注目,又使大家畏惧。他开始跳起舞来,他那笑声变成了一种嗜血的狼嚎。他朝比尔蹦蹦跳过去,假面具成了一个独立的形象,杰克在面具后面躲着,摆脱了羞耻感和

89

自我意识。有着红白黑三种颜色的面孔在空中晃动,急促地扑向比尔。比尔惊跳起来,一边笑着;接着他突然一声不吭地倒了下去,又慌不择路地穿过矮灌木丛逃走了。

杰克刷地冲向双胞胎。

"其余的排成一行。快!"

"可是——"

"——我们——"

"快点!我要悄悄地爬上去下手——"

假面具威逼着他们。

拉尔夫爬出了洗澡水潭,快步跑上海滩,坐在棕榈树下的阴凉处。金黄的头发湿漉漉地粘在两条眉毛的上面,他把头发往后一掠。西蒙正在水中漂浮,两只脚蹬着水,莫里斯在练习跳水。猪崽子荡来荡去,漫无目的地边捡边丢着什么。如此使他入迷的岩石水潭被潮水淹没了,他要等潮水退后才会再有兴趣。过了一会儿,他看到拉尔夫在棕榈树下,就走过去坐到拉尔夫身旁。

猪崽子套着一条破短裤,胖乎乎的身子呈金褐色,他看东西的时候,眼镜总还是一闪一亮。他是岛上唯一的头发似乎从来不长的男孩。别的孩子的头发都像稻草堆似的,但猪崽子的头发仍一绺绺地平贴在头皮上,似乎他天生就头发稀少，似乎就连这一点不完全的头发不久也会像年青雄鹿角上的茸毛一样脱落掉。

"我一直在想搞一只钟，"他说道，"咱们可以做个日晷。咱们把一根枝条插进沙子，然后——"

要想表达日晷计时所牵涉到的数学过程太费劲了，他用几道步骤来代替。

"再来一架飞机，再来一台电视，"拉尔夫挖苦地说。"还要一部蒸汽机呢。"

猪崽子摆摆头。

"那得要好多金属零件，"他说道，"咱们没有金属。可咱们有枝条。"

拉尔夫转过身去，不情愿地笑了笑。猪崽子令人讨厌；胖身体，气喘病，再加上他干巴巴的务实想法，使人觉得他很乏味；可有件事总能产生点乐趣，那就是取笑他，即使是在无意之中取笑了他。

猪崽子看到微笑，却误以为是友好的表示。在大家伙们当中，无形之中形成了一种看法，即猪崽子是个局外人，不只是因为他说话的口音，那倒不要紧，而是因为他的胖身体、气喘病、眼镜，还有他对体力活的某种厌恶态度。此刻，猪崽子发现他说的话使拉尔夫笑了起来，他欢欣鼓舞，赶紧利用起这有利的局面。

"咱们有好多枝条，可以每人做一个日晷。那咱们就知道时间了。"

"好处倒真不少呢。"

"你说过要把事情做好。那样咱们才会得救。"

"嗯，闭嘴。"

拉尔夫一跃而起，快步跑回水潭，刚巧莫里斯做了个相当糟糕的入水动作。拉尔夫高兴地借机换个话题。莫里斯一浮上水面，拉尔夫就叫喊起来：

"腹部击水！腹部击水！"

莫里斯朝拉尔夫莞尔一笑，后者正轻松自如地跃入水中。在所有的男孩之中，拉尔夫游泳时最如鱼得水；可是今天，因为提起了得救——毫无用处地空谈得救，他感到厌烦，甚至连深深的绿水和被弄碎了的、金色的阳光也失去了魅力。拉尔夫不再待在水里玩耍，他从西蒙下面稳稳地潜游过去，爬上了水潭的另一侧，躺在那里，像海豹那样光溜溜地淌着水。老是笨手笨脚的猪崽子站了起来，他走过来站在拉尔夫身旁，拉尔夫忙一翻身，肚子朝地，装作没有看见他。各种蜃景都已消失了，拉尔夫郁闷地用眼睛扫着笔直的、蓝蓝的海平线。

紧接着他一跃而起，大叫起来：

"烟！烟！"

西蒙企图在水中站起,结果给灌了一口水。莫里斯本来站着准备跳水,这时摇摇晃晃地用脚跟往后退回来,飞也似的朝平台奔去,随后又转回棕榈树下的草地。他在那儿开始套上破烂短裤,想作好一切准备。

拉尔夫站着,一只手把头发往后捋,另一只手紧握拳头。西蒙正从水中爬出来。猪崽子朝自己的短裤上擦着眼镜,眼睛斜看着大海。莫里斯两条腿伸进了一条裤腿——在所有的孩子当中,只有拉尔夫保持着镇静。

"我怎么看不见烟呀,"猪崽子半信半疑地说道。"我看不到烟,拉尔夫——烟在哪儿?"

拉尔夫一言不发。此刻他双手拉紧着搁在前额上,以免金头发挡住视线。他向前倾着,身上的盐花闪闪发白。

"拉尔夫——船在哪儿?"

西蒙站在旁边,看看拉尔夫,又看看海平线。莫里斯的裤子嘭地一声撕坏了,他把裤子当作一堆破布一丢,猛地冲向森林,随后又折了回来。

海平线上的烟是紧密的一小团,正在慢慢地伸展开来。烟的下面有一个点子,可能是烟囱。拉尔夫脸色苍白地自言自语:

"他们会看见咱们的烟吧。"

这下猪崽子也看到了。

"烟看上去不大。"

他转过身去,眯起眼睛向山上眺望。拉尔夫继续贪婪地注视着船只。脸上恢复了血色。西蒙站在拉尔夫身旁,一声不吭。

"我知道我看不清,"猪崽子说,"可咱们的烟生了没有?"

拉尔夫颇不耐烦地动了动,仍然在观察着那条船。

"山上的烟。"

莫里斯奔跑过来,放眼大海。西蒙和猪崽子两人正朝山上看着。猪崽子皱起面孔,西蒙却像受伤似的叫喊起来:

"拉尔夫!拉尔夫!"

他的尖叫使得沙滩上的拉尔夫转过身来。

"快告诉我,"猪崽子焦急地说道。"有没有信号?"

拉尔夫回头望望海平线上渐渐消散的烟,接着又往山上看。

"拉尔夫——快告诉我!有信号没有?"

西蒙胆怯地伸出一只手碰碰拉尔夫;然而拉尔夫拔腿就跑,他穿过洗澡水潭浅的一头,踩得潭水四溅,又越过烫人而白亮的沙滩,到了棕榈树下。一会儿工夫,他已经在长满孤岩的繁杂的下层林丛中吃力地往前跑着。西蒙紧跟在拉尔夫身后,再后面是莫里斯。猪崽子叫嚷道:

"拉尔夫!请等等——拉尔夫!"

随后他也跑了起来,被莫里斯丢弃的短裤绊了一跤,再越过斜坡。在四个男孩的背后,烟沿着海平线缓慢地移动着;而在海滩上,亨利和约翰尼正朝珀西佛尔抛着沙子,后者又哭起来;对这件激动人心的事情,三个孩子毫无感觉。

拉尔夫这时已到了孤岩朝内陆的一头,尽管他上气不接下气,还在咒骂。他在锉刀般锋利的藤蔓中奋力前进,光身子上鲜血流淌。就在陡峭的上坡路开始的地方,他停住了。莫里斯在他身后只有几码。

"猪崽子的眼镜!"拉尔夫叫道,"要是火灭了,咱们用得上——"

他不再叫喊,站在那儿,身子有点摇晃。猪崽子的身影刚能被看得见,他从海滩处跟跟跄跄地上来。拉尔夫看看海平线,又朝山上仰望一下。要不要去拿猪崽子的眼镜?船会开走吗?如果再往上爬,假定火灭了,那岂不是将要眼睁睁地看着猪崽子越爬越近,又看着船慢慢地消失到海平线底下去吗?情况紧急,难以抉择,拉尔夫苦恼至极,他喊道:

"哦,天哪,天哪!"

西蒙在矮灌木丛中挣扎前进,喘息着换气,面孔扭曲。那一缕烟继续在移动,拉尔夫慌乱地爬着,发狂似的。

山上的火灭了。他们一眼就看了出来,看到了他们还在下面海滩上,火堆产生的烟吸引他们往上跑的时候就已经猜到的事情。火完全熄灭了,烟也没有了;看管的人跑开了。地上还摊着一堆准备好了而没使用的柴火。

拉尔夫转向大海。绵延不断的海平线上除了勉强依稀可辨的一丝烟痕之外什么都没有,它又恢复了毫不理会人的心情的那个样子。拉尔夫沿着岩石跌跌撞撞地奔跑,直跑到粉红色的悬崖边上,他朝船开走的方向尖声叫喊:

"回来!回来呀!"

他沿着悬崖边来回地跑,脸一直对着大海,声音响得发疯似的。

"回来呀!回来呀!"

西蒙和莫里斯都到了。拉尔夫眼睛一眨也不眨地望着他们。西蒙转过头去,抹着脸上的汗水。拉尔夫怒火中烧,恨得咬牙切齿。

"他们让那性命交关的火灭了。"

他俯瞰着山的冷漠的一侧。猪崽子气吁吁地也赶到了,像个小家伙那样呜呜地直哭。拉尔夫紧握拳头,脸涨得通红。猪崽子专注的眼光、他那痛苦的声音把山下的情况指示给了拉尔夫。

"他们来啦。"

远远的山脚下,靠近水边的粉红色的岩屑堆上,出现了一支队伍。其中有些孩子头戴黑帽,除此以外他们几乎光着身子。每当他们走到一块平坦的地方，就一齐把手中的树枝往空中举起来。他们唱着歌儿，歌的内容与到处乱跑的双胞胎小心翼翼地抬着的一捆什么东西有关。即使在那样的距离之外，拉尔夫一眼就认出了杰克，高高的个子、红头发，照例领着队伍。

西蒙这会儿看看拉尔夫又看看杰克，就像刚才他看看拉尔夫又看看海平线一样；眼前的景象看来使他有点害怕。拉尔夫不再说什么，只是等着那队伍越走越近。歌唱声已隐约可闻，但在那样的距离还听不清歌词。双胞胎跟在杰克后面，肩上扛着一根大木桩，木桩上吊着一只沉沉的、除去了内脏的死猪，它在晃荡；两人吃力地走在凹凸不平的路上。颈脖豁裂的猪头垂荡着，似乎是在地上寻找什么东西。歌词终于越过焦木和余烬形成的小盆地，飘入他们的耳朵。

"杀野猪哟。割喉咙哟。放它血哟。"

当歌词听得清的时候，那支队伍已走到了山坡最陡峭的部分，过了一两分钟歌声消失了。猪崽子在啜泣，西蒙赶紧嘘他，叫他别出声，就好像猪崽子在教堂里说话说得太响了。

杰克脸上涂着泥，第一个爬上山顶，他举着长矛，激动地朝拉尔夫欢呼道：

"瞧哪！我们宰了头猪——我们悄悄地扑上去——组成

一个包围圈——"

猎手中爆发出喊声。

"我们组成一个包围圈——"

"我们匍匐向上——"

"野猪吱喳乱叫——"

双胞胎站在那儿,死猪在他们之间摇来晃去,黑血滴落到岩石上。两人都张大着嘴巴,入迷地笑着。杰克有那么多事情要一下子告诉拉尔夫。不过他没讲话,却手舞足蹈地跳了一两步;随之他记起要保持自己的尊严,就又站住了脚,龇牙咧嘴地笑着。他看到了手上的血,作了个表示厌恶的怪相,找了点东西擦擦,随后又把手往短裤上揩揩,笑起来。

拉尔夫开口说:

"你们让火给灭了。"

杰克愣了一下,这件不相干的事使他模模糊糊地感到有点恼火,但他太快活了,并没有因此而烦恼。

"我们可以把火再生起来。你该跟我们在一起的,拉尔夫,真够刺激;双胞胎把野猪打翻在地——"

"我们打中了野猪——"

"——我扑到它背上——"

"我捅猪的喉咙,"杰克洋洋得意地说,不过说的时候身子抽动了一下。"拉尔夫,我可以借你的刀用一下吗?在刀柄上刻一道条痕。"

孩子们叽叽喳喳地说着话，跳着舞。双胞胎还在咧嘴而笑。

"流了好多血，"杰克说道，边笑边发抖，"你要是跟我们在一起就会看见了！"

"以后我们每天都要去打猎——"

拉尔夫嘶哑着嗓门，又开口了；他一直没移动过。

"你们让火给灭了。"

这句话讲了第二遍，使杰克不安起来。他看看双胞胎，接着又回过头来看着拉尔夫。

"我们不能不让他们也去打猎，"他说道，"人太少就不能组成一个包围圈。"

他脸红了，意识到自己犯了失职的过错。

"火才灭了一两个钟头。我们可以再把它生起来——"

他看到拉尔夫裸体上的疤痕，并觉察到他们四个人都一言不发。杰克因快活而变得大方起来，他在想让大家来分享刚才打猎时的欢乐。他的脑子里充满了种种回忆：他回想起他们逼近那头挣扎着的野猪时所发生的情景；他回想起他们怎样智胜那头活家伙，把自己的意志强加于它身上，结果它的性命，就像享受了那香味常驻的醇酒。

他伸展开两条手臂。

"你真应该看到那血!"

那些猎手们的声音此时本已经静下去,可一听到这话他们又喊喊喳喳地说开了。拉尔夫把头发往后一甩。一条手臂指向空无一物的海平线。他的声音又响又粗野,吓得猎手们不再出声。

"那儿有过一条船。"

杰克一下子面临着大家这么多可怕的敌意,躲闪着走开去;他一手放到猪上,一手拔出刀子。拉尔夫收回手臂,紧握着拳头,声音颤抖地说:

"有过一条船。在那儿。你说你来照看火堆的,可你让火熄灭了!"他朝杰克迈上一步,杰克转身面对着他。

"他们本来可能发现咱们的。咱们说不定就可以回家了——"

这种损失给猪崽子的打击太沉重,痛苦使得他的胆量也变大了,他尖声地叫嚷起来:

"你们!你们的鲜血!杰克·梅瑞狄!你们!你们的打猎!咱们本来可能已经回家了——"

拉尔夫把猪崽子朝旁一推。

"我是头头;你们要照我说的去做。你们光会说。但是你们连茅屋都搭不起来——然后你们就跑开去打猎,让火熄灭了——"

他转过脸去，沉默了一下。然后随着感情的极大冲动，他的声音又高起来。

"有过一条船——"

一个较小的猎手开始嚎啕大哭。这个事实实在令人沮丧，一种受压抑的感觉渗透到每个孩子的心里。杰克边砍边把猪肉扯下来，脸涨得通红通红。

"活儿实在太多了。我们每人都得动手。"

拉尔夫转过身来说道：

"本来窝棚一搭完你就可以有足够的人手，但你们偏要去打猎——"

"咱们需要肉。"

杰克边说边站起身来，手里拿着血淋淋的刀子。两个男孩直面相对。一边是灿烂的世界：打猎、运用策略、欣喜若狂、技巧熟练；另一边是渴望和遭受了挫折的常识交织在一起的世界。杰克把刀移到左手；在把粘在前额上的头发往后捋的时候，弄得前额上涂满了血迹。

猪崽子又说话了。

"你们不该把火弄灭了。你们说过你们要一直保持有烟的——"

这话从猪崽子的嘴里说出来，再加上有些猎手哭哭啼啼地表示同意，气得杰克撒起野来。他蓝眼睛里发出的光直射向人群中。他跨前一步，够得着伸手打人了，对准猪崽子的肚子就是一拳，猪崽子哼哼着坐倒在地上。杰克站在他面前，居高临下地看着他；因为觉得受了侮辱，杰克恶狠狠地说：

"你敢，你还敢吗？胖子！"

拉尔夫上前一步，而杰克啪地捆了一下猪崽子的脑袋瓜。猪崽子的眼镜飞脱出去，叮当一声砸在岩石上，他吓得叫喊起来：

"我的眼镜！"

他蹲着身子，在岩石上摸索着，可西蒙先到一步，为猪崽子找到了眼镜。西蒙感到，在这山顶上、在自己周围，有一种可怕的激情正被鼓动着。

"一片碎了。"

猪崽子一把抓过眼镜，戴到鼻梁上。他仇恨地看着杰克。

"我不戴眼镜不行。现在我只有一只眼睛了。你等着瞧——"

杰克朝着猪崽子挪动了一下，猪崽子忙爬开去，爬到一块大岩石的后面，那岩石横在他们俩之间。他从岩石上面探出头来，透过那片闪光的眼镜瞪着杰克。

"现在我只有一只眼睛了。你等着瞧吧——"

杰克模仿着猪崽子的哭腔和爬相。

"你等着瞧吧——哇!"

猪崽子的模样和杰克学他样子做出的怪相太滑稽了,猎手们都笑了起来。杰克更起劲了,他继续东爬西爬,大伙儿的笑声变成了一种歇斯底里的嚎叫。拉尔夫感到自己的嘴唇在抽动,心里很不高兴;他为自己的让步而生气。

他咕哝着说:

"真是个肮脏的把戏。"

杰克不再转动身子,站起来面对着拉尔夫。他大声叫道:

"好吧,好吧!"

他看看猪崽子,看看猎手们,又看看拉尔夫。

"对不起。让火灭了,我很抱歉。你瞧。我——"

他挺直一下身子。

"——我赔不是了。"

对这样大方的举动,猎手们喊喊喳喳地表示赞扬。显然他们都认为,杰克做得漂亮,他爽爽快快地道了歉,他就已经没错了,而拉尔夫倒是错了,只是他错在哪里一时还讲不清楚。他们等待拉尔夫做出适当的、体面的反应。

然而拉尔夫却说不出那样的漂亮话。杰克已经把事情弄坏了,还要这样玩弄口舌,拉尔夫对此愤恨不已。火灭了,船跑了。他们难道没看见?他讲不出漂亮话,他这时只能发泄愤怒。

"真是个卑鄙的把戏。"

他们在山顶上沉默着,一种难以捉摸的神色出现在杰克的眼睛里,随之又消失了。

拉尔夫末了这一句是不合人意的怨言。

"好吧好吧。来点火吧。"

由于面前有着实际的事情要做,紧张的气氛缓和了一点。拉尔夫不吭声,也不动手,站在那里看着脚下的灰烬。杰克大声嚷嚷,很卖力气。他一会儿发号施令,一会儿唱唱歌,一会儿吹吹口哨,不时向沉默的拉尔夫瞥一下——这种目光并不要求答话,因此也不会招来奚落;拉尔夫仍不吭声。没有一个人,包括杰克,去要他挪动一下,结果他们不得不在三码远的地方搭火堆,而那地方实在并不方便。拉尔夫就这样维护了他当头头的地位;这是个好方法,即使他再考虑几天,也不会想出更好的办法来。对于这样一个如此不可言传而又如此有效的武器,杰克无力反击,他感到愤怒,却又不知道是为了什么。等到火堆搭了起来,他们俩就像是处于一道高高的屏障的两侧。

搭好火堆之后,又产生了一个危机。杰克没法子生火。随后,使杰克吃了一惊,拉尔夫径直走向猪崽子,取走了他的眼镜。甚至连拉尔夫也弄不明白,他跟杰克之间的纽带怎么突然被扯断了,又在别的什么地方给接上了。

"我会拿回来还你的。"

"我也去。"

猪崽子站在他背后,处于一片无意义的色彩的包围之中;拉尔夫跪在地上,移动眼镜片来聚焦。瞬息之间火点着了,猪崽子伸手一把拿回眼镜。

在这些奇异而迷人的紫、红、黄三种颜色的花朵面前,不友好的感情融化了。他们重新成了围着营火的一圈孩子,甚至连猪崽子和拉尔夫也有点被吸引住了。不一会儿一些孩子就冲下山坡去再拾些柴火来,杰克则砍着死猪。他们想把木桩上的整个猪身架在火上,可还没等猪烤熟,木桩就烧断了。到头来他们只好把小片肉串在树枝上伸进火里去烤;烤肉的时候孩子也几乎像肉一样地被烤着。

拉尔夫馋涎欲滴,他本想拒绝吃这猪肉,但因为过去一直吃水果和坚果,偶尔弄到只蟹,捉条把鱼,使他难以抵挡这诱惑。他接过一块半生不熟的猪肉,像一只狼一样地咬起来。

猪崽子也在淌口水,说:

"就没我一份?"

杰克本来不打算给猪崽子解释的,想以此作为维护自己权力的一种手段;可是猪崽子这样公然提出他被忽略,使杰克觉得有必要对他更加无情一点。

"你没去打猎。"

"拉尔夫也没去,"猪崽子眼里噙着泪花说道,"还有西蒙也没去。"他大声地说。"只剩一点点肉了。"

拉尔夫不安地动弹了一下。西蒙正坐在双胞胎和猪崽子之间,他擦擦嘴巴,把他的那块肉从岩石上推给猪崽子,后者忙一把攥住。双胞胎格格地笑起来,西蒙不好意思地低下了头。

然后杰克跳了起来,随手砍下一大块肉,往西蒙脚下一扔。

"吃吧!他妈的!"

他瞪着西蒙。

"拿着!"

他用脚跟着地旋转着身子,成了一圈手足无措的孩子们的中心。

"我给你们吃肉!"

一个接一个难以言传的挫折交织在一起,使他狂怒起来,令人生畏。

"我涂好了脸——我悄悄地上去。现在你们吃肉——你们都吃肉——而我——"

渐渐地,山顶上越来越静,连火的毕毕剥剥声和烤肉很轻的嘶嘶声都能清晰地听见。杰克四下张望,想寻求理解,但只发现敬意。拉尔夫站在曾作为信号火堆的灰烬中,两只手都拿着肉,一言不发。

最后还是莫里斯打破了沉默。他换了个话题,只有这个话题才能把大多数孩子连结在一起。

"你们是在哪儿发现这头猪的?"

罗杰朝下指指山的冷漠的一侧。

"在那儿——靠海边。"

杰克这时恢复了过来,他不能容忍让别人来讲他的故事,连忙插进来说:

"我们张开了包围圈。我让手和膝盖着地爬过去。长矛上没有倒钩,投上去就掉下来,野猪开始逃跑,大声乱叫,声音很怕人——"

"可它折了回来,跑进了包围圈,鲜血淋淋——"

孩子们全都七嘴八舌地讲起来,情绪激动,一时忘却了刚才紧张的气氛。

"我们围上去——"

第一下就打瘫了它的两条后腿,于是包围圈越缩越小,大伙儿揍啊揍啊——

"我砍着了野猪的喉咙——"

双胞胎仍然龇牙咧嘴地笑着,笑得很像,他们跳起来,兜着圈互相追逐。接着其余的也加入进去,学野猪临死时的惨叫，并大喊大嚷：

"猪脑瓜上揍一下！"

"给他狠狠来一下！"

于是莫里斯扮作一头野猪，尖叫着跑到了当中，而猎手们仍围着圈，做出揍他的样子。他们边跳边唱：

"杀野猪哟。割喉咙哟。狠狠揍哟。"

拉尔夫注视着他们，又是妒忌又是气恼。不等他们兴致低落，歌声消失，他就说道：

"我要召开大会。"

孩子们一个个收住脚，站在那儿看着他。

"我有海螺。我要召开大会，哪怕咱们不得不走到黑暗中去。到下面那个平台上。我一吹就开会。现在就去。"

他转身就跑，朝山下走去。

第五章　　兽从水中来

潮水正在上涨，在海水和棕榈斜坡附近白色的高低不平的地面之间，只剩下一条窄窄的比较坚实的海滩。拉尔夫拣那条坚实的海滩当作小路，因为他需要好好地想一想；只有在这条小路上，他才能放心行走而不必留神脚下。他这样在海边走着，突然大吃一惊。他发现自己领悟了：生活很令人厌倦，生活中的每条道路都是一篇急就章，人们的清醒生活，有相当大一部分是用来照看自己的脚下的。拉尔夫停下来，面对着那条海滩，想起了热情洋溢的第一次探险，仿佛那已是欢乐的童年的事情，他自嘲地笑了笑。随后转过身去，脸上带着阳光，朝平台方向走回去。开会的时间到了，他一面走进隐藏起真相的耀眼的太阳光中，一面斟酌演讲的要点。这次会可绝不能出差错，不能海阔天空，乱扯一通……

拉尔夫脑子里乱糟糟的，由于缺乏表达这种思想的语句，弄得一团糊涂。他皱眉蹙额地再想。

这次可不能闹着玩儿，必须是正正经经的。

想到这儿他加快了步伐，一下子意识到事情紧迫。夕阳在西下，他感觉到自己带起的一股微风吹拂在脸上。微风把拉尔夫的灰衬衫吹得紧贴在胸前，在这领悟到某种新东西的状态下，他觉得衣褶硬得像卡片纸板那样令人难受；他也注意到短裤磨损了的边缘在大腿的前部擦出了粉红的一块，很不舒服。拉尔夫心头一震，他发现了肮脏和腐朽；他了解自己是多么讨厌不断要拂去遮住眼睛的乱发，多么讨厌每当夕阳西下以后，最后闹哄哄地滚进枯叶堆里去休息。想到这儿，他撒腿小跑起来。

靠近洗澡水潭的海滩上分散着一组组等待开会的孩子。他们意识到拉尔夫正在气头上，也觉得让火堆熄灭是做错了，默默地给他让道。

拉尔夫站着的、孩子们准备开会的那块地方大体上是三角形状；但是跟他们做出的任何东西一样，这个三角形是粗略的、不规则的。首当其冲的是拉尔夫独坐的一根大圆木：这株已枯死的树对平台而言原先一定大得出奇。也许是太平洋上那种常有传闻的一次飓风把它吹到了这儿。这根棕榈树干处于同海滩平行的方向，因而当拉尔夫坐着、面向海岛时，孩子们看到的却是个背衬亮闪闪环礁湖的、黑糊糊的人影。以这根圆木为底线、三角形的两条边线就更不均等了。右边也是一根圆木，木头上面被坐立不安的孩子们磨得光溜溜的，这根圆木不如头儿坐的那一根大，坐起来也没那么舒坦。左边是四根小圆木，其中之一——最远的那根——弹性很足。有人坐得太靠后的时候，那根圆木会突然一动，把五六个孩子都掀翻到后面的草地上去，一次又一次的大会就是在这种哄笑声中被打断的。现在，他看到没有一个人聪明地想到——他自己没有，杰克没有，猪崽子也没有——去拿块石头当楔子来塞住圆木，不让它滚动。于是他们只好继续忍受那根摇晃的歪树干，因为，因为……拉尔夫又陷入了困境。

每根树干前的草皮都给磨蹭掉了，但三角形当中的野草却长得高高的，没人踩踏过。此外，三角形顶端的野草也长得很密，因为那儿没人坐。在会场的四周，耸立着灰色的树干，它们或直或斜，支撑着低矮的叶盖。在这两侧是海滩；背后是环礁湖；前面是黑魆魆的海岛本体部分。

拉尔夫走到头儿坐的位置上。他们以前从没有这么晚开会过，因而这个地方此刻看来有点不同。平时绿叶盖的下侧亮着金色的反光，他们的脸被照得下亮上暗，就像——拉尔夫心想，你双手拿着一个电筒时的情形。可是这会儿阳光从一侧斜射进来,阴影也就随着偏向另一侧。

拉尔夫又陷入了那种对他如此陌生而奇怪的胡思乱猜之中;要是从上往下照,或是从下往上照,人们的脸会如此异样的话——脸究竟是什么样子的呢?一切事物又是什么样子的呢?

拉尔夫烦躁地动了一动。麻烦的是,你是个头头,你就得思考,你就得聪明点。而且机会很快就失去了,你只得匆忙地作出一个决定。这种情形迫使你动脑筋,因为思想是个可贵的东西,它会产生成果……

只是——拉尔夫面对着头头的位置时判定——我不会思考,不会像猪崽子一样地思考。

那天晚上,拉尔夫不得不又一次重新评定自己的价值。猪崽子会思考。他会在他那个胖脑瓜子里一步步地推论,只是猪崽子不是当头头的料。尽管猪崽子的样子可笑,他却有脑子。拉尔夫现在是个思想专家了,他能鉴赏别人的思想了。

照到拉尔夫眼睛上的阳光提醒他时间正在过去,于是他从树上拿下海螺,细看着它的表面。海螺暴露于空气中,淡黄底色和粉红斑点已褪得近于白色,有点儿透明。拉尔夫对海螺油然而生一种深情的敬意,尽管是他本人从环礁湖里把它捞上来的,他面向会场,把海螺放到了唇边。

孩子们正等着开会，都赶紧跑来。一些孩子知道有艘船曾经过海岛，而火却灭了，他们想到拉尔夫在发怒，不由放低了声音；还有些孩子，包括小家伙们，不知道那件事，但也深深地感受到整个会场的严肃气氛。会场很快就挤得满满的；杰克、西蒙、莫里斯、大多数猎手，坐在拉尔夫的右边；其余的坐在左边，坐在阳光之下。猪崽子来了，他站在三角地的外面。这表明他想听，但不准备讲话：而且在猪崽子的意思里这还是个表示不同意的举动。

"情况是这样的：咱们需要开个会。"

没人吭声，可一张张面孔都转向拉尔夫，都专心致志。拉尔夫挥动着海螺。他懂得，像这样的基本声明必须至少说两遍，才能让每个人都听懂，这是个常规了。发言的人必须坐着，把大伙儿的目光吸引到海螺上，讲起话来要有力量，就像是把沉甸甸的圆石子扔进一组组蹲伏着或蹲坐着的孩子们当中。他开动着脑筋，寻找简单的语句，以便使得小家伙们也能明白会议的内容是什么。也许过一会儿，那几个老爱争论的人——杰克、莫里斯、猪崽子——会使出全套本领来扭转会议的方向：但在会议开始时必须把要讨论的主要问题讲清楚。

"咱们需要开个会。不是为了寻开心。不是为了哈哈笑，从圆木上摔下去，"——坐在那根歪树干上的小家伙们格格地笑起来,你瞅瞅我,我瞅瞅你——"不是为了开玩笑,也不是为了"——他举起海螺,努力寻找一个有说服力的字眼——"耍小聪明。不是为了这些,而是为了把事情搞搞清。"

他停顿了一下。

"我一路上走来,一个人,思忖着究竟是怎么回事。我知道咱们需要什么。开个会把事情弄明白。现在我先发言。"

他停了一下,不由自主地往后捋了捋头发。猪崽子朝三角地踮起脚,放弃了他无效的抗议,加入到别的孩子们当中。

拉尔夫接着往下讲:

"咱们开过好多次会。大家都喜欢聚在一起,都喜欢发言。咱们决定这决定那;可是决定了的事都没有做到。咱们决定从那小溪打水,把水盛在那些椰子壳里,放在新鲜的绿叶下面。那样只干了几天。现在椰子壳里没水了,是干的。大家直接从河里弄水喝。"

响起一阵表示赞同的耳语声。

"并不是说从河里弄水喝有什么不好。我也打算从那个地方取水喝——你们知道——就是瀑布下面的那个水潭——而不是从陈椰子壳里喝水。只是咱们说过要从小溪里打水的。可现在又不干了。今天下午在那儿只有两满壳水。"

他舔舔嘴唇。

"还有茅屋、窝棚的事。"

喊喊喳喳的声音又响了起来，随之又静了下去。

"你们大多数睡在窝棚里。今儿晚上，除了萨姆埃里克到山上守着火，你们全都睡在窝棚里。是谁搭的这些窝棚？"

喧声四起。人人都搭过窝棚。拉尔夫不得不再次挥动海螺。

"等一等！我是说，谁搭过这所有的三个窝棚？第一个大家都有份，第二个只有四个人参加，那边最后一个是我和西蒙搭的，所以它摇摇晃晃。不。别笑了。要是再下大雨，那个窝棚说不定就会塌掉。那时咱们就用得着那些窝棚了。"

他停下来，清清嗓子。

"还有一件事。咱们选了一个地方作为厕所：就是洗澡潭那一边再过去一段路的那些岩石。这也是合理的。潮水会把那地方冲刷干净。这一点你们小家伙也懂。"

到处是窃笑声，大家你看看我我看看你。

"眼下大家都好像随地大小便，甚至就在窝棚和平台近旁。你们这些小家伙，要是你们吃着野果；要是你们急着要大小便——"

孩子们哄闹起来。

"我说，要是你们急着要大小便，就应该避开野果一点。那太龌龊了。"

一阵哄堂大笑。

"我说那太脏了！"

他扯扯自己那件僵硬的灰衬衫。

"那实在太肮脏了。要是你们急着要大小便，就应该一直沿着海滩走到岩石处去。懂吗？"

猪崽子伸出双手去拿海螺，但是拉尔夫摇摇头。这次演说是经过通盘考虑过的，一个要点紧接一个要点。

"咱们全都必须再到岩石那边去大小便。这个地方越来越脏。"他停了下来。孩子们感到一种危机，他们紧张地期待着。"此外，还有火的事。"

拉尔夫吐出余气，微微地喘息着，听众们也喘了口气。杰克开始用刀削砍一块木头，还低声对罗伯特说些什么，罗伯特则往别处看去。

"火堆是岛上最重要的事情。要是咱们不生着火，那除了凭运气之外，咱们还怎么能得救呢？咱们就连一堆火也管不好吗？"

他奋力挥出一条手臂。

"瞧瞧咱们自己！咱们有多少人呀？可就管不了一堆冒烟的火。你们就不懂吗？难道你们就看不出咱们应该——应该宁死也不让火灭掉吗?"

猎手中发出一阵忸怩的格格笑声。拉尔夫激动地转向他们。

"你们这些猎手!你们就会傻笑!可我要告诉你们,烟比猪更重要,尽管你们三天两头就能宰一头猪。你们全弄明白了没有?"他伸展开双臂,转向整个三角地。

"咱们一定得把烟在山上生起来——要不就完蛋。"

他停下,琢磨着下一个要点。

"还有一件事。"

有人大声叫喊道:

"事情太多了。"

响起了一片表示赞同的抱怨声。拉尔夫置之不理。

"还有件事。咱们差不多要把整个岛都烧光了。咱们浪费时间,滚滚石头啦,生一些煮食的小火堆啦。现在我宣布订下一条规则,因为我是头头。从今以后,除了在山上,别的地方一律不准生火。"

顿时闹开了。孩子们站起来大叫大嚷,拉尔夫也大声对他们嚷嚷。

"因为,要是你们想煮鱼或蟹,完全可以跑到山上去。咱们说定了。"

在落日的余辉之中,好多双手都伸着要拿海螺。拉尔夫抓牢海螺，跳到树干上。

"我要说的就这些。我已经说完了。你们选我当头头。就得照我说的去做。"

大家慢慢地安静下来，最后又都坐好了。拉尔夫从树干上往下一跳，用平常的声调说道：

"所以得记住。把岩石处当作厕所。管着火堆冒烟，作为信号。不要从山上取火种，到山上去煮吃的。"

杰克站起来，阴沉沉地绷着脸，伸出了双手。

"我还没讲完呢。"

"可是你讲个没完没了！"

"我拿着海螺。"

杰克咕哝着坐了下去。

"还有最后一件事。这是大家都可以谈论的。"

他直等到平台上一片肃静。

"事情搞得七零八落。我不明白为什么会这样。咱们开始得好好的；那时咱们很快活。可后来——"

拉尔夫稍微动了一下海螺，目光越过那群孩子，不知在看什么；他想起小野兽、蛇、火堆、关于可怕东西的谈论。

"后来大家就开始感到惊恐。"

一阵喃喃耳语，几乎是呜咽之声，随之又消失了。杰克停止了削木头。拉尔夫兀地又说起来：

"可那是小家伙们的瞎扯。咱们要搞搞清楚。所以最后一部分，咱们都可以谈论的，就是对这可怕的东西作出判定。"

一缕头发又滑进了他的眼睛。

"咱们必须讨论一下这可怕的东西，弄清楚这里头其实没什么。我自己有时候也害怕过；只不过那全是胡说八道！像妖精鬼怪故事一样。然后，当作出判断以后，咱们就可以重新开始，当心好火堆等各种事情。"一幅三个男孩在明亮的海滩上行走的图画掠过拉尔夫的脑海。"咱们会快活的。"

拉尔夫按照仪式把海螺搁到身旁的树干上，表示他的发言结束了。照在他们身上的阳光此时已成了水平方向。

杰克站起来拿过海螺。

"这么说这次会就是要把事情搞搞清楚。我来告诉你们个究竟。这一切都是你们这些小家伙开的头，谈论那可怕的东西。野兽！哪儿来的？当然我们有时候也很害怕，可我们忍着。不过拉尔夫说你们在夜里尖叫乱喊。那不是在做恶梦，又是在做什么呢？不管怎么说，你们又不打猎，又不搭茅屋，又不帮忙——你们全是些爱哭的娃娃和胆小鬼。就是这么回事。至于那可怕的东西——你们得忍着点，像我们其余的人一样。"

拉尔夫张嘴看着杰克，可杰克没注意。

"事情就是这样——害怕，就像做梦一样，伤不了你们。在这个岛上没什么野兽可怕的。"他的眼光沿着低声说话的一排小家伙横扫过去。"要是真有东西找上你们，那是活该！你们这些没用的哭宝！可就是没有动物——"

拉尔夫试探地打断了他一下。

"这是怎么回事？谁说过动物了？"

"那一天你说的。你说他们做梦尖叫。现在他们都这么说了——不只是小家伙们，连我的猎手们有时候也这么说——说有一个东西，黑乎乎的，一只野兽，一种不知是什么名堂的动物。我听他们说过。你觉得没有说过，是不是？那么听着。在小岛上是找不到大动物的。只有野猪。你们只有在非洲和印度那样的大地方才找得到狮子和老虎——"

"还有在动物园里——"

"我拿着海螺。我不是在讲那可怕的东西。我是在讲野兽。你们要怕尽管怕吧。可是说到野兽——"

杰克停了一停，捧着海螺，转向他那些头戴肮脏黑帽子的猎手。

"我是一个猎手不是？"

他们畅快地点了点头；杰克的确是一个猎手，这没有人怀疑。

"好——我独自走遍了这个岛。要是有野兽我早就见着了。害怕吧，因为你们就是那个样子——但是森林里并没有野兽。"

杰克递回海螺，坐了下去。全体与会者如释重负地向他鼓掌致意。随后猪崽子伸出了手。

"我不完全同意杰克说的话，有几点除外。森林里当然没有野兽。怎么可能有呢？野兽吃什么呢？"

"野猪。"

"我们吃猪。"

"猪崽子！"

"我拿着海螺！"猪崽子忿忿不平地说道。"拉尔夫——他们应该住口，是不是？你们都闭嘴，你们这些小家伙！我指的是我不同意这里有什么可怕的。当然在森林里根本就没什么可害怕的。为啥——我到森林里去过！你们还会讲鬼呀什么的。咱们都知道现在事情怎样了，要是出了什么毛病，就该有人来纠正。"

猪崽子取下眼镜，对大家眨眨眼睛。夕阳西沉了，就好像电灯被关掉一样。

他继续解释道：

"要是你们肚子痛。不管是小痛还是大痛——"

"你的肚子才大痛呢。"

"你们笑完了，咱们大概可以继续开会了吧。要是那些

121

小家伙再爬上那根歪树干,马上就会摔下来。所以他们还是坐在地上听吧。噢,不。什么毛病都有医生来治,就连脑子里的毛病也有。你们当真觉得咱们该老是害怕无中生有的东西?生活嘛,"猪崽子引申着说,"总是有科学性的。就是那么回事。再过一两年战争就会结束,人们会旅行到火星上去,再从那儿回来。我知道并没有野兽——没那种带爪子的东西,我的意思是——我知道,也根本没什么可害怕的。"

猪崽子停了一停。

"除非——"

拉尔夫不安地动弹了一下。

"除非什么?"

"除非咱们害怕的是人。"

在坐着的孩子们当中,爆发出一种半是好笑半是讥笑的闹声。猪崽子低下头,匆匆地继续说道:

"还是让咱们听听那个讲起过野兽的小家伙是怎么说的,或许咱们可以让他看到自己有多蠢。"

小家伙们开始喊喊喳喳地互相讲起来,随后有一个站了出来。

"你叫什么名字?"

"菲尔。"

作为一个小家伙,菲尔倒是蛮自信的,他伸出双手,像拉尔夫那样捧着海螺,四下环顾着,在发言前把孩子们的注意力都吸引过来。

"昨晚我做了场梦,一个讨厌的梦,梦见跟什么东西扑打起来。我独自在窝棚外面,跟什么东西搏斗着,就是树上那些弯弯曲曲的东西。"

他停了一停,其他小家伙同情地笑了,他们也感到很可怕。

"当时我很害怕,就吓醒了。我发现我一个人在窝棚外面的黑暗中,那种弯弯曲曲的东西已不见了。"

这种栩栩如生的恐怖场面,很可信,而又如此清晰可怕,把大家吓懵了。在白色的海螺后面,只听见那孩子的声音还在叽里咕噜地说着:

"我怕极了,就开始叫唤拉尔夫,后来我就看见什么东西在林子里晃动,那东西又大又吓人。"

他停住了;回忆起这件事使他有点害怕,可又因为自己的故事引起了大家的惊骇而得意。

"那是做恶梦,"拉尔夫说,"他是在睡梦中走动。"

与会者带克制地低声表示同意。

那个小家伙却执拗地摇晃着脑袋。

"跟弯弯曲曲的东西打架时我是睡着的,可它们不见了的时候我醒着,我看见又大又吓人的东西在林子里晃动。"

123

拉尔夫伸出双手去拿海螺,小家伙坐了下去。

"你们都睡着了。那里什么人都没有。谁会在夜里到林子里去东逛西荡呢?有谁这样做过吗?有谁出去过吗?"

一个较长时间的停顿。孩子们想到有谁竟会在夜里走到黑暗中去,都咧嘴而笑。接着西蒙站了起来,拉尔夫惊讶地注视着他。

"你!你为什么在黑暗里闲逛?"

西蒙拿过海螺,他的手在发抖。

"我要——到一个地方去——一个我知道的地方。"

"什么地方?"

"一个就我知道的地方,在丛林中。"

他支支吾吾地说道。

还是杰克为他们解决了问题,他以一种轻蔑的、听上去那么滑稽而又那么带决定性的腔调说道。

"他是急着要去解手。"

感觉到西蒙受了羞辱,拉尔夫一面接过海螺,一面严厉地盯着西蒙的脸。

"好吧,别再这样做了。懂吗?不要在夜里出去。关于野兽的愚蠢的谈论已经够多的了,尽管小家伙们还没有看到你溜来溜去,像只——"

嘲笑声四起,里面还夹着恐惧和责难的味道。西蒙张嘴想辩解，可是拉尔夫已经收回了海螺，于是他只好回到自己的位子上。

整个会场静下来的时候，拉尔夫转向猪崽子。

"怎么样，猪崽子？"

"还有一个。是他。"

小家伙们把珀西佛尔推到前面来，随后让他独自留在那儿。珀西佛尔站在中间一块齐膝深的草丛中，看着自己被遮没的双脚，试着把自己想成是在一个"帐篷"里。拉尔夫想起了另一个小男孩也曾像这样站着过，他赶紧摆脱回忆。拉尔夫早已把那件事埋入心底、驱出脑海，只有像眼前这种实在的形象才又把它带上了心头。一直没有再点过小家伙们的数，一半是因为没法保证他们全被点着，一半是因为拉尔夫至少晓得猪崽子在山顶上提出的那个问题[1]的答案。有金发的，黑发的，带雀斑的小男孩，全脏得很，可是他们的脸上却完全没有大斑点。没一个人再看见过有紫红胎记的脸蛋。然而那一次猪崽子就已经又哄又唬了。拉尔夫默认他还记得那不宜公开说的事情，就对猪崽子点点头。

"问下去。再问问他。"

猪崽子跪着，手里拿着海螺。

"喂。你叫什么名字？"

---

[1] 见第二章最后一部分。

小男孩把身子一扭躲进了他的"帐篷"。猪崽子束手无策地转向拉尔夫,后者又高声发问:

"你叫什么名字?"

孩子们受不了这种沉默和拒绝回答问题,突然齐声叫起来:

"你叫什么名字?你叫什么名字?"

"静一静!"

拉尔夫在暮色中凝视着那个小孩。

"现在你告诉我们,你叫什么名字?"

"珀西佛尔·威密斯·麦迪逊,哈恩茨,哈考特·圣安东尼教区牧师住所,电话,电话,电——"

仿佛这个信息深深地扎在他悲伤的源头之中,小家伙流泪了。他皱起面孔,泪如泉涌,嘴巴张得令人可以看见一个方方的黑洞。起初他强忍着不出声,就像个象征着悲伤的雕像;可随之他放声痛哭,哭得像海螺声那样又响又长。

"别哭,你呀!别哭了!"

珀西佛尔·威密斯·麦迪逊可熬不住了,悲伤的源头已被打开,远非权威所能制止,即使威胁着要揍他也不管用。一场嚎啕大哭,一声紧接一声。这哭声似乎使他挺直身子,好像他被钉住了一样。

"别哭了!别哭了!"

此刻小家伙们也沉默不住。这哭声使他们想起各自的悲伤；也许他们感到这悲伤是人人有份的。他们满怀同情地哭开了，有两个哭得几乎跟珀西佛尔一样响。

是莫里斯解救了他们。他大声喊道：

"看着我！"

莫里斯装作跌倒在地。他揉揉臀部，又坐到那根歪树干上，以致又翻在草里。他这小丑角色扮得很糟，但是却吸引了珀西佛尔和其他小家伙，他们抽抽鼻子，笑了。他们笑得很滑稽，不一会儿，连大家伙们也忍不住笑起来。

随后杰克先讲起话来。他并没有拿着海螺，因而他的发言违反了规则；可没一个人留心到这一点。

"那野兽的事怎么了？"

珀西佛尔身上发生了某种奇怪的变化。他打着呵欠，站立不稳，于是杰克一把抓牢他摇晃着问道：

"野兽住在哪儿？"

珀西佛尔在杰克紧抓的双手中往下沉。

"那倒是头怪聪明的野兽，"猪崽子讥讽地说道，"要是它居然能藏在这个岛上。"

"杰克到处都去过——"

"野兽能住在哪儿呢？"

"去你的野兽吧！"

珀西佛尔喃喃着什么,大伙儿又哄笑起来。拉尔夫身子向前倾。

"他在说什么呀?"

杰克听着珀西佛尔的回答,松了手。四周在场的都是人,珀西佛尔感到宽慰,一被松开,就倒在长长的野草中睡着了。

杰克清清嗓子,然后随随便便地报告道:

"他说野兽从海里来。"

最后一下笑声消失了。拉尔夫不知不觉地回过身去,成了一个衬着环礁湖的、隆起的黑色人影。大家的目光随他而去,看着环礁湖之外浩瀚无际的大海,一面思考着;在那种不可测度的深蓝的海水之中,似乎蕴藏着无穷无尽的可能;他们默默地倾听着风吹树叶的飒飒声,倾听着从礁石处传来的轻微的海水击拍声。

莫里斯开口了——他说得那么响,把大家吓了一跳。

"爸爸说过,人们还没有发现海中所有的动物呢。"

又开始了一番争论。拉尔夫递过微微发光的海螺,莫里斯顺从地接着。会场又平静下来。

"我是说,杰克说你们会害怕的,因为人总会担惊受怕,那说得完全对。但是他说这个岛上只有野猪,我倒希望他说得对,可是他不知道,我是指他知道得不实在不确切。"——莫里斯喘了口气——"我爸爸说有那些东西,你们叫它们什么来着,那东西会造出墨黑的水来——乌贼——有几百码长,能吃下整条整条的鲸鱼。"他又停了一下,快活地笑笑。"我当然不相信有什么野兽。就像猪崽子说的那样,生活是有科学性的,可是咱们不知道,是吗?我是说知道得不确实——"

有人叫喊道:

"乌贼不会从水中跑出来!"

"会!"

"不会!"

转眼之间,平台上全是挥手舞臂的影子,他们争得不可开交。对于坐着的拉尔夫来说,这似乎是神志不清的表现。可怕的东西啦、野兽啦,大家没有一致同意火堆最重要:每当试着把事情搞搞清楚,就会发生争论,把话题扯开,提出令人讨厌的新问题。

他在幽暗中看到近旁白闪闪的海螺,就一把从莫里斯那里抢过来并拼命地吹起来。大家吓了一跳,静了下去。西蒙靠拉尔夫很近,他把手搁到海螺上。西蒙感到有一种危险的必要使他要发言,但在大庭广众之中发言对他是个可怕的负担。

"大概,"他犹豫不决地说,"大概是有一只野兽的。"

孩子们尖声乱叫，拉尔夫惊讶地站了起来。

"你，西蒙？你也信这个？"

"我不晓得，"西蒙说道，心跳得连气都喘不过来。"可是……"

一场风暴爆发了。

"坐下去！"

"住口！"

"拿着海螺！"

"见鬼去吧！"

"不许说！"

拉尔夫叫喊道：

"听他讲！他拿着海螺！"

"我是想说……大概野兽不过是咱们自己。"

"放屁！"

猪崽子惊得忘了礼貌，说出那等粗话。西蒙接着说道：

"咱们可能是一种……"

西蒙竭力想表达人类基本的病症，却说不清楚。他灵机一动。

"什么东西是最肮脏的？"

好像是作为一种回答，杰克突然打破了表示不理解的静默，他富于表情地说了句粗话。紧张空气的松弛使孩子们极度兴奋。那些已经爬回到歪树干上的小家伙们重又翻倒下来,可他们并不在乎。猎手们尖声叫喊,开心得要命。

西蒙的努力全线崩溃;这哄笑声残酷地鞭打着他,他手足无措地畏缩到自己的位子上。

会场终于又静了下去。有人接着发言:

"大概他指的是一种鬼魂。"

拉尔夫擎起海螺,凝望着朦胧的夜色。最亮的东西就是灰白的海滩了。小家伙们一定在近旁吧?对——对此可以肯定,他们就在草地中间身子紧挨着身子,挤做一团。一阵疾风把棕榈树吹得哗哗作响,喧哗声在寂静的黑夜里更加引人注意,听上去响得很。两根灰色的树干互相磨擦,发出令人不安的刺耳的声音,白天却谁也没有注意到。

猪崽子从拉尔夫手中拿过海螺,愤怒地说道:

"我根本不相信有鬼——从来不信!"

杰克也站了起来,带着一股无名火说道:

"谁管你信不信——胖子!"

"我拿着海螺!"

响起了短暂的扭打声,海螺被夺来夺去。

"你还我海螺!"

拉尔夫冲到他俩当中,胸上挨了一拳。他从拿海螺的人手里把它夺下来,气吁吁地坐下。

"鬼魂谈得太多了。这些该留在白天谈。"

一阵嘘声,接着不知是谁插了一句。

"也许野兽就是——鬼魂。"

大家像被风摇撼了一下。

"抢着说话的人太多了,"拉尔夫说道,"要是你们不遵守规则,咱们就不会有真正的大会。"

他又停了下来。精心计划的这次大会完蛋了。

"那你们还要我说什么呢?这么晚召开这次会是我错了。咱们将对此进行投票表决:我是指鬼魂;然后大家回茅屋去,因为咱们都累了。不许说话——是杰克在说吗?——等一等。我要在这儿说说,因为我不相信有鬼。或者说我认为我不信。可我不喜欢想到这些东西。就是说不喜欢现在这时候、在黑暗里想到鬼。除非咱们要把事情弄弄清楚。"

他把海螺举了一下。

"那好吧。我想要把事情弄弄清楚就是要弄清楚到底有没有鬼——"

他想了想,提出了问题。

"谁认为会有鬼?"

好长一段时间,没有人说话,也没有人明显地做什么动作。随后拉尔夫往黑暗中看去,辨认出自己的手;他断然说道:

"我明白了。"

那个世界,那个可以理解和符合法律的世界,悄悄地溜走了。曾经有过要么是这要么是那;可现在——船已经开走了。

有人从拉尔夫手中夺过海螺,是猪崽子又尖叫起来:

"没有鬼,我投票赞成没有鬼!"

他在与会者中转了一圈。

"你们全都记住!"

他们听到他在跺脚。

"咱们是什么?是人?是牲畜?还是野蛮人?大人会怎么想呢?跑开去——捕野猪——让火给灭了——而现在!"

一个阴影急急地冲到他跟前。

"你住口,你这个胖懒虫!"

又发生了短暂的争夺,微微闪光的海螺上下晃动。拉尔夫一跃而起。

"杰克!杰克!你没拿着海螺!让他发言。"

杰克的脸在拉尔夫的面前摇晃着。

"你也闭嘴!不管怎样,你算什么东西?干坐在那儿——对人发号施令。你不会打猎,不会唱歌——"

"我是头头。大家选我的。"

"大家选你的又怎么样?只会发些没有意义的命令——"

"猪崽子拿着海螺。"

"对呀——你总是向着猪崽子——"

"杰克!"

杰克怀恨地模仿他的声音。

"杰克! 杰克!"

"规则!"拉尔夫喊道,"你破坏规则!"

"谁在乎?"

拉尔夫急中生智。

"因为规则是咱们所有的唯一东西!"

但是杰克仍叫喊着反对他。

"让规则见鬼去吧! 我们是强有力的——我们会打猎! 要是有野兽,我们就把它打倒! 我们要包围上去揍它,揍了再揍——!"

他狂叫一声,跃下灰白的沙滩。平台上立刻充满了一片喧哗声、骚动声、争夺声、尖叫声和哄笑声。与会者四下散开,他们乱纷纷地从棕榈树处跑向水边,沿着海滩越跑越远,消失在朦胧的夜色中。拉尔夫觉得海螺碰到自己脸上,就把它从猪崽子手里拿过来。

"大人们会怎么说呢?"猪崽子又喊道。"瞧他们那个模样!"

从海滩上传来了模仿打猎的声音,歇斯底里的笑声和真正感到恐怖的尖叫声。

"吹海螺,拉尔夫。"

猪崽子靠得很近,拉尔夫连他一块镜片的闪光都看得见。

"有火在那儿,他们看不见吗?"

"眼下你得强硬一点,叫他们执行你的命令。"

拉尔夫以一种背诵定理的语气小心地回答道:

"要是我吹了海螺他们不回来;那咱们就自作自受了。咱们维持不了火堆。咱们就会像牲畜一样,再也不会得救。"

"要是你不吹,咱们也会很快地变成牲畜。我看不见他们在做什么,可我听得见。"

四散的人影在沙滩上汇聚拢来,变成了旋转着的浓黑的一团。他们在和唱着什么,已经唱够了的小家伙们号叫着蹒跚走开。拉尔夫把海螺举到唇边,又放了下来。

"猪崽子,伤脑筋的是:有没有鬼呢?有没有野兽呢?"

"当然没喽。"

"为什么没呢?"

"因为事情会讲不通。房子啦、马路啦、电视啦——那些东西会不起作用。"

一边跳舞一边和唱着的孩子们渐渐筋疲力尽,他们唱不出词儿,只发出有节奏的声音。

"假如说它们讲不通?在这儿,在这个岛上是讲不通的?

135

假如它们正观察着咱们,等着机会呢?"

拉尔夫猛缩了一下,向猪崽子靠近一些,以致他们两人撞在一起,都吓了一跳。

"别再这样说!麻烦事情已经够多了!拉尔夫,我要受不住了。要是有鬼的话——"

"我该放弃当头头。听他们算了。"

"哦,天哪!别,可别!"

猪崽子紧紧抓住拉尔夫的臂膀。

"要是杰克当上头头,他就会尽打猎,不再管火。咱们会在这儿待到死。"

猪崽子声音高得成了尖叫。

"谁坐在那儿?"

"我,西蒙。"

"咱们倒是好极了,"拉尔夫说道。"三只瞎了眼的耗子。我算认输了。"

"要是你认输,"猪崽子惊慌地低声问,"那我会怎么样呢?"

"不会怎么样的。"

"他恨我。不晓得是为什么。要是他能随心所欲——你没事,他尊敬你。此外——你会揍他。"

"你刚才也跟他漂亮地干了一仗。"

"我拿着海螺,"猪崽子直率地说。"我有权发言。"

西蒙在黑暗中动弹了一下。

"把头头当下去。"

"你闭嘴,小西蒙!为什么你就不能说没野兽呢?"

"我怕他,"猪崽子说,"那就是我了解他的原因。要是你怕一个人,你会恨他,可是你又禁不住要想到他。你可以骗自己,说他实在还不错,可当你又见着他,就会像得气喘病似的喘不过气来。我告诉你,他也恨你,拉尔夫——"

"我?为什么恨我?"

"我不晓得。你让他在火那件事上栽跟头了;还有你是头头,他不是。"

"可他是,他是,杰克·梅瑞狄!"

"我老躺在床上养病,所以我有空动脑筋。我了解人们,了解我自己,也了解他。他伤害不了你;可要是你靠边站他就会伤害下一个,而那就是我。"

"猪崽子说得对,拉尔夫。你和杰克都没有错。把头头当下去。"

"咱们都在放任自流,事情越来越糟。家里总有个大人。请问,先生;请问,小姐;然后你总有个答复。我多么希望能这样!"

"我姨妈在这儿就好了。"

137

"但愿我的父亲……哦,那管什么用?"

"让火堆燃着。"

舞跳完了,猎手们都回到茅屋里去了。

"大人懂事,"猪崽子说。"他们不怕黑暗。他们聚会、喝茶、讨论。然后一切都会好的——"

"他们不会在岛上到处点火。或者失掉——"

"他们会造一条船——"

三个男孩站在黑暗之中,起劲地、东拉西扯地谈论着了不起的成人生活。

"他们不会吵架——"

"不会砸碎我的眼镜——"

"也不会去讲野兽什么的——"

"要是他们能带个消息给我们就好了。"拉尔夫绝望地叫喊道。"要是他们能给我们送一些大人的东西……一个信号或什么东西就好了。"

黑暗中传来一阵微弱的呜咽声,吓得他们毛骨悚然,赶快互相抓住。接着呜咽声越来越响,显得那么遥远而神秘,又转成一种急促而含糊不清的声音。哈考特·圣安东尼教区牧师住所的珀西佛尔·威密斯·麦迪逊正在这样的环境中消磨时光:他躺在长长的野草里,口中念念有词,但是把自己的地址当作咒语来念也帮不了他的忙。

第六章　　兽从空中来

除了星光之外，其他什么光也没有。他们搞清了这鬼叫似的声音是哪里来的，而珀西佛尔又安静下来，拉尔夫和西蒙笨手笨脚地把他抬到一个窝棚里。猪崽子因为说过大话，也就在离他们不远的地方跟着。然后三个大男孩一起走到邻近的一个窝棚。他们焦躁不安地躺在枯叶堆中，发出嘈杂的响声，仰望着点点的群星，星光正投向环礁湖。有时从别的窝棚里传出一个小家伙的哭叫声，偶尔又有一个大家伙在黑暗中说着梦话。随后他们三个也进入了梦乡。

一弯新月升在海平线上，月亮小得很，就连直投到水面上时也形不成一道亮光；然而在夜空中却有着别的光，它们倏忽而过，一闪一闪，或者熄灭掉，十英里高空的战斗甚至连一下轻微的爆裂声都没有传来。但是一个信号从成人世界飘扬而下，虽然当时孩子们都睡着了，谁也没有注意到。突然一下耀眼的爆炸，一条明亮的螺旋状的尾巴斜越夜空，然后又是一片黑暗，群星闪闪。海岛上空出现了一个斑点，在一顶降落伞下一个人影垂荡着摇晃的四肢，正在迅速下降。不同高度的风向变幻不定，风把人影吹来吹去。接着，在三英里的高处，风向固定了，风带着人影以一条圆弧形的下降曲线划破夜空，倾斜度很大地越过礁石和环礁湖，朝山飞去。人影掉在山侧的蓝野花丛当中，缩成一团，可此刻在这个高度也有一股轻轻的微风，降落伞啪啪翻动，砰然着地，拖拉起来。于是人影双脚拖在身后，滑上山去。轻风拖着人影，一码一码，一扑一扑地穿越蓝色的野花丛，翻过巨砾和红石，最后在山顶的乱石碎砾中挤做一团。这儿微风时有时无，降落伞的绳索东拉西张地往下挂着，或者缠绕起来；人影坐着，戴盔的脑袋耷拉在双膝之间，搁在错综交叉的绳索上面。微风吹过，伞绳会绷直，这种牵拉偶尔会使人影的脑袋抬起，胸膛挺直，于是他的目光似乎越过山顶，凝望着远方。然后，每当风势减弱，伞绳便会松弛下去，人影又向前弯曲着，把脑袋深埋在双膝之间。因此当群星移过夜空时，看得出山顶上坐着的人影一会儿弯成弓形，一会儿松落下去，一会儿又弯成弓形。

在清晨的黑暗中，山侧下面一条小路的岩石旁响起了喧闹声。两个男孩从一堆灌木和枯叶中翻滚出来，两个模糊的影子似醒未醒地扯淡着。这是双胞胎俩，他们在值班管火。论理应该是一个睡觉，另一个守着。但是他们俩独立行动的时候从来都做不成一件像样的事；而因为整夜呆着不睡是做不到的，两人就都去睡觉了。这会儿他们走近曾经是信号火的一堆黑漆漆的余烬，打着呵欠，揉着眼睛，熟门熟路地走着。可一到火堆边他们就停止打呵欠了，其中一个匆匆奔回去拿木柴和树叶。

另一个跪了下去。

"我看火已经灭了。"

他拿起一根塞到他手中的木棒拨弄起来。

"没灭。"

他躺下去，把嘴贴近黑漆漆的余烬，轻轻地吹着。他的脸慢慢地显出来，被照得红通通的。吹了一会儿，他停了下来。

"萨姆——给我们——"

"——焦炭。"

埃里克弯下腰去又轻轻地吹着，直吹到一团余烬旺了。萨姆把一块焦炭放到开始发红的地方，接着加上一根枝条。火越来越旺，枝条燃着了。萨姆堆上了更多的枝条。

"别烧得太多，"埃里克说道，"你放得太多了。"

"咱们来暖暖身子。"

"那又得去搬柴火了。"

"我冷。"

"我也冷。"

"还有,天——"

"——天太黑了。那好吧。"

埃里克往后蹲坐着,看着萨姆生火。萨姆把焦木搭成一个小小的遮风的棚,火稳稳地点着了。

"可真差不离。"

"他会要——"

"光火的。"

"嘿。"

双胞胎默默地注视着火堆。随后埃里克吃吃地闷笑起来。

"他不是光火了吗?"

"在谈到——"

"火堆和野猪的时候。"

"幸好他是冲着杰克,而不是冲着咱们俩。"

"嘿,记得学校里总发脾气的那个老先生吗?"

"孩子——你—可真要—把我—给慢慢地—气疯了!"

双胞胎两人会心地哈哈大笑,接着他们又想起了黑暗和别的一些东西,不安地东张西望起来。在架空的木柴旁,火焰燃得正旺,这又把他们的眼光吸引了回来。埃里克注视着：树虱在疯狂地乱跑，却免不了被火焰所吞噬，他想起了第一次所生的火——就在那下面，在山的更陡峭的一侧，那儿此刻是一片黑暗。他并不喜欢记起这件事，侧脸看起山顶来了。

这会儿热气四射，令人愉快地照到了他们身上。萨姆尽可能近地把枝条塞进火里，闹着玩儿。埃里克伸出双手，试试看放在多远可以经受得住火堆辐射出来的热量。他无聊地看着火堆的另一边，从乱石碎砾扁平的阴影中重新想象出它们白天的轮廓。就在那儿有块大岩石，那儿有三块石头，裂开的岩石，从那儿再过去，有一道山罅——就在那儿——

"萨姆。"

"呣？"

"没什么。"

枝条燃起了熊熊的火焰。树皮被烧得蜷曲起来，随火而化，木头发出了噼啪的爆裂声。遮风的小棚朝内坍塌下去，山顶上好大一圈被照得通亮。

"萨姆——"

"呣？"

"萨姆！萨姆！"

萨姆烦躁地看看埃里克。埃里克的眼神显得很紧张，说明他所看的方向凶险可怕；萨姆原先背对着那个方向，现在急匆匆地兜过火堆,蹲坐在埃里克身旁也盯着看起来。他们呆若木鸡,互相紧揪着手臂,两双眼睛一眨不眨,两张嘴巴难以合拢。

在他们下面远远的地方,无数的林木哀叹着,随之怒号起来。他们额前的头发飘动,火焰从火堆中旁逸出来。在他们之外十五码的地方,传来布被风吹开的噗噗声响。

两个孩子都没尖声呼叫,只是用手更紧地抓住对方的臂膀,嘴巴突出。他们这样蹲伏了约十秒钟时间,与此同时,噼啪作响的火堆冒出了浓烟和火星,火光在山顶上摇曳不停。

接着,就好像他们两人只有同一颗被吓坏了的心,双胞胎跌跌撞撞地爬过山岩,逃之夭夭。

拉尔夫正做着美梦。经过几小时嘈杂的辗转反侧,他终于在枯叶堆中进入了梦乡。连别的窝棚里的孩子在梦魇中发出的惊叫也没有惊动他,因为他已在梦中回到了自己的老家,正隔着花园的围墙拿糖喂小马。随之有人摇他的手臂,告诉他该吃茶点了。

"拉尔夫!醒醒!"

树叶哗哗作响,像大海那样怒号。

"拉尔夫,醒醒!"

"怎么啦?"

"我们看见——"

"——野兽——"

"——清清楚楚!"

"你们是谁?双胞胎吗?"

"我们看见野兽了——"

"别出声。猪崽子!"

树叶仍在怒号。拉尔夫直奔椭圆形的、暗淡的星群,一头撞到猪崽子身上,双胞胎中的一个忙拽住他。

"你不能出去——太可怕了!"

"猪崽子——长矛在哪儿?"

"我听得见——"

"快静下来。躺着。"

他们躺在那里倾听,起初有点怀疑,可在一阵阵死寂之中听着双胞胎低声细语的描述,也畏惧起来。一会儿工夫,黑暗中似乎满是爪子,满是可怕的无名之兽和威胁之意。漫无止境的拂晓慢慢地隐去了群星,最后,灰蒙蒙的光线终于射进了窝棚。他们开始动弹身子,尽管窝棚外面的世界仍然危险得令人无法忍受。黑暗中迷乱的景象分得清远近了,天空高处小片的云彩涂上了一层暖色。一只孤零零的海鸟扑棱棱地拍翅飞向云天,嘶哑地鸣叫一声,引起几下回声；森林中有什么东西粗厉地戛然长鸣。靠近海平线的一片片云彩此刻闪耀出玫瑰红色，而棕榈树羽毛似的树冠也呈现出清翠碧绿。

拉尔夫跪在窝棚的进口处，小心翼翼地窥测着四周的动向。

"萨姆和埃里克。叫他们来碰碰头。悄悄地。去吧。"

双胞胎瑟瑟发抖地互相搀着，壮着胆子走了几码到邻近的一个窝棚里去传播那令人畏惧的消息。拉尔夫站了起来，为了自己的尊严，尽管心里忐忑不安，还是硬撑着走向平台。猪崽子和西蒙跟着他，其他孩子也蹑手蹑脚地跟在后面。

海螺搁在光溜溜的位子上，拉尔夫拿起海螺放到嘴边；可接着他犹豫片刻，并没有吹，只举起贝壳向大家示意一下，他们都明白了。

太阳的光线像把扇子似的从海平线下面往上展开，又向下晃到齐眼睛那么高。拉尔夫瞥一下从右面照亮他们的、正在越来越扩大的一片金色的闪光，似乎要选择适当的方向来发言。在他前面围成圈的孩子们手中都竖拿着一根根打猎的长矛。

他把海螺递给最靠近他的埃里克——双胞胎中的一个。

"我们俩亲眼看到了野兽。不——我们当时没睡着——"

萨姆接过故事讲下去。现在一个海螺管双胞胎两个共用已成了习惯,因为大家已经公认他们俩实在是密不可分的。

"野兽是毛茸茸的。头的后面有东西飘来飘去——像是翅膀。它动得太——"

"真可怕。它那么直挺挺地坐起来——"

"火光很亮——"

"我们俩刚生好火——"

"——还在往上多加木柴——"

"有眼睛——"

"牙齿——"

"爪子——"

"我们俩没命地奔逃——"

"猛撞到什么东西上——"

"野兽跟着我们俩——"

"我看到它鬼鬼祟祟地躲在树木后面——"

"差一点碰到我——"

拉尔夫怀着恐惧的心情指指埃里克的脸,上面有一些伤痕,是矮灌木丛划的。

"你那是怎么搞的?"

埃里克摸摸自己的脸。

"我脸上都弄破了。在流血吗?"

围成圈的孩子们害怕地退缩下去。约翰尼还在打着呵欠，忽然出声地哭起来，被比尔刮了个嘴巴子，才强忍住眼泪。明亮的早晨充满了种种威胁，孩子们的圈儿开始有了变化。他们的脸不是朝里，而是朝外，用木头削尖制成的长矛像一道篱笆。杰克叫他们向中心靠拢。

"这才是真正的打猎呢！谁敢去？"

拉尔夫不耐烦地动弹了一下。

"这些长矛是木头做的。别傻了。"

杰克嘲笑地对他说：

"害怕了？"

"当然怕了。谁会不怕呢？"

杰克转向双胞胎，期待他们的回答，却感到失望。

"我想你们不会跟我们开玩笑吧？"

他们回答得非常肯定，无可怀疑。

猪崽子拿过海螺。

"咱们能不能——还是——呆在这儿？可能野兽不会到咱们附近来。"

要不是好像感到有什么东西正瞧着他们，拉尔夫早就对猪崽子大声吆喝起来。

"呆在这儿？圈在这么一小块岛上，总得提防着？咱们怎么弄到吃的呢？火堆又怎么办呢？"

"让我们行动吧，"杰克焦躁地说，"我们在浪费时间。"

"不，我们没有。小家伙们怎么办呢？"

"别管那些小家伙！"

"得有人照顾他们。"

"过去谁也不需要照顾。"

"过去没这个必要！可现在有了。让猪崽子来照管他们。"

"好呀。好让猪崽子别冒风险。"

"动动脑筋吧。猪崽子一只眼能干得了什么？"

其余的孩子好奇地看看杰克，又看看拉尔夫。

"还有一件事。你们这次可不像寻常的打猎，因为野兽没留下足迹。要是它留下了，你们倒可以看得见。大家都知道，野兽可能像荡秋千似的从一棵树摆到另一棵树，就像刚才所说的一样。"

大家点头称是。

"所以咱们必须想一想。"

猪崽子取下摔坏的眼镜，擦擦残余的眼镜片。

"拉尔夫，我们怎么办呢？"

"你还没拿海螺。它在这儿。"

"我是说——我们怎么办呢？假如你们都走开，而野兽倒来了。我又看不清楚，要是我被吓坏了——"

杰克轻蔑地插了一句。

"你总是吓破胆。"

"我拿着海螺——"

"海螺！海螺！"杰克叫道，"我们再也用不着海螺。我们知道该由谁发言。西蒙说话有什么用？比尔、沃尔特说话顶个屁？是时候了，该让有些人知道他们得闭上嘴，让我们其余的来下决定——"

拉尔夫不再能无视他的发言。热血涌上了双颊。

"你没拿到海螺。"他说。"坐下。"

杰克的面孔变得如此苍白，脸上的雀斑显得像褐色的污点那样清楚。他舔舔嘴唇，仍然站着。

"这是猎手的活儿。"

其余的孩子们目不转睛地看着。猪崽子感到自己被卷入了纷争的漩涡，心里不自在，他悄悄地把海螺放回到拉尔夫的膝盖上，坐了下去。气氛静得逼人，猪崽子屏气静息。

"这不止是猎手的活，"拉尔夫最后说，"因为你无法追踪野兽。你难道不要得救了吗？"

他转向全体与会者。

"难道你们全都不想得救了吗？"

他回过头去看了杰克一眼。

"我从前说过，火堆最要紧。眼下火堆一定灭掉了——"

先前的恼怒又给了他以还击的力量。

"难道你们都没有头脑了？咱们必须再把火生起来。杰克，你从来没有想到过火堆，不是吗？要不然你们全都不想得救了？"

不，他们都要得救，对此无可怀疑；大家的倾向猛地偏向拉尔夫一边，危机过去了。猪崽子喘了口粗气，想缓一缓过来，可没成功。他倚躺在一根圆木旁，张大着嘴巴，嘴唇上布满了一圈青紫的斑印。谁也没去注意他。

"想想吧，杰克。在岛上你还有什么地方没去过？"

杰克不情愿地答道：

"只有——当然啰！你记得吗？岛的尾端，山岩都堆集起来的那个地方。我到过那儿附近。岩石堆得像桥一样。上去只有一条路。"

"那东西可能住在那儿。"

大伙儿哄地一声说开了。

"静一静！好。那就是咱们要去看一看的地方。要是野兽不在那儿，咱们就爬上山去看看；再点着火堆。"

"咱们走吧。"

"咱们先吃了再去。"拉尔夫停顿了一下。"最好带着长矛。"

吃完以后拉尔夫和大家伙们就沿着海滩出发了。他们把猪崽子留在平台上支撑局面。这一天像其他日子一样，天气可望晴朗，在蔚蓝色的苍穹之下，大地上沐浴着万道霞光。

在他们面前展现的海滩微呈弧形,它一直伸向远方,直至弯进了一片森林;还不到白天的那个时候:蜃景变幻的帷幕会使各种景象模糊不清。在拉尔夫的指挥下,他们谨慎地选了一条沿着棕榈斜坡的小路,而不敢沿着海边发烫的沙滩行走。拉尔夫让杰克带着路;杰克装模作样地小心地走着,尽管要是有敌人的话,他们在二十码开外一眼就能看见。拉尔夫殿后,很高兴暂时地逃脱了责任。

西蒙走在拉尔夫前头,感到有点儿怀疑——一个会用爪子抓人的野兽,坐在山顶上,没留下足迹,跑得不很快,捉不住萨姆埃里克。不管西蒙怎么想象那头野兽,在他内心里浮现的却总是这样一幅图画:一个既有英雄气概又是满面病容的人。

他叹了口气。别人能站起来对着大庭广众发言,显然他们没那种可怕的个性上的压力感,就好像只是对一个人说话那样。西蒙朝旁边跨出一步,回首张了一下。拉尔夫正跟上来,肩上扛着长矛。西蒙胆怯地放慢了脚步,等到跟拉尔夫并肩而行,他透过此刻又落到眼边的粗硬的黑头发,仰望着拉尔夫。拉尔夫却瞥向一边,脸上露出勉强的笑容,好像忘了西蒙曾经愚弄过他,随后又向别处看去,其实什么也没看。有那么一会儿工夫,西蒙为自己被接受而感到快乐,接着他不再想他自己的事情。忽然西蒙一不留意猛撞到一棵树上，拉尔夫不耐烦地向一边看去，罗伯特吃吃地笑了。西蒙头昏眼花，摇摇晃晃，额前出现了白的一块，又变成红颜色并出了血。拉尔夫不去理睬西蒙，他又想起了自己倒霉的心事。过一会儿他们就要到城堡岩了；那时头儿就得上前。

杰克小步跑回来。

"我们已经看得见了。"

"好吧。我们要尽可能靠近些。"

他跟在杰克身后走向城堡岩，那儿的地势稍稍高起。在他们的左面是不可穿越的紧缠着的藤蔓和树木。

"为什么那儿就不会有东西呢？"

"因为你可以看到。那儿没有东西进进出出。"

"那城堡岩怎么样？"

"瞧吧。"

拉尔夫分开眼前的草，放眼望去。多石的地面只有不多几码了，再往前岛的两侧几乎要交叠起来，让人预料前面应该是一个海岬的最高点。但看到的却是一条狭窄的岩石突出部，有几码宽，大概十五码长，使岛继续延伸到海里。那儿卧着一块构成这个岛的底部的那种粉红色的方岩石。城堡岩的这一面约有一百英尺高，他们从山顶上远眺时像个粉红色的棱堡。峭壁的岩石断裂，峭壁顶上凌乱地散布着似乎摇摇欲坠的大块石头。

拉尔夫背后长长的野草中,挤满了不声不响的猎手。拉尔夫朝杰克瞧瞧。

"你是个猎手。"

杰克脸红了。

"我知道。没错。"

拉尔夫感到,有一种深沉的东西使他不由自主地说道:

"我是头头。我去。别争了。"

他转向其他的孩子。

"你们都躲在这儿。等着我。"

他发现自己的声音不是轻得听不见,就是显得太响。他看着杰克。

"你是不是——认为?"

杰克喃喃地答道:

"我到处都去过了。那东西准在这儿。"

"我明白了。"

西蒙含糊不清地咕哝道:"我不信有什么野兽。"

好像同意天气不会怎么样似的,拉尔夫彬彬有礼地答道:

"对。我猜也没有。"

拉尔夫嘴巴抿紧,嘴唇苍白。他慢慢地把头发往后捋一捋。

"好吧。回头见。"

他勉强地挪动脚步向前走,一直走到陆地的隘口。

拉尔夫四周别无遮拦,被空气所团团围住。即使不必向前,也无藏身之地。他停在狭窄的隘口俯视着。要不了几百年,大海就会把这个城堡变成一个岛。右手方向是环礁湖,被浩瀚的大海冲袭着;左手方向是——

拉尔夫不寒而栗。是环礁湖使他们免遭太平洋的侵袭:由于某种原因,只有杰克才一直下去,到达过另一侧的海边。此刻他以陆上人的眼光看到了滚滚浪涛的景象,看来就像某种巨兽在呼吸。海水在礁石丛中缓缓地沉落下去,露出了一块块粉红色的花岗岩地台,露出了各种奇形怪状的生长物:珊瑚呀,珊瑚虫呀,海藻呀。海水退啊,退啊,退却下去,就像阵风吹过森林里的树梢那样沙沙地响。那儿有一块扁平的礁石,像张桌子似的平放着,海水退落时把四面的海藻带下去,看上去就像一座座悬崖峭壁。然后,沉睡的利维坦[1]呼出气来——海水又开始上涨,海藻漂拂,翻腾的海水咆哮着卷上那像桌子似的礁石。几乎觉察不到波浪的经过,只有这一分钟一次的有规律的浪起浪落。

拉尔夫转向粉红色的峭壁。在他身后,孩子们等在长长的野草中,等着看他怎么办。拉尔夫感到自己手掌心里的汗珠这会儿是凉的;他吃惊地认识到:他并不真的盼望碰到什

---
[1] 源出希伯来文 Livyathan,即《圣经》上所说的一种强大无比的海兽。

么野兽，要是真碰上了也会不知所措。

拉尔夫看得出自己能爬上峭壁，但是这没有必要。四四方方的山岩有一圈类似柱脚的侧石围绕着，因而在右面，俯瞰着环礁湖的那个方向，可以沿着突出部一点点上去，拐过还看不见的犄角。爬上去挺方便，一会儿他就正远眺山岩的四周了。

没有什么出乎意料的东西：乱七八糟的粉红色的大圆石，上面铺着一层糖霜似的鸟粪；一条陡峭的斜坡直通冠于棱堡之上的乱石碎砾。

拉尔夫背后的声响使他回过头去。杰克正侧身沿着突出部徐徐而上。

"不能让你独个儿干哪。"

拉尔夫一言不发。他带路翻上山岩，检查着一种略呈半洞穴状的岩石，里面没什么可怕的东西，只有一窝臭蛋，他终于坐了下来，环视着四周，用长矛柄敲打起岩石。

杰克煞是激动。

"做一个堡垒这地方该有多好啊！"

一股水花溅湿了他们的身体。

"不是淡水。"

"那么是什么呢？"

在岩石的半当中实际上挂着一长条污浊的绿颜色的水。

他们爬上去尝着细细的水流。

"可以在这儿放上个椰子壳,一直盛着。"

"我可不。这是个肮里肮脏的地方。"

他们并肩攀上了最后一段高度,越缩越小的岩石堆上顶着最后一块断裂的岩石。杰克挥拳向靠近他的一块岩石击去,石头发出轻轻的轧轧声。

"你记得吗——?"

他们俩都记起了那段困难的时光。杰克匆匆地说道:

"往那岩石下面塞进一根棕榈树干,要是敌人来了——那就瞧吧!"

他们下面一百英尺光景是狭窄的岩石突出部——石桥,再过去是多石的地面,由此再过去是散布在野草上的点点人头,在那之后则是森林。

"嗨哟一下,"杰克兴奋地叫喊道,"就会——哗地——!"

杰克用手做了个向下猛推的动作。拉尔夫却朝山的方向望去。

"怎么啦?"

拉尔夫回过头来。

"呃?"

"你在看——我不晓得怎么办。"

"这会儿没信号了。影踪全无。"

"你真是个迷上信号的傻瓜。"

蓝色的、整齐的海平线包围着他们,只有一个地方被山峰所遮蔽。

"那就是我们所有的一切了。"

拉尔夫把长矛斜倚在一块摇动的石头上,两手把头发往后捋。

"我们必须往回赶,爬到山上去。野兽是在那儿发现的。"

"野兽不会在那儿。"

"我们还能干什么呢?"

躲在野草里的其他孩子,看到杰克和拉尔夫没有受到伤害,都刷地跑到了阳光里。他们沉浸在探险的兴奋之中,把野兽忘记了。他们拥过石桥,一会儿爬的爬、叫的叫。拉尔夫此刻站着,一手撑着一大块红色的石块,大得像只水车轮子,石块已经裂开,悬空着,有点儿摇晃。拉尔夫阴沉地注视着山头。他握紧拳头朝右捶打着红色的石墙,抿紧了嘴唇,额发下的眼睛里充满了渴望的神色。

"烟。"

他吮吸着青肿的拳头。

"杰克!跟我来。"

但是杰克已经不在那儿了。一小群男孩正发出他没注意到的乱哄哄的吵闹声,在嗨哟嗨哟地推一块石头。当拉尔夫转过身子时，正好石基破裂了，整块岩石倒进大海，轰隆一声巨响，水柱直溅到峭壁的半腰里。

"停下！停下！"

拉尔夫的高声大喊使他们安静下来。

"烟。"

拉尔夫的脑子里发生了一个奇怪的变化。他的内心深处掠过什么东西，就像蝙蝠振翼那样干扰了他的思想。

"烟。"

一谈到烟他的思想立刻又清楚了，怒火也燃烧起来。

"咱们需要烟。而你们却在浪费时间。你们倒滚起石头来了。"

罗杰喊道：

"咱们有的是时间！"

拉尔夫摇摇头。

"咱们必须爬到山上去。"

一阵吵吵嚷嚷。有的男孩要回到海滩上去，有的要再滚石头。阳光灿烂，危险跟黑暗一块儿渐渐消失。

"杰克。野兽可能在另一侧。你再带路。你去过。"

"咱们可以沿着海滩去。那儿有野果。"

比尔走近拉尔夫问道：

"为什么我们不可以在这地方再呆一会儿？"

"说得对。"

"让我们做个堡垒——"

"这儿没吃的,"拉尔夫说道,"没有窝棚。也没有多少淡水。"

"这儿会成为一个出色的堡垒的。"

"我们可以滚石头——"

"一直滚到那石桥上——"

"我说咱们继续前进吧!"拉尔夫狂怒地叫喊道。"咱们一定要搞清楚。现在就走。"

"让我们呆在这儿——"

"回到窝棚去——"

"我累了——"

"不行!"

拉尔夫把拳头捶击得连指关节的皮都破了。他似乎并没有觉得痛。

"我是头头。咱们必须搞个水落石出。难道你们没看见山吗?那儿没有信号在发出指示。也许有一艘船正从那外面经过。你们全都疯了吗?"

男孩子们不完全同意地逐渐平静了下来,有些孩子还在低声地抱怨着。

杰克领路走下了山岩,跨过了石桥。

第七章 暮色和高树

位于另一侧海边的,是一片杂乱无章的山岩,紧贴着山岩有一条野猪出没的羊肠小道,拉尔夫满足地跟着杰克沿小道前进。倘若能塞耳不闻大海慢吞吞地吸落下去,又翻腾着席卷重来,倘若能视而不见小道两旁羊齿丛生的树丛多么暗无天日,从未有人涉足,那么你就有可能会忘掉野兽,梦想一阵子。骄阳已经摆过了当头,岛上下午的暑气越来越闷热。拉尔夫往前头递了个口信给杰克,等到再遇着野果的时候,全队就停下来吃一顿。

坐下以后,拉尔夫那天第一次注意到了暑热。他厌恶地扯扯灰衬衫,吃不准是不是要把它洗洗。即使是对于这个岛来说,这会儿的暑热似乎也是异乎寻常的,坐在这样的暑热之下,拉尔夫筹划着如何清洗一番。拉尔夫希望有一把剪子来剪剪他这头发——他把乱糟糟的长发往后一甩——把这脏透的头发剪到半英寸长。他希望洗个澡，擦上肥皂真正地洗一洗。拉尔夫试用舌头舔舔牙齿，断定随手要是有把牙刷也很好。还有他的指甲——

拉尔夫把手翻过来细细查看。指甲已被咬到最贴肉的地方，尽管他记不起什么时候又开始了这种恶习，什么时候又沉溺于这种恶习。

"以后得吮大拇指——"

他偷偷摸摸地朝四下看了看。显然没人听见他说话。猎手们坐着，正狼吞虎咽地吃着这种来得容易的饭食，他们试图使自己相信：香蕉，以及另一种淡青灰色的浆果，吃起来真是其乐无穷。拉尔夫记得自己有时候是很清洁的，用这样的标准，他把他们一个个打量过来。猎手们肮脏不堪，不是摔在泥地里浑身是泥浆的脏样，也不是大雨天给淋得像个落汤鸡似的狼狈相。他们没有一个十分明显地脏在外表，然而——头发太长，东缠西绕，裹着枯枝残叶；因为边吃边流汗，脸倒还算干净，但是从某些特别的角度，就看得出有黑黑的污垢；褴褛的衣衫，就像他自己穿的那件一样，因为汗水而弄得很僵硬，他们穿上衣服，既不是为了装饰，也不是为了舒适，只是出于习惯而已；孩子们赤裸的身上满是盐屑——

拉尔夫发现自己现在对这种状况已习以为常，毫不介意，心头微微一沉。他叹了口气，推开他从上面剥下过野果的那根树梗。猎手们已经悄悄地跑开到树林子里或是跑到了山岩下面去干他们的营生了。他转过身去，放眼大海。

在这儿，在海岛的另一侧，景象迥然不同。经受不住冷冰冰的大洋水，海市蜃楼的朦胧魅力消失了，海平面轮廓清晰，蓝得刺眼。拉尔夫漫步走下山岩。在下面这儿，几乎跟大海同一个水平面上，可以放眼追随深海的涌浪滚滚向前。涌浪有好几英里宽，很明显可以看得出不是碎浪，也不是浅水处隆起的浪脊。涌浪横越过整个海岛，带着一种不屑一顾的气势，又开始了自己的征程；与其说涌浪滚滚向前，不如说整个大洋在惊心动魄地一起一伏。此刻海潮将要吸落下去，退却的海水白浪滔滔，形成了无数道大小瀑布，海水经过丛丛礁石而沉落，海藻紧贴着垂荡下去，就像闪闪发亮的头发；随后，稍停片刻，积聚起力量后，海潮又怒吼着起来，不可抗拒地涌上礁石尖儿和地层露头，爬上小巉岩，以一股拍岸激浪冲上海沟，最后在离拉尔夫一、二码的地方化为飞沫。

一浪紧接一浪，拉尔夫的目光追随着波涛起伏，直看到海洋的无边无际使他的头脑开始发晕。然后，几乎是无垠的海水又渐渐地迫使他集中起注意力。大海——这就是间隔和障壁。在岛屿的另一侧，正午时处在蜃景的包围中，宁静的环礁湖袒护着他们，谁都可以幻想得救；但是在这儿，面对着这蛮横而愚钝的大洋，面对着这茫无边际的隔绝，谁都会觉得束手无策，谁都会感到孤立无援，谁都会绝望，谁都会——

西蒙几乎就在他耳边说起了话。拉尔夫发现西蒙痛苦地双手紧抓住岩石，弓着身体，挺直脖子，张大着嘴巴。

"你会回到老地方的。"

西蒙边说边点头。他单膝下跪，双手抓住一块较高的岩石俯看着，另一条腿向下伸到拉尔夫的身旁。

拉尔夫迷惑不解，仔细察看西蒙的脸，想找出点名堂来。

"这么大，我是说——"

西蒙点点头。

"反正一样。你会平安返回的。不管怎样，我是这样认为的。"

拉尔夫的身体稍微松弛了一点。他朝大海瞥了一眼，随后挖苦地笑着朝西蒙说：

"你口袋里有条船？"

西蒙咧嘴摇摇头。

"那你怎么会知道呢？"

西蒙还没吭声，拉尔夫就粗率无礼地说道，"你发疯了。"

西蒙使劲地摇头，粗硬的黑发前后乱甩，拂过他的脸部。

"不是，我不是那个意思，我只是认为你总会回来的，不会出什么事。"

一时间两人默不作声。然后他们俩不约而同地互相笑了笑。

这时候罗杰在树丛里叫喊起来：

"来看哪！"

野猪出没的羊肠小道近旁，地面被翻了起来，还留着冒热气的粪便。杰克俯身看得起劲，好像挺喜欢似的。

"拉尔夫——即使咱们追捕别的东西也需要肉。"

"要是你走的路对头，咱们就打猎吧。"

他们又出发了，由于提到了野兽，猎手们有点害怕，稍稍靠拢了一些，杰克在前面开路。他们走得比拉尔夫预想的更慢；然而在某种程度上拉尔夫宁可捧着长矛慢慢地走。不一会儿，杰克迷失了方向，队伍只好停顿下来。拉尔夫倚在树上，立刻做起了白日梦。打猎是杰克管的事，到山头还有着时间呢——

拉尔夫曾跟着父亲从查塔姆[1]到德文波特[2]去过，他们住

1　英格兰东南部一城市，位于泰晤士河河口附近。

2　位于英格兰西南部德文郡的普利茅斯附近。

在沼地边的一座村舍里。在拉尔夫所记得的一栋栋房子中，他对这一座印象特别鲜明，因为此后他就被送去上学了。那时候妈妈还跟他们住一块儿，爸爸天天回家。野生的小马会跑到花园尽头的石墙前，天已在下雪。就在这座村舍的后面，还有一间小棚屋，可以躺在那儿，看着雪花飘飘。可以看到每片雪花消失后都润湿了一小片泥土；随后又可以注意到第一片飘落而未溶化的雪花，观赏到整个大地变成白茫茫的一片。要是觉得冷就可以走进屋里，越过锃亮的铜茶壶和带蓝色小人儿的茶盘，透过窗口向外眺望——

每当去睡觉前总会有一碗带糖和奶油的玉米片。还有不少书——竖在床旁的书架上，书斜靠在一起，可总有两三本平放在书顶上，因为他懒得把书放回原处。这几本书折着边角，上面乱涂乱画。有一本色彩鲜明，闪闪发亮，是关于托普茜和莫普茜的书，可他从未看过，因为那本书讲的是两个小姑娘；有一本说的是妖道术士，看起来心惊肉跳，跳翻到二十七页上有一幅狰狞可怕的蜘蛛图；还有本书谈的是发掘旧东西的人，发掘埃及的玩意儿；还有儿童读物《火车》和《轮船》。这些书都栩栩如生地跑到了拉尔夫面前；他似乎一伸手就够得着摸得到，似乎感觉到了那厚厚的少年百科全书挤出来滑下去时的分量和慢慢的移动。……一切都很好；一切都是愉快而亲切的。

队伍正前方的矮灌木丛哗啦一声被撞开了。孩子们发狂地从野猪小道上逃开来，他们在藤蔓中爬呀叫呀。拉尔夫看见杰克被别人的手肘推到一边，并倒在地上。随即有一个东西沿着野猪的小道径直朝他跳着冲来，它獠牙闪闪，发出恫吓的哼哼声。拉尔夫感到自己能冷静地算出距离瞄准目标。野公猪到了只有五码开外，拉尔夫把手中那根笨拙的尖木棒掷过去，看着尖木棒打中了野猪的大鼻子，还在那上面挂了片刻。野公猪的叫声变了，开始尖声地急叫起来，它猛地朝旁边折进了浓密的树丛。野猪出没的小道上又挤满了尖声叫喊的孩子们，杰克奔了回来，拨弄着矮树丛。

"穿过这儿——"

"它可会要咱们的命哩！"

"我说是穿过这儿——"

野公猪挣扎着狂奔而去。他们发现还有一条野猪通道，同第一条羊肠小道相互平行，杰克忙顺着道跑开了。拉尔夫又是吃惊，又是担心，又是自豪。

"我投中了！长矛扎了进去——"

接着他们出乎意料地追到了海边的一块开阔地。杰克在光秃秃的岩石上搜寻着，看上去很焦急。

"野猪跑了。"

"我投中了。"拉尔夫又说，"长矛扎进一点。"

167

他感到需要有人证实一下。

"你没看到我投吗?"

莫里斯点点头。

"我看到你投的。正扎在猪鼻上——嗖的一声!"

拉尔夫兴奋地继续往下讲:

"我确实投中了。长矛扎了进去。我把它刺伤了!"

拉尔夫得到孩子们新的尊敬,心里很得意。他感到打猎毕竟是件好事。

"我狠狠地把它扎了一下。我想那就是野兽!"

杰克回来了。

"那不是野兽,那是头野公猪。"

"我打中了它。"

"你为什么不抓住它呢?我尽力——"

拉尔夫的话音高起来。

"可那是头野公猪呢!"

杰克蓦地涨红了脸。

"你说它会要我们的命。为什么你急急忙忙要投呢?为什么你不等一会呢?"

杰克伸出手臂。

"瞧瞧。"

他翻出左前臂给大伙儿看。手臂的外侧是一道口子;虽然不大,但是血淋淋的。

"这是野公猪用獠牙挑的。我来不及把长矛扎进去。"

大家的注意力又集中到杰克身上。

"那是伤口,"西蒙说道,"你应该像贝伦加利亚[1]那样吮吸伤口的血。"

杰克吮吸着伤口。

"我打中它了,"拉尔夫怒气冲冲地说。"我用长矛扎中的,我把野公猪刺伤了。"

他力图再引起他们的注意。

"野公猪沿着小路奔来。我就像这样一掷——"

罗伯特朝他吼着。拉尔夫跟他玩起来,大家都笑了,一会儿他们都用长矛去刺罗伯特,而罗伯特模仿猪的样子到处乱窜。

杰克叫喊道:

"拉开圈子!"

一伙孩子占好位置,围起圈子。罗伯特模仿着猪吓得吱喳乱叫的声音,接着却真的痛得直叫起来。

"哦!别打了!你们把我打痛了!"

罗伯特在他们当中慌不择路地乱逃,一支长矛柄砸在他

---

[1] 英王理查一世的妻子,理查有一次中毒箭,贝伦加利亚以口吮吸伤口的毒汁,救了她丈夫的性命。

背上。

"逮住他!"

他们抓住他的手臂和腿部。拉尔夫欣喜若狂,忘乎所以,一把抢过埃里克的长矛,猛戳罗伯特。

"宰了他!宰了他!"

与此同时,罗伯特尖声地叫,狂蹦乱跳地拼命挣扎。杰克揪住了他的头发,挥舞着刀子。杰克背后是罗杰,正抢上前来。孩子们齐声叫喊的声音越来越响,就像他们在举行什么仪式,就像接近了跳舞和打猎的尾声。

"杀野猪哟!割喉咙哟!杀野猪哟!狠狠揍哟!"

拉尔夫也抢着凑上前去,去拧一把此刻没有防卫能力的褐色的肉。紧拧和加以伤害的欲望主宰了一切。

杰克的臂膀往下一沉;上下起伏的一圈孩子欢呼着,装着喊出野猪临死的惨叫。随后他们安静了,躺下来,喘着粗气,倾听着罗伯特惊恐的啜泣。他用脏手臂擦着面孔,竭力爬起来。

"嗳哟,我的屁股呀!"

罗伯特懊悔地揉着臀部,杰克滚了过来。

"这样玩真带劲。"

"只是玩玩,"拉尔夫不安地说道。"有一次我打橄榄球也痛得很厉害。"

"咱们该弄一面鼓,"莫里斯说,"那玩起来就更像样了。"

拉尔夫瞧瞧他。

"怎么像样呢?"

"我不晓得。我认为,要火堆,还要有面鼓,可以用鼓打拍子。"

"要有一头野猪,"罗杰说,"就像真正的打猎一样。"

"或者谁来装扮一下,"杰克说。"可以找个人打扮得像头野猪,然后他可以扮演起来——你晓得,假装把我撞倒,如此,等等——"

"要有一头真的野猪,"罗伯特说,一面还在摸着臀部,"因为要把它宰了。"

"用个小家伙试试,"杰克说,大伙儿哄地笑了。

拉尔夫端坐起来。

"嘿,用这个速度是找不到咱们要找的东西的。"

他们一个接一个站起来,急忙套上破衣烂衫。

拉尔夫看着杰克。

"该上山了。"

"咱们要不要在天黑以前赶回到猪崽子那儿去呢?"莫里斯问道。

双胞胎就像一个人似的点着头。

171

"对,说得对呀。咱们早上再来爬吧。"

拉尔夫放眼远眺大海。

"咱们得再把火堆点着。"

"没有猪崽子的眼镜,"杰克说,"所以生不了火。"

"咱们可以搞清山上有没有东西。"

莫里斯犹豫不决地开了口,又不想要让人以为他好像是个懦夫。

"要是野兽在那山头上呢?"

杰克挥舞着长矛。

"咱们把它宰了。"

太阳仿佛冷却了一些。杰克拿着长矛乱刺乱捅。

"还等着干吗?"

"我猜,"拉尔夫说,"要是咱们继续这样沿着海边走,就会走到生火那地点的下方,然后咱们再爬山。"

杰克再一次领着他们沿着一退一涨的、令人眼花的大海往前走着。

拉尔夫再一次做起白日梦来,他脚步灵巧地避开小路上的障碍。然而到这儿,他的脚步似乎没有以前那样灵巧。因为大部分的路程孩子们被迫直下到海边的光岩石处,他们不得不在岩石边和林木茂盛的黑魆魆的森林之间侧身慢走。一座座小陡壁需要攀登,有的简直就当作是前进的道路,在长长的之字形攀爬中,任何人都得手脚并用才行。他们到处都要爬过被海浪打湿的岩石,跳过海水退后留下的清澈的小水潭。孩子们碰上了一道把狭窄的岸坡隔开,防御工事似的海沟。海沟仿佛是没有底的,他们畏惧地俯看着海水汨汨的黑洞洞的裂缝。随即海浪又冲了回来,在他们面前,海沟里的海水翻腾着,浪花四溅,正好溅到藤蔓里,孩子们身上弄湿了,口中尖声叫唤。他们尝试着穿越森林,可森林密密层层,交织缠绕得就像鸟窝似的。末了他们只得等海水退时一个接一个跳过去;即使这样,有些孩子还是又一次淋得湿透。之后的山岩仿佛越来越难以通过,因此他们只好暂时坐下歇一会儿,好让一身破衣烂衫干一干,他们注视着慢慢地越过海岛的一排排轮廓清晰的巨浪。一群欢快的小鸟像昆虫似的飞来飞去,在小鸟出入的地方,他们又找到了野果。拉尔夫说他们走得太慢了。他自己爬上了一棵大树,拨开枝叶茂盛的树冠,看到四四方方的山头似乎还是老远的。然后他们就沿着山岩急匆匆地赶起路来,不料罗伯特的膝盖却被割伤了,伤得不轻,大家这才认识到,如果要想不出事,这条小路就必须慢慢地爬。此后他们就像是在爬一座险峻的山岭那样往前挪着,直爬到山岩形成了一道无法攀登的悬崖绝壁,突出在绝壁之上的是难以对付的丛林,整块山岩则直落到大海之中。

拉尔夫审视地看着太阳。

"现在是傍晚了。至少吃茶点的时间已经过了。"

"我记不起这道绝壁,"杰克垂头丧气地说道,"这部分海岸我准是没有到过。"

拉尔夫点点头。

"让我想想看。"

至今为止,拉尔夫对当众思考并不感到有什么难为情,他只是把白天作决定当作好像在下棋。唯一的麻烦是,他决不会成为一个出色的棋手。拉尔夫想到了小家伙们和猪崽子,他生动地想象出猪崽子独个儿蜷缩在窝棚里,除了做恶梦的叫声,那周围是静悄悄的一片。

"咱们不能听凭小家伙单跟猪崽子在一起,不能听凭他们整夜独自待着。"

其他孩子一声不吭,只是围成圈站着,注视着他。

"要是咱们现在赶回去那得花时间呢。"

杰克清清嗓子,以一种奇怪的、局促的口气说道:

"咱们再不能让猪崽子出什么乱子,是不是?"

拉尔夫拿着埃里克的长矛,用肮脏的矛尖轻敲着自己的牙齿。

"要是咱们横穿过——"

他朝四周瞥了一下。

"得有人穿过岛去告诉猪崽子,咱们要天黑以后才回去。"

比尔怀疑地问:

"单一个人穿过森林?就这会儿?"

"咱们省不出人来,最多去一个。"

西蒙从人群中挤出来,走到拉尔夫身旁。

"你如果同意的话,我去。老实说,我不在乎。"

拉尔夫还没来得及回答,西蒙紧接着笑了笑,转身就爬进了森林。

拉尔夫回首看着杰克,第一次狂怒地瞪着眼睛。

"杰克——那次到城堡岩去,整个一条路你都走过。"

杰克也怒目以视。

"是呀?"

"你是沿着这部分海岸走的——到了山的下面,再过去一点。"

"对呀。"

"后来呢?"

"我发现一条野猪跑的小道,那条路有几英里长。"

拉尔夫点点头。他指着森林。

"那么野猪的小道准在那附近。"

人人都煞有介事地表示同意。

"那好吧。咱们先穿过森林打开条路,找到那条野猪小道再说。"

他走了一步又停下。

"再等一等！野猪的小道通向哪儿？"

"山头，"杰克说，"我告诉过你。"他讪笑着说道。"你不是要上山吗？"

拉尔夫叹了口气，感到对抗正在加剧，他明白这是因为杰克感到领不了路而在发火。

"我在考虑着光线，我们走起来会跌跤的。"

"我们要去找找野兽——"

"光线不够亮。"

"我可不在乎，"杰克语气激烈地说。"咱们到了那儿我就去。你不去吗？你还是情愿回到窝棚去告诉猪崽子吧？"

眼下可轮到拉尔夫脸红耳赤了，由于猪崽子告诉过他，拉尔夫对杰克有了进一层的了解，他只是绝望地问道：

"为什么你要恨我？"

孩子们不安地动了一下，似乎拉尔夫说了什么不体面的话。又是一阵沉默。

拉尔夫还在火头上，感情受到了伤害，他先转开身去。

"跟我来。"

拉尔夫在前面领路，他按理朝缠绕着的藤蔓乱劈乱砍。杰克在队伍尾部压阵，有一种被人取代的感觉，没精打采地在想些什么。

野猪出没的小路是条黑洞洞的通道,夕阳西下,天快黑了,树林里总是阴森森的。这条路既宽又结实,他们沿着小路快步跑着。盖在头顶上密密的树叶豁然开朗,他们停住了脚,气喘吁吁地看着环绕山头闪烁着的稀疏的星星。

"瞧,到了。"

孩子们心神不定地面面相觑。拉尔夫作了决定。

"咱们直穿到平台去,明儿再来爬。"

他们喃喃地表示同意;可是杰克却正站在他肩旁。

"要是你吓坏了,那当然——"

拉尔夫转过来面对着他。

"是谁第一个上城堡岩的?"

"我也上了。而且当时是大白天。"

"好吧。谁想要现在就爬山?"

回答他的只是一片沉默。

"萨姆埃里克?你们怎么样?"

"咱们该去告诉猪崽子一声——"

"——对,告诉猪崽子——"

"可西蒙已经去了!"

"咱们该去告诉猪崽子——万一——"

"罗伯特?比尔?"

这时候他们正直奔平台去了。当然，不是因为害怕——而是累了。

拉尔夫转身对着杰克。

"你瞧？"

"我打算上山头。"

杰克恶狠狠地说着，就像是在诅咒。他瞪着拉尔夫，绷直了瘦身子，手里拿着长矛，好像在威胁拉尔夫。

"我打算上山去找找野兽——现在就去。"

随后是火辣辣的刺激，貌似信口而出，实则怀恨在心。

"你去吗？"

听着这话，别的孩子忘记了马上想走，又折回来瞧着这两个人在黑暗中新的一轮斗法。杰克的话太棒了，太恶了，太咄咄逼人了，根本用不到再来一遍。拉尔夫措手不及，因为他想着回到窝棚，回到平静而亲切的环礁湖水去，神经已经放松。

"我不在乎。"

他吃惊地听到自己的声音既冷静又随便，杰克恶意的嘲笑已经失去了力量。

"要是你不在乎，那当然。"

"哼，我根本不在乎。"

杰克跨出一步。

"那好吧——"

沉默的孩子们看着这两个人开始并肩爬山。

拉尔夫停了一下。

"咱们真傻。为什么就两个人上呢?要是发现什么东西,两个人可不够——"

可以听见孩子们匆匆逃开的脚步声。但令人惊讶的是,有一个黑乎乎的人影却逆流而动。

"罗杰吗?"

"是我。"

"那就有三个了。"

他们再一次出发去爬山坡。四周的夜色就像黑潮流过他们。杰克一言不发,呛着一下,咳嗽起来;阵风吹过,他们三个全都嘴里呸呸地吐着唾沫。拉尔夫泪水直淌,眼前模糊不清。

"全是灰尘。咱们已经到了烧过的火堆这块地方的边缘了。"

他们的脚步,还有不时吹拂的微风扬起了一小股讨厌的尘灰。他们又停下了,拉尔夫边咳嗽边想到他们有多蠢。要是并没有野兽——几乎可以断定没有野兽——那当然皆大欢喜;可要是真有东西在山顶上等着——他们三个又管什么用——面前是一片使人感到妨碍的黑暗,手中拿的只是木棒?

"咱们真是傻瓜。"

黑暗中有人答话说：

"害怕了？"

拉尔夫恼火地摇了摇身体。这全是杰克的过错。

"我当然怕了。可咱们还是傻瓜。"

"要是你不想再上去了，"那声音讥讽地说，"我就一个人上。"

拉尔夫听着这种挖苦，恨透了杰克。眼眶里尘灰扎眼，他又累又怕，勃然大怒。

"那就去吧！我们在这儿等着。"

一片鸦雀无声。

"为什么你就不去呢？吓坏了？"

黑暗中呈现一团较深的黑影，那是杰克，跟他们分开后就走了。

"好。回头见。"

黑影消失了。又出现了另一个黑影。

拉尔夫感到自己的膝盖碰着什么硬东西，摇动了一根烧焦的树干，这树干锋利而难以触摸。他感觉到树皮烧成的尖尖的余烬朝他膝盖后部推过来，知道罗杰已坐了下去。他用手摸索着，就在罗杰身旁蹲下来，与此同时树干在无形的灰烬中晃来晃去。罗杰天性沉默寡言，他一声不吭，既不发表有关野兽的意见,也不告诉拉尔夫他为何要进行这种发疯的探险。他只是坐着,轻轻地摇晃着树干。拉尔夫听到了一阵轻快而令人恼怒的敲打声,知道这是罗杰用他那根蠢木棒在敲打着什么。

他们就那样坐着,罗杰摇晃着,轻敲着,无动于衷。拉尔夫却正生着气;他们周围,除了山顶戳破的那块夜色,夜空逼近,满天星斗。

正在此时,在他们上面发出了一阵溜着地急走的声音,有人危险地闯过山岩和尘灰,大步走着。随后杰克找到了他们,他浑身哆嗦,哭丧着声音说起话来,他们刚听得出是杰克的口音。

"我在山顶上看到一样东西。"

他们听到他撞着一根树干,树干摇晃得很厉害。他静躺了一会儿,接着咕哝道:

"留神看着。那东西可能跟上来。"

在他们四周的灰烬里响起一阵噼里啪啦的声音。杰克坐了起来。

"我看到山上有一个身体会发胀的东西。"

"这是你想象出来的吧,"拉尔夫颤抖地说,"因为没有什么东西身体会发胀的。不管什么生物都不会发胀。"

罗杰开了口;他们给吓了一跳,因为已把他忘了。

"青蛙。"

杰克格格地笑出声来,全身战栗。

"有种青蛙。也会发出嘈杂声,一种'噗噗'的响声。那东西的身体还会膨胀呢。"

拉尔夫自己吃了一惊,倒不是因为自己说话的声音——他的语调平静——而是因为自己大胆的意图。

"咱们上去看看。"

自从拉尔夫结识杰克以来,他第一次感到杰克踟蹰不前。

"这会儿——?"

拉尔夫的口气不言而喻。

"那当然。"

拉尔夫离开树干,领头横穿过发出响声的灰烬,朝上走着,淹没在沉沉的夜色之中,其他两人跟在后面。

拉尔夫有形的话音沉默下去,他内在的理智的话音,还有其他话音,却一股脑儿冒了上来。猪崽子称他为小孩儿。另一个话音告诉他别做傻瓜了;黑暗和危险的行动使夜晚如牙医生的椅子般地变来变去,令人莫测。

他们走到最后一段斜坡时,杰克和罗杰靠得更近了——从墨水似的阴影变成了可以辨认的人影。他们不约而同地停住了脚,蹲伏在一块儿。在他们背后,海平线之上,一块天空显得稍亮一点,不久月亮就会升上来。林中的阵风又一次呼呼地怒号起来，把他们的破衣烂衫吹得紧贴在身上。

拉尔夫动弹了一下。

"跟我来。"

他们悄悄地匍匐向前，罗杰拉后一点。杰克和拉尔夫一起翻过了山脊。闪闪发亮的环礁湖平卧在他们之下，环礁湖再过去是一长条礁石，白晃晃地看不清楚。罗杰跟了上来。

杰克低声说道：

"咱们用手和膝盖悄悄地往前爬。或许那东西睡着了。"

罗杰和拉尔夫朝前移动着，这回杰克留在了后面，尽管他说过好些豪言壮语。他们来到平坦的山头，那儿的山岩对手和膝盖是很硬的。

有一个胀鼓鼓的家伙。

拉尔夫把手插进了冷冷的、松软的火堆灰烬之中，没让自己惊叫出来。由于这不期而遇的相逢，他的手和肩都在抽搐。刹那间出现了令人恶心的绿光，忽而又在夜色中消失了。罗杰躺在他身后，杰克的嘴巴正在他耳旁轻轻说着：

"那边过去，那儿的岩石原来有个裂口，有一堆东西——看到吗？"

熄灭的火堆中有一股灰烬被风吹到了拉尔夫脸上。他既看不见裂口，也看不见任何别的东西，因为绿色的光又亮起来了，并且越来越亮，山顶正在滑向一侧。

183

他又一次听到了一段距离之外杰克的咕哝声。

"吓慌了?"

还没被吓到瘫痪的程度;还没被吓到一动也不动地搁在这似乎在缩小并移动着的山头上。杰克又从他身旁溜开了,罗杰把什么东西撞了一下,发出嘘嘘的呼吸声,又摸索着朝前走。拉尔夫听到他们悄悄地说着话。

"你看得见什么东西吗?"

"瞧——"

在他们面前,只有三四码开外,在不该有岩石的地方冒出一堆岩石样的东西。拉尔夫听到从什么地方传来细小的喋喋耳语声——也许是从他自己嘴巴里出来的。他鼓足勇气。把恐惧和厌恶化为憎恨,站了起来,拖着铅样重的腿往前迈了两步。

在他们背后,一弯新月高高地升在海平线上面。在他们面前,一只大猿似的东西正坐在那儿打盹儿,头埋在双膝当中。接着林中阵风呼啸,沉沉的夜色中一片混乱,那东西抬起了脑袋,直挺挺地盯着他们的是一张破烂不堪的怪脸。

拉尔夫大步流星地穿过灰烬,他听到别人大声喊叫、连蹦带跳,他壮着胆子走在非常困难的黑魆魆的山坡上;很快地,他们就离开了这座山,山头上只剩下被丢弃的三条木棒和那弓着身子的怪物。

第八章　　献给黑暗的供品

猪崽子从曙光初照的灰白的海滩上,沮丧地抬头眺望黑魆魆的山岭。

"你有把握吗?我是说,真的吃准了?"

"我告诉过你几十遍了,"拉尔夫说,"我们是亲眼目睹的。"

"你认为咱们在下面这儿安全不?"

"他妈的我怎么会知道呢?"

拉尔夫从他身边猛地闪开,沿海滩走了几步。杰克跪在地上,用食指在沙子里画着圆圈。猪崽子的话音传到了他们耳中,声音是压低了的。

"你有把握吗?真的吗?"

"爬上去自个儿瞧吧,"杰克轻蔑地说道,"好透口气安安心。"

"别害怕。"

"那野兽长着牙齿，"拉尔夫说，"还有一双黑洞洞的大眼睛。"

他浑身上下不停地打战。猪崽子取下他的那块圆镜片，擦着镜面。

"咱们准备怎么办呢？"

拉尔夫转身走向平台。海螺在树林中闪着微光，衬着朝阳即将升起的方向显出白花花的一团。他把乱蓬蓬的头发往后一捋。

"我不晓得。"

霎时他记起了惊惶失措地飞逃下山侧的那一幕。

"老实说，我认为咱们决不会跟那么大的一个东西干一仗的。咱们或许会说说，但不会真跟老虎去较量。咱们会躲起来，连杰克都会躲起来。"

杰克仍看着地上的沙子。

"我的猎手们怎么样？"

西蒙从窝棚边的阴影里悄悄地走了出来。拉尔夫对杰克提出的问题置之不理。他指着海上方一抹黄色的曙光。

"只要有光咱们就会有勇气的。可随后呢？眼下那东西正蹲坐在火堆旁，好像存心不让咱们得救——"

他不知不觉地紧扣着双手，话音也高了起来。

"这下咱们不可能生起信号火堆……咱们被打败了。"

海的上方又出现了微微的金光，瞬息之间整个天空亮堂起来。

"我的猎手们怎么样？"

"那是些拿木棒作武器的孩子们。"

杰克站起来。他涨红着脸，大步走开了。猪崽子戴上那片眼镜，看着拉尔夫。

"这下你可搞糟了。你对他的猎手们太粗鲁了。"

"哼，住口！"

一阵吹得不熟练的海螺声打断了他们的争论。杰克好像在朝初升的旭日奏着小夜曲，他不停地吹，窝棚里骚动起来，猎手们爬到平台上来，小家伙们啜泣着，正如近来他们常抽抽噎噎地那样哭。拉尔夫也顺从地站起来，跟猪崽子和他们一起到了平台上。

"扯淡，"拉尔夫狠狠地说，"扯呀，扯呀，尽扯。"

拉尔夫从杰克那里拿过海螺。

"这次会——"

杰克打断了拉尔夫的话头。

"这次会是我召开的。"

"你不召集我也一样会开的，你只是吹吹海螺罢了。"

"那不好吗？"

"哼，拿着，说下去——说吧！"

187

拉尔夫把海螺一把塞到杰克的手臂里,接着一屁股坐到树干上。

"我召开这次大会,"杰克说道,"因为有好多事情。第一桩——你们现在知道,我们已经亲眼看到了野兽。我们爬了上去,只离开几码,野兽坐起来,直瞪着我们。我不晓得它在干啥,我们连那东西是什么也不知道——"

"那野兽是从海里出来的——"

"从黑暗中出来——"

"从树林里——"

"静一静!"杰克叫喊道,"大家都听着。野兽正直挺挺地坐在那儿,管它是什么——"

"也许它正等着——"

"打猎——"

"对呀,打猎。"

"打猎,"杰克说。杰克记起了他老早就在森林里感到惶惶不安。"没错。那野兽是个打猎的。不过——住口!第二桩是我们不可能杀掉它。再一桩是拉尔夫说我的猎手们都没用。"

"我从没说过!"

"我拿着海螺。拉尔夫认为你们是孬种,见到野公猪和野兽就狼狈而逃。这还没完。"

平台上传出一种叹息声，就像人人都知道什么要来临了。杰克继续说着，话音颤抖却很决然，奋力反抗那体现着不合作的沉默。

"拉尔夫就像猪崽子，他说话都像猪崽子，他不是个真正的头头。"

杰克紧握海螺往胸前靠靠。

"他自己是个孬种。"

杰克停了停又说：

"在山顶上。罗杰和我朝前的时候——他赖在后面。"

"我也上了！"

"那是后来。"

两个男孩蓬头散发，怒目而视。

"我也上去了，"拉尔夫说，"后来我跑了，你也跑了。"

"你还叫我胆小鬼。"

杰克转向猎手们。

"拉尔夫不是个猎手。他从没给我们弄来过肉。他不是班长[1]，我们对他什么也不了解。拉尔夫只会发号施令，指望别人任他摆布。这一切扯淡——"

"这一切扯淡！"拉尔夫喊道。"扯淡，扯淡！谁要扯

1　班长（prefect），亦译作"级长"，英国学校中负责纪律的学生，他有权利和责任管别的学生。

淡？谁召集这次会的？"

杰克转过身去,脸色通红,缩回了下巴。他横眉竖眼,向上怒视。

"那好吧,"他以一种意味深长,充满威胁的语气说道。"那好。"

杰克以一手握着海螺靠在胸前,以另一手的食指戳向空中。

"谁认为拉尔夫不该当头头?"

他期待地注视着排在四周的孩子们,而后者却一动也不动,冻僵了似的。棕榈树下死一般的沉寂。

"举手表决,"杰克激烈地说,"谁不要拉尔夫当头头?"

仍然是一片沉默,毫无声息,气氛阴沉,充满了羞愧感。杰克双颊上的红色慢慢地褪了下去,接着一种痛苦的表情又涌了上来。他舔舔嘴唇,把头偏开一点,免得自己的目光同另一个人的眼光相遇而弄得很尴尬。

"多少人认为——"

他的话音越来越低。拿着海螺的双手瑟瑟发抖。他清清嗓子,大声地说了一句。

"那好吧。"

杰克非常小心地将海螺放到脚下的草中。眼角里滚出了遭受屈辱的泪水。

"我不玩了。不再跟你们玩了。"

这时大多数孩子低头看着草地或自己的脚。杰克又清了清喉咙。

"我不想跟拉尔夫同命运——"

杰克沿着右面的圆木看过去,清点着曾经是一个合唱队的猎手们。

"我要独自走开。拉尔夫可以去逮他的野猪。我打猎时随便谁要参加都可以。"

杰克跌跌撞撞地冲出了三角地,直奔通向白晃晃沙滩的低凹处。

"杰克!"

杰克回首朝拉尔夫看了一眼。他停了一会儿,接着愤激地尖声大叫道:

"——不!"

他从平台上往下一跳,沿着海滩跑了,也顾不上不断往下流淌的泪水;拉尔夫看着杰克,直看到他一头跑进了森林。

猪崽子怒气冲冲。

"拉尔夫,我一直在跟你说话,可你傻站在那儿,就像——"

拉尔夫双眼温柔地看着猪崽子,却视若无睹,他自言自

语地说道:

"他会回来的。太阳一落山他就会回来。"拉尔夫注视着猪崽子手中的海螺。

"怎么啦?"

"哎呀!"

猪崽子不想再去责备拉尔夫。他又擦起眼镜片来,又回到了老话题上。

"没杰克·梅瑞狄咱们也能干。岛上除了他还有别人呢。可现在咱们真发现了一头野兽,尽管我简直难以相信。咱们必须靠近平台呆着,那就用不到杰克和他那套打猎。所以现在倒可以真正决定该怎么办了。"

"无法可想。猪崽子。无路可走啰。"

有一阵子他们垂头丧气,默不作声地坐着。随后西蒙站起来从猪崽子那里拿过海螺,后者吃了一惊,还是盘腿坐着。拉尔夫抬头看看西蒙。

"西蒙?现在是什么时候了?"

围成圈的孩子们当中开始发出了嘲笑声,西蒙又畏缩起来。

"我认为说不定有什么事情可做。有些事情咱们——"

大会的压力又一次剥夺了他发言的勇气。西蒙寻求着帮助和同情,他选中了猪崽子。他紧握海螺贴在褐色的胸膛上，半侧着身转向猪崽子。

"我认为咱们该爬上山去。"

周围的孩子们惊骇得战栗不止。西蒙中断了讲话，转向猪崽子，而后者却以一种毫不理解的，讥嘲的表情看着西蒙。

"山上呆着野兽，爬上去有什么用？再说拉尔夫加上另外两个也毫无办法呢？"

西蒙低声回答道：

"那又怎么办呢？"

西蒙的发言完了，他让猪崽子从他手中拿走海螺。然后退了下去，坐得尽可能离别人远点。

现在猪崽子发起言来显得更有把握了；要不是形势这么严峻的话，别人本也会看得出他是愉快地在发言。

"我说，少了某一个人咱们也都能干。现在，我认为咱们必须决定做些什么。我还认为我可以告诉你们拉尔夫下一步打算说什么。岛上最重要的事情是烟，没有火也就无法生烟。"

拉尔夫不安地动了一下。

"完了，猪崽子。咱们没火堆了。那个东西坐在那儿——咱们只好呆在这儿。"

猪崽子举起了海螺，好像是要为他下面的话增添力量。

"咱们山上的火堆是没了。可是在下面这儿搞一个火堆又有什么不好呢？既然火堆可以筑在山岩上，那也可以筑在沙滩上。反正一样能生烟。"

"说得对！"

"生烟！"

"就在洗澡潭边！"

孩子们开始七嘴八舌地谈论起来。只有猪崽子才有智有勇，提出把火堆从山上移到这儿。

"那么咱们要在下面这儿筑个火堆，"拉尔夫说。他察看着四周。"咱们可以把火堆就筑在这儿，在洗澡潭和平台之间。当然——"

他中断了话语，一面皱眉蹙额，一面想把事情弄弄清楚，不知不觉地又用牙齿啃起残剩的指甲来了。

"当然烟显示的范围不会那么大了，也不会让人从老远处就能看见。但是，咱们不必去再靠近，靠近——"

其他人点着脑袋，心领神会。没有必要再靠近。

"咱们这就来筑个火堆。"

最了不起的思想往往是最简单的。现在可有事情做了，他们热火朝天地干着。由于杰克不在，猪崽子兴致勃勃，十分活跃，他对自己能为团体利益作出贡献而充满自豪，他也帮着拾柴火。猪崽子的木柴是在很近的地方拾来的，那是倒在平台上的一根树干，是他们开大会时用不上的；然而对其他人来说，平台是神圣的，即使是无用的东西也受到它的保护。双胞胎意识到他们将有一个火堆在近旁，夜里可以当做一种安慰，而几个小家伙因此跳舞、鼓起掌来。

这里的柴火不像他们在山上烧的木柴那样干燥。大多数又湿又烂，爬满了小虫；而且得小心地把烂树身从泥土中弄起来，否则就会碎裂成湿漉漉的粉末。更有甚者，为了避免走进森林深处，孩子们就在近旁拾柴火，随手拾起那些倒在地上的断枝残干，也不管上面缠长着新的藤蔓。森林边缘和孤岩太令人熟悉了，就靠着海螺和窝棚，大白天里洋溢着友好的气氛。可它们在黑暗里会变得怎样，却并没有人去关心。因此他们干得劲头十足，兴高采烈，尽管随着时间的悄悄逝去，他们的干劲中带着惶恐不安，兴奋中夹着歇斯底里。他们在平台旁毫无遮蔽的沙滩上筑了个金字塔形的柴火堆，满是树叶，大小枝条和断树残躯。来到岛上后这还是第一次，猪崽子自己取下了他那块眼镜片，跪下来通过镜片焦点将光聚到火绒上。一会儿火堆的上方就形成了一层烟，还有一丛金黄色的火焰。

自从第一次熊熊大火之后，小家伙们很少再看到大火堆，他们欣喜若狂，又是跳舞，又是唱歌，会场中洋溢着济济一堂的欢乐气氛。

拉尔夫终于停了手，他站起来，用肮脏的前臂揩擦脸上的汗水。

"咱们得搞个小火堆。这一个太大了,没法维持下去。"

猪崽子小心翼翼地坐到沙滩上,开始擦起眼镜。

"咱们可以试验一下,先搞清怎么才能生一小堆旺火,随后把青树枝放上去弄出烟来。有些叶子一定比别的叶子烧起来烟更多。"

火堆渐渐熄灭,激动的程度也随之下降。小家伙们停止了唱歌跳舞,他们四散开去,有的向大海走去,有的到野果林去,有的到窝棚去了。

拉尔夫猛地坐倒在沙滩上。

"咱们该重新定一份名单,决定谁来管火堆。"

"要是你能找得到他们的话。"

拉尔夫往四下张望着,这才第一次看到大家伙们是这么少,他恍然大悟,为什么活儿干起来会这么费劲。

"莫里斯到哪儿去了?"

猪崽子又揩擦起眼镜来。

"我猜想……不,他不会独自到森林里去的,是不是?"

拉尔夫一跃而起,很快地绕过火堆,站到猪崽子身边,把自己的头发往上一揪。

"可咱们必须造一份名单!有你、我、萨姆埃里克和——"

他不愿看着猪崽子,只是随随便便地问道:

"比尔和罗杰在哪儿?"

猪崽子朝前倾着身子,把一块碎木片放到火堆上。

"我想他们走开了,他们也不会去玩。"

拉尔夫坐下,用手指在沙地上戳着洞洞。他惊奇地看到一只洞的旁边有一滴血。他仔细地察看着啃咬过的指甲,注视着被咬得露出了活肉的指头上凝聚起来的小血块。

猪崽子继续说道:

"我看见他们在我们拾柴火的时候悄悄地溜了。他们是往那边去的。他自己也是往那边离去的。"

拉尔夫不再看自己的手指,抬起头来向空中望去。天空似乎也同情孩子们当中所发生的巨大变化,今天也跟往日不一样,模糊极了,有些地方炽热的空气看上去白茫茫的。圆盘似的太阳呈现出暗淡的银光。太阳好像近了一点,也没刚才那么热,然而空气却使人闷得发慌。

"他们老是添麻烦,不是吗?"

话音从靠近他肩膀的地方传来,听上去很是焦急。

"没他们咱们也能干。眼下咱们更快活,是不是?"

拉尔夫坐着。双胞胎拖着一根挺大的圆木走过来,脸上带着胜利的微笑。他们把圆木往余烬上砰地放下,火星四溅。

"咱们靠自己的力量也能干得挺好,不是吗?"

好长一段时间圆木才被烤干,然后蹿起了火,烧得通红,拉尔夫默默地坐在沙地上。他既没有看见猪崽子走到双胞胎前低声跟他们俩说着什么,也没有看见他们三个一块儿走进了森林。

"瞧,请吧。"

拉尔夫猛地醒了过来。猪崽子和另外两个就在他的身旁。他们满兜着野果。

"我认为,"猪崽子说,"或许咱们该大吃一顿。"

三个孩子坐了下来。他们吃的野果多极了,全是熟透的。拉尔夫拿起野果吃起来,他们则对他露齿而笑。

"谢谢,"拉尔夫说。随后带着一种令人愉快而吃惊的语调又说——"多谢!"

"咱们自己干得很不错,"猪崽子说。"是他们连一点常识都没有,尽在岛上弄出麻烦来。咱们可以生一个又小又旺的火堆——"

拉尔夫记起了一直使他烦恼的事情。

"西蒙在哪儿?"

"我不晓得。"

"你认为他会不会爬到山上去呢?"

猪崽子突然出声地笑起来,又拿起了更多的野果。

"说不定他会的。"他吞下嘴里的野果又说。"他疯了。"

西蒙已经走过了成片的野果树林,可今天小家伙们忙于筑海滩上的火堆,没工夫跟着西蒙一起去。他在藤蔓中继续朝前走,最后到达了空地旁边那块藤蔓交织成的大"毯子",爬了进去。在屏幕般的树叶之外,满地金光,蝴蝶在当中无休止地翩翩起舞。他跪了下来,箭似的阳光射到了他身上。先前空气似乎在跟暑热一起振动,可眼下空气闷得有点吓人。不久从他长而粗硬的头发上就淌下了一串串汗珠。他烦躁地挪动着身子,可就是没法避开阳光。一会儿他有点渴了,而随后他越发口干舌焦。

他继续坐着。

在沿海滩远远的地方,杰克正站在一小群孩子前面。看上去他眉飞色舞,快乐得很。

"打猎,"他说。杰克把他们打量了一下。他们个个戴着残破的黑帽子,很早以前,他们曾经拘谨地排成两列横队,他们曾经唱过天使的歌。

"咱们要打猎。我来当头头。"

他们点着头,紧要关头轻松地过去了。

"还有——关于野兽的事。"

他们动了一下,注视着森林。

"我说,咱们别再担心野兽了。"

杰克朝他们点点头。

"咱们将要把野兽忘记掉。"

"对呀!"

"对!"

"把野兽忘掉!"

要是说杰克因他们的这股狂劲吃了一惊,他并没有流露出来。

"还有件事情。咱们在下面这儿不会再做那么多恶梦了。这儿已靠近了岛的尽头。"

孩子们由于各人在生活中都受到很大的折磨,充满激情地表示同意。

"现在听我说。过些时候咱们可以到城堡岩去。可此刻我要从海螺那儿拉来更多的大家伙,就那样。咱们要宰一头猪,大吃一顿。"他停顿一下,讲得更慢了。"谈到野兽。咱们杀了猪后,该留一部分给它。那么它也许就不会来找咱们的麻烦。"

杰克蓦地站了起来。

"咱们现在就到森林中去打猎。"

杰克转身快步跑开,片刻之后,他们都顺从地跟在他后面。

他们在森林中神经紧张地四散开来。杰克几乎立即发现了地上有被挖掘过的痕迹和乱糟糟的根茎,这说明有野猪,不久踪迹更清楚了。杰克向其余的猎人打了个信号，叫他们安静下来，他独自往前走着。杰克很快活，他在潮湿而阴暗的森林里简直如鱼得水，他爬下一道斜坡，爬到了海边的岩石和零落的树林中。

猪群躺在那儿，挺着胀鼓鼓的大肚子舒坦地享受着树阴下的凉意。这会儿没有风，野猪未起疑心；而实践已把杰克培养得像影子那样悄没声息。他又偷偷地爬开去指导隐蔽着的猎人。一会儿工夫，他们全都在寂静和暑热中满头大汗地往前挪动起来。树丛下，一只耳朵在懒洋洋地扇动着。在跟猪群稍隔开一点的地方，躺着猪群中最大的一头老母猪，眼下它沉浸在深厚的天伦之乐中。这是一头黑里带粉红的野猪，大气泡似的肚子上挤着一排猪仔：有的在睡觉，有的在往里挤，有的在吱吱地叫。

杰克在离野猪群十五码的地方停住了脚；他瞄准那头老母猪，伸直手臂，探询地往四下里探望，确定一下是不是大家都领会了他的意图，其他孩子朝他点点头。一排右臂向后摆去。

"打！"

猪群惊跳起来；大约只相距十码，矛尖用火烧硬过的木头长矛朝选定的老母猪飞去。一个猪仔发狂似的尖叫一声，身后拖着罗杰的长矛冲进海水。老母猪喘着粗气，一声尖叫,摇摇晃晃地爬将起来,肥胖的侧面被扎进了两根长矛。孩子们叫喊着冲了上去,猪仔四散逃命,老母猪猛地冲破排列成行向它逼近的孩子们,哗啦啦地钻进森林跑了。

"追上它!"

他们沿着野猪的通道直追,但是森林中太黑暗,地上满是缠绕在一起的藤蔓,于是杰克咒骂着让他们停下,在树丛中东寻西觅。随后他沉默了一阵子,只是大口地喘粗气,大家都对他很敬畏,他们面面相觑,带着一种令人不安的钦佩。过了一会儿他用手指点着地面。

"瞧——"

别人还没来得及细察血滴,杰克就已经突然转开身子,一边判断着踪迹,一边摸了摸折断弯下的一根大树枝。他就这样跟踪追击,很正确而且颇有把握,显得有点神秘;猎手们在他身后紧跟着。

杰克在一簇树丛前停住了。

"在这里面。"

他们包围了树丛,虽然老母猪侧面又扎进了一根长矛,但它还是逃脱了。拖在地上的长矛柄妨碍着老母猪逃命,尖深而横切的伤口折磨着它。它慌乱地撞到一棵树上,使得一根长矛更深地戳入体内;这以后任何一个猎手都可以根据点点的鲜血轻而易举地跟上它了。烟雾腾腾而令人讨厌的下午时光，正带着潮湿的暑热慢慢地流逝；老母猪流着血，发疯似的在他们前头摇摇摆摆地夺路而逃，猎手们紧追不放，贪馋地钉住它，由于长久的追逐和淋淋的鲜血而兴奋至极。这下他们能看到野猪，差不多就要追上它了，可野猪死命一冲，又跑到了他们的前头去。老母猪摇摇晃晃地逃进了一块林间空地，那儿鲜花盛开，争妍斗芳，蝴蝶双双，翩翩起舞，空气却既闷热又呆滞，这时候他们正赶到野猪的后面。

到了这儿，在热得逼人的暑热之下，老母猪倒了下去，猎手们蜂拥而上。这种来自陌生世界的可怕爆发使老母猪发了狂，它吱喳尖叫，猛跳起来，空气中充满了汗水、噪声、鲜血和恐怖。罗杰绕着人堆跑动，哪里有猪身露出来就拿长矛往哪里猛刺。杰克骑在猪背上，用刀子往下猛捅。罗杰发现猪身上有块地方空着，他用长矛猛戳，并用力地往里推，直把自己身体的全部重量都压在长矛上。长矛渐渐地往里扎，野猪恐怖的尖叫变成了尖锐的哀鸣。接着杰克找到了猪的喉咙，一刀下去，热血喷到了他的手上。在孩子们的重压之下老母猪垮掉了，野猪身上叠满猎手。林中空地上的蝴蝶仍然在翩翩飞舞，它们并没有分心。

行动迅速的屠杀平息了下去。孩子们退了回去，杰克站起来，伸出双手。

"瞧吧。"

杰克格格地笑着伸手扑向孩子们，而他们也嘻嘻地笑着避开他那还在冒血腥气的手掌。随后杰克一把揪住莫里斯，把血污擦到了他的脸颊上。罗杰开始拔出自己的长矛，孩子们这才第一次注意到罗杰的长矛。罗伯特讲了一句话，提出把野猪固定起来，大伙儿喧闹着表示赞同。

"把那个大笨猪竖起来！"

"你们听见没有？"

"你们听到他的话了吗？"

"把那个大笨猪竖起来！"

这一次罗伯特和莫里斯扮演了这两个角色；莫里斯装作野猪竭力想逃避逼近的长矛，样子是那么滑稽，逗得孩子们都大笑大嚷。

终于孩子们对这个也腻了。杰克把自己沾血的双手往岩石上擦擦。然后杰克开始宰割这头猪，他剖膛开胸，把热气腾腾的五颜六色的内脏掏出来，在岩石上把猪内脏堆成一堆，其他人都看着他。杰克边干边说道：

"咱们把肉带到海滩去。我回到平台去请他们都来吃。那得花时间。"

罗杰说话了。

"头领——"

"呃——？"

"咱们怎么生火呢?"

杰克朝后一蹲,皱起眉头看着野猪。

"咱们去偷袭他们,把火种取来。你们中四个人得去;亨利和你,比尔[1]和莫里斯。咱们都涂成花脸,偷偷地跑去;当我说要什么时,罗杰就抢走一根燃着的树枝,你们其余的人把猪抬回到咱们原来的地方。咱们在那儿筑一个火堆。随后——"

他停住不讲,站了起来,注视着树下的阴影。杰克再开口时他的话音轻了一点。

"但是咱们要把这死猪的一部分留给……"

他又跪了下来,忙碌地挥起刀子。孩子们挤在他的周围。他侧首越过自己的肩膀对罗杰说:

"弄一根木棒,把两头削尖。"

没过多少时候杰克就站了起来,双手拎着血淋淋的猪头。

"木棒在哪儿?"

"在这儿。"

"把一头插进地里。哦——这是岩石。把它插到岩缝里。那儿。"

杰克举起了猪头,把它柔软的喉咙插进木棒的尖端,尖端捅穿死猪的喉咙直到它的嘴里。他往后靠一靠,猪头挂在

---

[1] 此处的比尔疑为罗伯特之误,否则似同下文有矛盾。

那儿，沿着木棒淌下涓涓的血水。

孩子们本能地往后退缩；此刻森林一片静谧。他们所听见的最响的噪音就是苍蝇的嗡嗡声，它们围着掏出在外的内脏直转。

杰克低声说道：

"把猪抬起来。"

莫里斯和罗伯特把尖木棒往猪身上一戳，抬起了死猪，站在那儿，做好准备。在寂静之中，他们站在干涸的血迹之上，一眼看上去显得有点鬼鬼祟祟。

杰克大声说道：

"这个猪头是献给野兽的。猪头是供品。"

寂静接受了这份供品，并使他们感到敬畏。猪头还留在那儿，眼睛是昏暗的，微微地咧着嘴，牙缝中满是黑污的血迹。他们立刻拔腿而逃，全都尽可能快地穿过森林逃向开阔的海滩。

西蒙还呆在老地方，一个藏在叶丛边的褐色的小小的人形。即使他闭上眼睛，猪头的形象仍留在脑际。老母猪半开半闭的、昏暗的眼睛带着对成年人生活的无限讥讽。这双眼睛是在向西蒙证实，一切事情都糟透了。

"这我知道。"

西蒙发现自己是在大声地说话。他匆匆睁开眼睛，在别扭的日光中，猪头像被逗乐似的咧着嘴巴，它无视成群的苍蝇、散乱的内脏，甚至无视被钉在木棒之上的耻辱。

西蒙把脸转开，舔着干裂的双唇。

这是献给野兽的供品，也许来接受的不是野兽吧？西蒙觉得猪头也显出同意他的样子。猪头无声地说道，快跑开，快回到其余的人那儿去。真是个笑话——要你操什么心呢？你错了，就那么回事。有点儿头痛吧，或许是因为你吃了什么东西。回去吧，孩子，猪头无声地说着。

西蒙仰起头来，注视着天空，感到了湿头发的重量。天空高处这时候都是云，巨大而鼓胀的塔楼形状的云块在上空很快地变化着，灰色的、米色的、黄铜色的。云层在陆地的上方，不时地散发出闷热的、折磨人的暑热。甚至连蝴蝶也放弃了这块空地，空留着那面目可憎的东西，龇牙咧嘴，滴着鲜血。西蒙垂下脑袋，小心地闭着双眼，又用手护住眼睛。树底下没有阴影，到处是珍珠似的，一片宁静，因而真实的东西倒似乎虚无缥缈起来，变得缺乏明确的界限。一堆猪内脏成了一大群苍蝇围着的黑团，发出锯子锯木头那样的声音。不一会儿这些苍蝇发现了西蒙。它们已经吃饱了，这时候停在他身上一道道汗水上喝起来。苍蝇把西蒙的鼻孔弄得痒痒的，在他的大腿上这儿叮两下，那儿叮两下。这些苍蝇黑乎乎的，闪闪发绿，不计其数；在西蒙的面前，挂在木棒上的苍蝇之王露齿而笑。西蒙终于屈服了，他掉过头去：看到了白晃晃的猪牙，昏暗的眼睛，一摊鲜血——西蒙的眼光被古老的，令人无法逃避的招呼所吸引住了[1]。西蒙的右太阳穴里，一条动脉在他脑子里怦怦地搏动。

拉尔夫和猪崽子躺在沙滩上，一面注视着火堆，一面懒洋洋地朝无烟的火堆中心轻投着小卵石。

"那根树枝烧光了。"

"萨姆埃里克哪儿去了？"

"咱们该再去拿点柴火来。青树枝已经烧完了。"

拉尔夫叹口气，站了起来。平台的棕榈树下没有阴影；只有这种似乎同时来自各个方向的奇怪的光线。在膨胀的高空云层中，像开炮似的打着响雷。

"就要下倾盆大雨了。"

"火堆怎么样呢？"

拉尔夫快步走进森林，带回来一大抱青树枝，一下子都倾倒在火堆上。树枝噼啪作响，树叶蜷曲起来，黄烟扩展开去。

---

[1] 此处所谓"古老的，令人无法逃避的"，似乎是指"蝇王"所象征的"恶"，如同"原罪"一样是人的与生俱来的永恒部分。

猪崽子用手指在沙滩上随便地画着小小的图案。

"真伤脑筋,咱们没足够的人手来生火堆。你不得不把萨姆埃里克当做一个轮次。他们什么事情都一块儿做——"

"当然。"

"嘿,那可不公平。难道你看不出?他们应该算两个轮次。"

拉尔夫思考以后明白了其中的意思。他很恼火,发现自己思考问题是那么不像个大人,又叹了口气。岛上的情况正越来越糟。

猪崽子注视着火堆。

"一会儿又得要加一根青树枝。"

拉尔夫翻了个身。

"猪崽子。咱们该怎么办呢?"

"没他们咱们也一定得干下去。"

"但是——火堆。"

他皱眉看着黑白相间的一团余烬,其中搁着没烧光的树枝梢头。拉尔夫试着把自己的一套想法讲出来。

"我害怕。"

拉尔夫看到猪崽子昂起头来,急急忙忙地说下去。

"不单是指野兽,野兽我也怕的。但他们全都不理解火堆的重要性。要是你快淹死了,有人扔给你一条绳子,你一定会抓住不放的。要是医生说,把药吃下去,要不你就会死,你一定会赶紧吃的——你一定会的,对不对,我这样想?"

"我当然会的。"

"难道他们就看不出?难道他们就不明白,没有烟作信号咱们就会死在这儿?瞧那个!"

余烬上一股热气流颤动着,可一点烟也没有。

"咱们一堆火都没法生起来。而他们又不在乎。尤其是——"拉尔夫盯着猪崽子淌汗的脸。

"尤其是,有时候我也不在乎。假定我也变得像别人那样——满不在乎。咱们会变成什么样子呢?"

猪崽子取下眼镜,心烦意乱。

"我不晓得,拉尔夫。不过咱们不得不干下去,就那么回事。大人也会这么干的。"

拉尔夫已经开始推卸责任,他继续说道:

"猪崽子,毛病在哪里?"

猪崽子惊讶地注视着他。

"你是指——?"

"不,不是指野兽……我是指……是什么把事情搞得四分五裂,就像他们干的那样?"

猪崽子慢条斯理地擦着眼镜,动着脑筋。他明白拉尔夫已经在相当的程度上把他当作一个知心朋友,不由得脸上泛出了骄傲的红晕。

"我不晓得,拉尔夫。我猜是他。"

"杰克?"

"杰克。"讲那个字眼仿佛有点犯忌讳。

拉尔夫严肃地点点头。

"对,"他说,"我猜一定是这么回事。"

他们附近的森林中爆发出一阵喧闹声。脸上涂得白一道、红一道、绿一道的恶魔似的人影号叫着冲了出来,小家伙们尖声叫喊、东窜西逃。拉尔夫从眼角看到猪崽子正在奔逃。两个人影冲到了火堆边,拉尔夫正准备进行自卫,可他们抢了半燃的树枝就沿着海滩一溜烟逃走了。其余三个仍然站着,注视着拉尔夫;拉尔夫看出其中最高的那个就是杰克,他除了涂料和皮带以外完全光着身子。

拉尔夫倒吸了一口气说:

"怎么?"

杰克不理睬拉尔夫,举起长矛开始喊道:

"你们全都听着。我和我的猎手们都住在海滩边上一块平坦的岩石旁。我们打猎、吃喝、玩乐。如果你们要想加入我们一伙[1],那就来瞧瞧吧。我也许会让你们参加,也许不。"

---

[1] 原文为 my tribe(我的部落/我的一伙人),为行文通俗,下面的"tribe"均译作"一伙"或"一帮"等。

他停下来环顾着四周。因为脸上涂得五颜六色,杰克摆脱了羞耻感和自我意识,他可以一个个把他们挨次看过来。拉尔夫跪在火堆的余烬边,就像个短跑选手在起跑线上,他的脸有一半被头发和污迹遮盖着。萨姆埃里克围着森林边一棵棕榈树张看着。在洗澡潭旁一个小家伙皱着绯红的面孔在嚎哭,猪崽子站在平台上,双手紧握白色的海螺。

"今晚我们要大吃一顿。我们宰了一头猪,有好多肉。要是愿意就来跟我们一起吃吧。"

那高高云层的罅隙间,又响起了隆隆的雷声。杰克及跟他同来的两个不知名的野蛮人晃动着身子,仰望天空,接着又恢复了原样。小家伙继续在嚎哭。杰克正等待着什么似的,他催促地朝那两个人低声说道:

"说下去——快说!"

两个野蛮人嗫嚅着。杰克严厉地说:

"说吧!"

两个野蛮人互相看看,一起举起长矛,同声说道:

"头领已经说了。"

随即他们三个转过身去,快步走了。

片刻之后,拉尔夫站起来凝视着野蛮人消逝了的那块地方。萨姆埃里克走了回来,带着畏惧的口气低声说:

"我认为那是——"

"——我可——"

"——害怕了。"

猪崽子高高地站在平台上,仍然拿着海螺。

"那是杰克,莫里斯和罗伯特,"拉尔夫说道。"他们不是在闹着玩儿吧?"

"我觉得我要发气喘病了。"

"去你的鸡—喘病。"

"我一看到杰克就吃准他要来抢海螺。也不知道是为什么。"

成群的孩子带着深情的敬意注视着白色的贝壳。猪崽子把海螺放到拉尔夫手中,小家伙们看到熟识的标志,开始走回来。

"不是在这儿。"

拉尔夫转身朝平台走去,他感到需要有点仪式。拉尔夫先走,他把白色的海螺捧在手里,随后是表情庄重的猪崽子,再后是双胞胎,最后面是小家伙和别的孩子。

"你们全都坐下。他们偷袭咱们是为了火。他们正在闹着玩儿。但是——"

拉尔夫感到一阵困惑,因为脑子里忽隐忽现着一道遮拦物似的。他有一些话要说,随后这道遮拦物落下了。

"但是——"

213

大家严肃地看着他，一点都没有怀疑到他的能力，拉尔夫把挡在眼睛前面的、讨厌的头发撩开去，他看看猪崽子。

"但是……哦……火堆！当然，火堆！"

他开始笑了，然后又止住笑，话倒说得流利起来。

"火堆是最重要的事情。没有火堆咱们就无法得救。我倒愿意涂上打仗前涂身的颜色[1]，做一个野蛮人。但是，咱们必须让火堆燃着。火堆是岛上最要紧的事情，因为，因为——"

他又停了一停，孩子们的沉默变得充满了疑惑和惊异。

猪崽子急迫地低声说着：

"得救。"

"哦，对对。没有火堆咱们就无法得救。所以咱们必须呆在火堆旁边把烟生起来。"

拉尔夫讲完后，大家都不说话。就是在这个地方，拉尔夫曾经做过好多次精彩的演说，而现在他的讲话即使对小家伙们来说，也已经令人乏味了。

最后比尔伸出手来拿海螺。

"现在咱们没法在那上面生火了——因为没法在那上面

---

[1] 这里的原文是 war-paint，古代人在皮肤上画上图案，作为一种"心理武器"，以引起敌人的恐怖。如古代不列颠人在战争中以蓝色画身，外貌可怕，曾给罗马的恺撒留下深刻的印象。现在有些原始民族仍然这样做。

生火——咱们就需要更多的人来维持火堆。让我们跟他们一起吃猪肉吧，告诉他们，靠剩下的我们这些人很难维持火堆。还有打猎呀，诸如此类的事情——我是说扮成野蛮人——那准是挺好玩的。"

萨姆埃里克拿过海螺。

"那准像比尔说的，挺好玩——而且他已经邀请咱们去——"

"——去大吃一顿——"

"——野猪肉——"

"烤起来噼噼啪啪——"

"——我很想吃点猪肉——"

拉尔夫举起手。

"为什么咱们就不能自己去弄肉呢？"

双胞胎面面相觑。比尔答道：

"我们不想到丛林里去。"

拉尔夫皱着眉头。

"他——你知道——会去的。"

"他是个猎手，他们全是猎手。那可不一样。"

一时谁也没开口，然后猪崽子对着沙滩咕哝着：

"肉——"

小家伙们坐着，神情严肃地想着猪肉，馋涎欲滴。在他们头上，此时又响起了放炮似的隆隆雷声，一阵突如其来的热风把干巴巴的棕榈叶丛吹得咔哒咔哒地直响。

"你是个傻小子，"蝇王说道，"一个无知的傻小子。"

西蒙动动肿了的舌头，但什么也没说。

"难道你不同意？"蝇王说道。"难道你不就是个傻小子吗？"

西蒙同样无声地回答它。

"那好，"蝇王又说，"你最好跑开，跟别人去玩。他们认为你疯了。你不想让拉尔夫认为你疯了，是不是？你很喜欢拉尔夫，是吗？还喜欢猪崽子、杰克？"

西蒙的脑袋微微翘起。他的眼睛没法子离开去，蝇王随时都挂在他面前。

"你独自一个人到这儿来干什么？难道你不怕我？"

西蒙战栗着。

"没人会帮你的忙，只有我。而我是野兽。"

西蒙费力地动了动嘴巴，勉强听得出这样的话语。

"木棒上的猪头。"

"别梦想野兽会是你们可以捕捉和杀死的东西！"猪头说道。有一阵子，森林和其他模模糊糊地受到欣赏的地方回响起一阵滑稽的笑声。"你心中有数，是不是？我就是你的一部分？过来，过来，过来点！我就是事情没有进展的原因吗？为什么事情会搞成这副样子呢？"

那笑声又颤抖着响了起来。

"去吧，"蝇王说。"回到其余的人那儿去，我们把整个事情都忘记掉。"

西蒙的脑袋摇晃起来。他半闭着眼睛，仿佛是在模仿着木棒上那个卑污的东西。他知道自己又头晕眼花了。蝇王像个气球似的膨胀起来。

"真可笑。你明明晓得你到下面那儿去只会碰到我——别再想逃避了！"

西蒙的身子弓了起来，并且变得僵硬。蝇王用师长的口气训诫道：

"这已经太过分了。我可怜的、误入歧途的孩子，你认为你比我还高明吗？"

停顿了一会儿。

"我在警告你，我可要发火了。你看得出吗？没人需要你。明白吗？我们将要在这个岛上玩乐。懂吗？我们将要在这个岛上寻欢作乐！别再继续尝试了，我可怜的、误入歧途的孩子，不然——"

西蒙感到他正看着一张巨大的嘴巴，里面是漆黑的，这黑暗还在不断扩大。

"——不然，"蝇王说道，"我们就会要你的小命。明白吗？杰克、罗杰、莫里斯、罗伯特、比尔、猪崽子，还有拉尔夫要你的命。懂吗？"

西蒙掉在大嘴巴里，他一个劲地往下掉，终于失去了知觉。

第九章 窥见死尸

岛的上空乌云还在集结。暑热的气流整天不断地从山上升起,直冲到一万英尺的高空;无数旋转着的气团堆聚起静电,空中似乎随时都可能发生爆炸。将近傍晚时分,太阳已经落山了,黄铜色的炫目的光取代了明亮的日光。甚至连从海上吹来的微风也是热乎乎的,没有能使人恢复精神的凉意。水上,树上,岩石粉红的表面上,色彩都在暗淡下去,灰褐色的乌云低覆着。除了苍蝇闹哄哄地使蝇王变得更黑,使掏出的内脏看上去就像一堆闪闪发亮的煤块,一切都在沉寂下去,甚至当西蒙鼻子里有一根血管破裂,鲜血喷洒而出的时候,苍蝇也宁可选择猪的臭味,而任凭西蒙留在一边。

由于鼻子流血,西蒙的痉挛过去了,他进入昏昏欲睡的状态。他躺在毯子似的藤蔓之中,傍晚渐渐地过去,放炮似的隆隆雷声仍在响着。西蒙终于醒过来,模模糊糊地看到贴近在脸颊边的黑色泥土。他仍然一动不动,只是躺在那儿,脸侧靠着地面,眼睛呆滞地看着前面。然后他翻过身来,把脚缩到身下,拉着藤蔓站立起来。藤蔓摇动不已,成群的苍蝇从内脏上嗡地飞开,发出邪恶的噪声,又一窝蜂地落回原处。西蒙站了起来。光线是神秘的。蝇王悬挂在木棒上,像个黑色的球。

西蒙对着空地大声说道:

"那又怎么办呢?"

没有回答。西蒙转脸避开空地,慢慢地爬出了藤蔓,他处在森林的薄暮之中。西蒙意气消沉地在树干之中走着,脸上毫无表情,嘴上和下巴上血迹斑斑。只是有时候他撩开一根根藤蔓,根据地形的趋势选择方向,嘴中才嘟囔着听不出话音的话语。

过一会儿树上交织垂挂下来的藤蔓越来越少,树丛中筛下自天而降的珍珠色的散光。这儿是这个岛的岛脊,山下平卧着稍稍高起的地形,树林也不再是密密的丛林。在这儿,宽阔的空地上散布着乱丛棵子和高大的树木,他顺着地势向上,树林更开阔了。他继续朝前走,由于疲劳而跌跌撞撞,但并不停止前进。平素明亮的眼神从他的双眸中消失了,西蒙像个老头儿似的,以一种阴郁的决心不停地走着。

一阵风吹得他踉踉跄跄,西蒙看到自己已经到了开阔地，在黄铜色的天穹之下，在山岩之上。他感到自己的双腿没劲，舌头一直发痛。风吹到山顶时他看到了什么东西在动弹：背衬着乌云有一样蓝色的东西在摇曳。西蒙努力朝前走着，风又来了，此刻风势更强，猛吹过森林里成片的树梢，树梢被吹低了头，发出阵阵的怒号。西蒙看到山顶上有一个隆起的东西突然端坐起来，俯看着他。西蒙把脸遮住，继续吃力地往前走。

苍蝇也已经发现了那个身形。有生命的运动一时把它们吓得飞开了，苍蝇围着那东西的脑袋形成一朵黑云。随后蓝色的降落伞倒坍下来，臃肿的身形更朝前倾，发出叹息的声音，而苍蝇则再一次停落下来。

西蒙感到膝盖猛地撞到山岩上。他慢慢地朝前蠕动着，一会儿他就明白了。绳索绕作一团、互相牵扯，为他展示了这种拙劣模仿的动力结构；他细看着白花花的鼻梁骨，牙齿，腐烂不堪的外貌。他看到一层层的橡皮和帆布多么无情地把本该烂掉的可怜的身子拉扯在一起。接着又吹过了一阵风，那身形又被提起来，鞠着躬，朝他散发出一股恶臭。西蒙四肢贴地，把肚子里的东西都呕了出来。随后他把降落伞的伞绳揪到手中，把缠在山岩上的解开，那身形这才摆脱了狂风的肆虐。

最后他转过脸去俯瞰海滩。平台旁的火堆看来已经灭了,至少没有在冒烟。沿着海滩再过去,在小河的另一边,靠近一大块平坦的岩石,一缕细烟在空中冉冉上升。西蒙忘掉了苍蝇,他用双手圈住眼睛凝视着烟。即使在那样的距离,还可以依稀看到大多数的孩子——也许是全部孩子——都在那儿。那么他们是为了避开野兽,已经把营盘搬过去了吧。想到这儿,西蒙把身子转向坐在他身旁那发出恶臭的、可怜的破烂东西。野兽是无害而又是恐怖的,必须尽早地把这个消息传给其他人。他开始走下山去。下面两条腿有点支撑不住,即使他尽很大的努力,也只能做到蹒跚而行。

"洗澡,"拉尔夫说,"只有这件事可做。"

猪崽子正透过眼镜审察着渐渐暗下来的天空。

"我不喜欢那些乌云。还记得咱们刚着陆时的那阵大雨吗?"

"又要下雨了。"

拉尔夫一头潜入水潭。两个小家伙正在潭边玩耍,他们试图从比血还温暖的湿润中得到慰抚。猪崽子取下眼镜,拘谨地迈到水中,随后又戴上眼镜。拉尔夫浮到水面上,朝猪崽子喷出一股水。

"当心我的眼镜儿,"猪崽子说。"眼镜弄上水我就得爬出去擦干。"

拉尔夫又喷出一股水,可没射中。他取笑猪崽子,指望他会像平常那样逆来顺受地退却,受辱也默不作声。不料猪崽子却也用手拍起水来。

"停下!"猪崽子叫喊道,"听见没有?"

他愤怒地朝拉尔夫脸上泼着水。

"好吧,好吧,"拉尔夫说道。"别发脾气嘛。"

猪崽子停止击水。

"我头痛,空气凉快一点就好了。"

"但愿快点下雨。"

"我就盼咱们可以回家。"

猪崽子往后躺在水潭倾斜的沙岸上。他挺着肚子,让肚子上的水干掉。拉尔夫朝天喷水。人们可以根据云中光斑的移动来猜测太阳的趋向。拉尔夫跪在水中东张西望。

"人都到哪儿去了?"

猪崽子坐起来。

"也许他们正躺在窝棚里。"

"萨姆埃里克在哪儿?"

"还有比尔?"

猪崽子指着平台以外更远的地方。

"那就是他们所去的地方,杰克那一帮。"

"随他们去,"拉尔夫不自在地说道,"我可不在乎。"

"就是为了一点肉——"

"还有打猎，"拉尔夫精明地说，"装作是一个部落，涂上野蛮人打仗前涂的涂料。"

猪崽子俯首拨动着水下的沙子，没看拉尔夫。

"也许咱们也应该去。"

拉尔夫忙看着他，猪崽子脸红了。

"我是说——去弄弄清楚，的确没有发生什么事情。"

拉尔夫又喷起了水。

早在拉尔夫和猪崽子赶到杰克那块地盘以前，他们就听到了那伙人的闹声。在森林和海岸之间，在棕榈树留出一条宽宽的、带状草根土的地方，有一片草。从草根土的边缘再往下走一步，就是超出潮汐最高水位的白晃晃的、吹散开的沙地，这沙地暖暖的、干乎乎的、经过人们的踩踏。在沙地下还有一块岩石朝外伸到了环礁湖中。在这岩石之外是一小段沙滩，再往外就靠着海水。岩石上燃烧着火堆，烤猪肉的脂油滴滴答答地掉进从这里望过去看不见的火焰之中。除了猪崽子、拉尔夫、西蒙，还有两个管烤猪的，岛上所有的孩子都聚在草根土上。他们笑呀、唱呀，有的在草地上躺着、有的蹲着、有的站着，手里都拿着吃的。可是从他们油污的面孔来判断，猪肉已经吃得差不多了;有些孩子手持椰子壳喝着。在聚会以前,他们把一根大圆木拖到草地中央,杰克涂着涂料,戴着花冠,像个偶像似的坐在那儿。在他身旁,绿色树叶上堆放着猪肉,还有野果和盛满了水的椰子壳。

猪崽子和拉尔夫来到有草的岩石台边缘;孩子们看到他们来了,就一个个都不讲话了,只有杰克旁边的那个还在讲。随后,他也不说话了,杰克转身回到原来坐的地方,他盯着他们俩好一会儿,火堆噼噼啪啪的响声压倒了浪击礁石的沉闷的低音,成了最响的声音。拉尔夫把目光移开去,萨姆却以为拉尔夫向他转过身来是要指责他,于是放下啃了一半的骨头,一边神经质地格格地笑笑。拉尔夫不稳地走了一步,指着一棵棕榈树,低声地向猪崽子说了什么,他们俩也像萨姆一样格格地笑了。拉尔夫把脚从沙地里拔出来,开始闲逛过去。猪崽子想吹口哨。

在这当口,在火堆旁烤肉的孩子们突地拖着好大一块肉朝草地奔过来。他们撞到猪崽子身上,猪崽子被烫得哇哇乱叫跺脚乱跳。拉尔夫立刻和那群孩子连成了一气,暴风雨般的哄笑缓和了他们之间的气氛。猪崽子又一次成了众矢之的,人人兴高采烈,情绪也正常了。

杰克站起身,挥舞着长矛。

"给他们拿点肉。"

带木叉的孩子们给了拉尔夫和猪崽子各一大块肥肉。他俩馋涎欲滴地把肉接住,就站着吃起来,天空呈黄铜色,雷声隆隆,预告着暴风雨即将来临。

杰克又舞了舞长矛。

"每个人都吃够了吗?"

还有肉多余下来,有的在小木叉上烤得嘶嘶作响,有的堆放在绿色的大叶子上。猪崽子肚子不争气,他把肉已经啃光了的骨头丢到海滩上,弯下腰去想再要一点。

杰克又不耐烦地问道:

"每个人都吃够了吗?"

他的声调带有警告的意味,这是一种占有者由于自豪感而发出的警告;孩子们趁还有时间赶紧吃。估计孩子们不会马上停止,杰克就从那根圆木上——那是他的宝座——站起来,漫步到草地边上。他似乎是在那张花脸后面俯看着拉尔夫和猪崽子。他们俩在沙地的那一边,并移远了一点,拉尔夫边吃边看着火堆,他注意到了,虽然并不理解,此刻衬着暗淡的光线火焰可以看得见了。傍晚来临了,不是带着宁静的甜美,而是带着暴力的威胁。

杰克开口道:

"给我点喝的。"

亨利给他拿了个椰子壳,杰克边喝边透过锯齿状的果壳边缘观察着猪崽子和拉尔夫。权力在他褐色的、隆起的前臂上;权威在他的肩上,像野猿似的在他耳边喋喋而语。

"全体坐下。"

孩子们在杰克面前的草地上排列成行,但是拉尔夫和猪崽子仍然站在低一英尺的松松的沙地上。杰克暂时不理他们俩,他转过假面具似的脸部,俯视着坐在地上的孩子们,并用长矛指着他们。

"谁打算加入到我的队伍里来?"

拉尔夫猛地一动,一个趔趄。一些孩子向他转过去。

"我给你们吃的,"杰克说道,"我的猎手们会保护你们免遭野兽的伤害。谁愿意加入到我的队伍里来?"

"我是头头,"拉尔夫说,"是你们选我的。我们要把火堆一直维持着。此刻你们却哪儿有吃就往哪儿跑——"

"你自己也跑来啦!"杰克喊道。"瞧瞧你手里的那根骨头吧!"

拉尔夫脸红耳赤。

"我说过你们是猎手,那是你们的活儿。"

杰克又不理他了。

"谁想加入到我的队伍里来一起玩?"

"我是头头,"拉尔夫声音颤抖地说道。"火堆怎么样?我有海螺——"

"你没带着它,"杰克嘲讽地说。"你把它丢在那儿没有带来。明白些,放聪明点吧?海螺在岛的这一头不算数——"

突然响起一声霹雳。不是沉闷的隆隆雷声,而是豁喇一声猛烈的爆裂声。

"海螺在这儿也算数,"拉尔夫说,"在整个岛上都管用。"

"那你打算拿海螺派什么用?"

拉尔夫仔细地看着一排排孩子。从他们那儿是得不到帮助的,拉尔夫转过脸去,心乱如麻,大汗淋漓。猪崽子低声说着:

"火堆——得救。"

"谁愿意加入到我的队伍里来?"

"我愿意。"

"我。"

"我愿。"

"我要吹海螺了,"拉尔夫上气不接下气地说道,"我要召开大会。"

"我们不要听。"

猪崽子碰碰拉尔夫的手腕。

"走吧。会惹出麻烦来的。咱们也吃过肉了。"

森林的那一边闪过一道明晃晃的闪电,霹雳又炸开了,一个小家伙哭起来。大滴大滴的雨点落到他们中间,每一滴打下来都发出一记声响。

"要下暴雨了，"拉尔夫说，"这下你们该碰上咱们刚降落到岛上时下的大雨了。现在看来是谁更聪明？你们的窝棚在哪儿？你们打算怎么办？"

猎手们不安地看着天空，躲避着雨点的袭击。一阵焦虑使孩子们左摇右晃，没有目的地乱动起来。忽隐忽现的闪电更亮了，隆隆的雷声几乎使人忍受不住。小家伙们尖叫着四散奔逃。

杰克跳到沙地上。

"跳咱们的舞！来吧！跳舞！"

他跌跌撞撞地穿过厚厚的沙地，跑到火堆另一边的空阔的岩石上。在耀眼的闪电的间歇中，空中是黑沉沉的，令人害怕；孩子们吵吵嚷嚷地跟着他。罗杰装作一头野猪，呼噜呼噜地哼哼着冲向杰克，杰克则朝边上让。猎手们拿起长矛，管烤肉的拿起木叉和余下的木柴。一个圆圈在跑动、在扩大，孩子们和唱的声音也越来越响。罗杰模仿着野猪受到惊吓的样子，小家伙们在圆圈的外围跑着、跳着。猪崽子和拉尔夫受到穹苍的威胁，感到迫切地要加入这个发疯似的，但又使人有点安全感的一伙人当中去。他们高兴地触摸人构成的像篱笆似的褐色的背脊，这道篱笆把恐怖包围了起来，使它成了可以被控制的东西。

"杀野兽哟！割喉咙哟！放它血哟！"

孩子们开始有节奏地兜着圈圈跑，他们的合唱也不再只是起初那表面的兴奋，而是开始像脉搏那样一起一落地跳个不停。罗杰停止装扮野猪，又扮作了猎手，因而圈子当中变得空空的。有些小家伙自个儿组起了一个小圆圈；大小两个圆圈不停地转，似乎重复地转会自然而然地获得安全一样。这就像是一个有机体在跳动和跺脚。

黑沉沉的穹苍绽裂开一道蓝白色的口子。霎时间，在孩子们的上方响起了豁喇一声巨响，就像有一条巨鞭在抽打他们似的。合唱的调子升高了，带着一种感情的迸发。

"杀野兽哟！割喉咙哟！放它血哟！"

此刻从恐怖中又出现了另一种渴望，强烈、紧迫而又盲目的渴望。

"杀野兽哟！割喉咙哟！放它血哟！"

他们头上又裂开了一道蓝白色锯子状的口子，带有硫磺味的霹雳声又猛地打将下来。此时小家伙们从森林边飞奔出来，他们尖声怪叫、四散乱逃，有一个冲破了大家伙们的圆圈，惊恐地叫道：

"野兽！野兽！"

圆圈变成了一个马蹄形。有一个东西正从森林里爬出来。吃不准爬出来的是个什么东西，黑咕隆咚的。在"野兽"面前孩子们发出受伤似的尖利急叫。"野兽"磕磕绊绊地爬进马蹄形的圈圈。

"杀野兽哟！割喉咙哟！放它血哟！"

天上蓝白色的口子一动也不动，雷响声令人难以忍受。西蒙大声地叫喊着，山上有个死人。

"杀野兽哟！割喉咙哟！放它血哟！干掉它哟！"

一条条木棒揍下去，重新围成一个圈圈的孩子们的嘴发出嘎吱嘎吱咬嚼的声音和尖叫声。"野兽"在圈子当中双膝着地，手臂交叠地护着面孔。衬着电闪雷鸣的巨响，"它"大叫大嚷山上有个死尸。"野兽"挣扎着朝前，冲破了包围圈，从笔直的岩石边缘摔倒在下面靠近海水的沙滩上。人群立刻跟着它蜂拥而下，他们从岩石上涌下去，跳到"野兽"身上，叫着、打着、咬着、撕着。没有话语、也没有动作，只有牙齿和爪子在撕扯。

然后乌云分开了，像瀑布似的下起了倾盆大雨，雨水从山顶上溅下来，把树上的青枝绿叶打落下来；雨水倾泻到沙滩上正在打闹的孩子们身上，就像是冷水淋浴。不一会儿那群孩子四散开来，一个个人影跌跌撞撞地跑开去。只有那"野兽"静静地躺在那儿，离海边几码远。即使在大雨滂沱之中，他们也能看得出那"野兽"小得可怜，它的鲜血染红了沙滩。

此刻一阵大风把雨吹向一边，雨水从树上像小瀑布似的落下。山顶上的降落伞被风吹得鼓起来，并开始移动；伞下的人也被带动了，它直立起来，旋转着，接着摇摇晃晃地朝下穿过一大片濛濛细雨，以笨拙的脚步擦过高高的树梢；它往下摔，一直往下摔，朝海滩降落下去。孩子们尖叫着冲到黑暗的地方躲起来。降落伞带着人身继续向前，在环礁湖水面上划出波浪，从礁石上方撞过去，飘向大海。

夜半时分雨收云散，夜空又一次布满了令人难以置信的明亮的星星。随后微风也消失了。从岩缝里流出的涓涓细流，经过一片又一片的树叶往下滴淌，最后流到岛上灰褐的泥土里；除了这雨水的滴滴答答的声音之外，其他什么响声也没有。空气清凉、湿润、澄澈；一会儿甚至连水滴声也停了下来。"野兽"在灰白的海滩上蜷缩成一团，血迹渐渐地渗透开去。

当潮水的大浪流动的时候，环礁湖的边缘成了一条慢慢向前伸展的磷光带。清澈的海水映照出清澈的夜空和辉光闪闪的群星座。磷光带在小沙粒和小卵石旁膨胀扩大；浮动着的磷光以一个个小圈圈紧包着小石粒，随后突如其来地，无声无息地裹着小石粒向前移动。

在靠海岸方向的浅滩边缘，不断推进的一片明亮的海水中，充满了奇怪的、银色身体的小生物，它们长着炯炯的小眼睛。各处都有一块块较大的卵石被隔绝空气，包上了一层珍珠。潮水涨到了沙滩上被雨点打成的一个个坑，把一切都铺上一层银色。此刻磷光触到了从破裂的身体里渗出来的第一批血迹，小生物在浅滩边缘聚集起来,形成一片移动着的光影。潮水继续上涨,西蒙粗硬的头发披上了一层亮光。他的脸颊镶上了一条银边,弯弯的肩膀就像是大理石雕出来的。那些奇怪的、如影随形的小生物,长着炯炯的眼睛,拖着雾汽的尾巴,在西蒙的头旁边忙碌着。西蒙的身子从沙滩上抬起一点儿,嘴里冒出一个气泡,连气带水发出扑的一声。然后他的身子渐渐地浮在海水之中。

在地球曲面的某个黑暗部分,太阳和月亮正在发挥着引力;地球的固体部分在转动,地球表面的水却被牵住,在一边微微地上涨。潮水的大浪沿着岛屿向前推移,海水越涨越高。一条由充满了好奇心的小生物组成的闪亮的边镶在西蒙尸体的四周;在星座稳定的光芒的照耀之下,它本身也是银光闪闪的;就这样,西蒙的尸体轻轻地漂向辽阔的大海。

第十章　　海螺和眼镜

猪崽子留心地盯着朝他走来的人影。现在他有时候觉得，倘若除去眼镜，把一块镜片戴到另一只眼睛上，倒可以看得更清楚一点；但即使用这只好眼睛来看，在发生了所有这些事情以后，拉尔夫还是拉尔夫，绝对不会错。此刻拉尔夫正从椰子林中一瘸一拐地走出来，身上很脏，乱蓬蓬的金黄头发上挂着枯叶。在他浮肿的脸颊上，一只眼睛肿得像条裂缝；在他右膝上还有一大块伤疤。他停了一会儿，眯起眼睛看着平台上的人影。

"猪崽子？剩下的就你一个？"

"还有几个小家伙。"

"他们不算数。没大家伙了？"

"噢——还有萨姆埃里克。他们俩在拾柴火。"

"没有别人了吗？"

"据我所知并没有。"

拉尔夫小心地爬上了平台。在原先与会者常坐的地方,被磨损的粗壮的野草尚未长好;在磨得挺亮的座位旁,易碎的白色海螺仍在闪闪发光。拉尔夫坐在野草中,面对着头儿的座位和海螺。猪崽子跪在他左边,两个人好久都没有说话。

终于拉尔夫先清了清嗓子,小声地说起了什么。

猪崽子轻声细气地回答道:

"你说什么呀?"

拉尔夫提高声音说:

"西蒙。"

猪崽子一言不发,只是严肃地点点头。他们继续坐着,以一种受损伤者的眼光凝视着头儿的座位和闪闪发亮的环礁湖。绿色的反光和日照的光斑在他们弄脏了的身上晃动个不停。

最后拉尔夫站起来走向海螺。他用双手爱抚地捧起贝壳,倚着树干跪下去。

"猪崽子。"

"嗯?"

"咱们该怎么办呢?"

猪崽子朝海螺点点头。

"你可以——"

"召集大会?"

拉尔夫说着尖声大笑起来,猪崽子皱起了眉头。

"你还是头头。"

拉尔夫又哈哈大笑。

"你是头头,是管我们的。"

"我有海螺。"

"拉尔夫!别那样笑了。光看着那儿可没必要,拉尔夫!别人会怎么想呢?"

拉尔夫终于停下不笑了,他浑身打战。

"猪崽子。"

"嗯?"

"那是西蒙。"

"你说过了。"

"猪崽子。"

"嗯?"

"那是谋杀呀。"

"别说了!"猪崽子尖叫道。"你老那样唠叨有什么好处?"

他跳了起来,站在那里低头看着拉尔夫。

"那时天昏地暗。加上——那该死的狂舞。再加上又是闪电,又是霹雳,又是暴雨。咱们全吓坏了!"

"我没有吓坏,"拉尔夫慢吞吞地说,"我只是——我也不知道自己当时怎么了。"

"咱们全吓坏了!"猪崽子激动地说道。"什么事情都会发生的。那可不是——像你说的那样。"

他做着手势,想找句客套话说说。

"哦,猪崽子!"

拉尔夫的话音低沉而又苦恼,使得猪崽子停止了做手势,弯下腰等着。拉尔夫兜着海螺,身子前后摇晃。

"猪崽子,你不明白吗?咱们所干的事情——"

"他可能仍然是——"

"不。"

"也许他只是装作——"

看到拉尔夫的表情,猪崽子的话音越来越轻。

"你在外面,在圆圈的外面。你从来没有真正进到圈子里过。难道你没有看出咱们干的——他们干的事情吗?"

拉尔夫的声音中带着厌恶,同时又带着一种狂热的兴奋。

"猪崽子,难道你没看见吗?"

"没看清楚。现在我只有一只眼睛了。拉尔夫,你应当是了解的。"

拉尔夫还在前后摇晃着。

"那是一次意外事情,"猪崽子突然说道,"就是那么一回事，一次碰巧发生的事情。"他尖声锐气地又说。"走进了一片漆黑当中——他没有必要那样从黑暗中爬出来。他疯了，自食其果。"猪崽子又大做起手势来。"一场飞来横祸。"

"你没看见他们干的事情——"

"我说，拉尔夫，咱们该把那件事忘掉。尽想着它可没什么好处，明白吗？"

"我可吓坏了，咱们全都吓坏了。我想要回家。天哪，我真想回家。"

"那是意外事情，"猪崽子执拗地说，"情况就是那样。"

他摸摸拉尔夫光光的肩膀，这种人体的接触却使拉尔夫颤抖了一下。

"我说，拉尔夫，"猪崽子匆匆往四下看了看，然后把身子倾向拉尔夫——"可别泄漏咱们跳过那个舞，就是对萨姆埃里克也别漏风。"

"但是咱们跳过！咱们全都跳过！"

猪崽子摇摇头。

"咱们俩是后来才跳的。他们在一团漆黑中根本没注意到。不管怎样，你说过我只是在圈子外面——"

"那我也是的，"拉尔夫啜嚅着，"我也在外面。"

猪崽子急切地点着头。

"对呀，咱们在外面，咱们什么也没干过，什么也没看见。"

猪崽子停了一下，继续说道：

"咱们靠自己的力量过活，咱们四个——"

"就咱们四个，要维持火堆人手可不够。"

"咱们试试看，怎么样？我来点火。"

萨姆埃里克拖着一根大树身从森林里出来。他们俩把大树身往火堆边一倒，转身走向水潭。拉尔夫跳起来喊道：

"嘿！你们俩站住！"

双胞胎愣了一下，随后走过来。

"他们俩打算去洗澡，拉尔夫。"

"最好搞搞清楚。"

双胞胎看到拉尔夫，吃了一惊。他们红着脸蛋，眼光越过他，看着空中。

"哈啰。没想到会碰上你，拉尔夫。"

"我们刚才在森林里——"

"——在找柴火生火堆——"

"——我们昨天夜里迷了路——"

拉尔夫低头打量着自己的脚趾。

"你们俩是在出什么事情以后迷路的？"

猪崽子擦擦眼镜片。

"在吃了猪肉以后,"萨姆以沉闷的话音回答。埃里克点点头说。"对,在吃了猪肉以后。"

"我们早就走了,"猪崽子急忙说,"因为我们累了。"

"我们也早就走了——"

"——老早就走了——"

"——我们累得要命。"

萨姆摸摸前额上的伤痕,又匆忙把手移开。埃里克用手指摸摸裂开的嘴唇。

"是呀,我们太累了,"萨姆重复说道,"所以早就走了,那不是一次很好的——"

大家心照不宣,气氛很沉闷。萨姆的身子动了一动,那个令人厌恶的字眼脱口而出。"——跳舞?"

四个孩子都没有参加那次跳舞,但提起它却使他们全都不寒而栗。

"我们早就走了。"

罗杰走到连接城堡岩和岛屿主体部分的隘口处的时候,受到了盘问,他并没有感到奇怪。他已经估计到,在那个可怕的黑夜里,杰克那一伙人当中至少有几个会躲在最安全的地方,在恐怖中坚持着。

从城堡岩高处传来了尖厉的问话声,那儿正在风化的巉岩互相依托，保持着平衡。

"站住！谁在那儿？"

"罗杰。"

"往前走，朋友。"

罗杰往前走一点。

"你看得出我是谁。"

"头领说了，谁都要盘问。"

罗杰仰起脸仔细往上看。

"我要上来你可拦不住。"

"我拦不住？上来瞧瞧吧。"

罗杰爬上了梯子似的悬崖。

"瞧这个。"

在最高的一块岩石下已经塞着一根圆木，下面还有一根杠杆。罗伯特把身子稍微倾斜一点压在杠杆上，岩石发出轧轧的响声。要是他用足力气就会把这块岩石隆隆地直送下隘口。罗杰钦佩不已。

"他可是个真正的头领，是不是？"

罗伯特直点头。

"他还要带我们去打猎。"

罗伯特把头朝远处窝棚那个方向侧过去，看到一缕白烟冉冉升向空中。罗杰坐在悬崖的边沿上，一面阴沉地往后看着这岛,一面用手指拨弄着那只松动了的牙齿。他的目光停留在远山的顶上,没有接话。罗伯特换了个话题。

"他要揍威尔弗雷德。"

"为啥?"

罗伯特疑惑地晃了晃脑袋。

"我不晓得。他没说。他发脾气了,叫我们把威尔弗雷德捆起来。他已经被"——罗伯特兴奋地格格笑起来——"他已经被捆了几个钟头,正等着——"

"可头领没说过为什么吗?"

"我从来没有听他说过。"

在酷热的阳光底下,罗杰坐在大岩石上,听到这个消息,得到一种启发。他不再拨弄自己的牙齿,仍然坐在那儿,寻思着这种不负责任的权威的种种可能性。随后,他一言不发,从城堡岩背后往下,向岩穴和杰克一伙人所在的地方爬去。

头领正坐在那儿,光着上身,脸上涂着红的和白的颜色。一伙人在他面前围成半圆坐着。在他们的后面,刚被打过、已松了绑的威尔弗雷德正大声地抽噎。罗杰跟别人蹲坐在一起。

"明—天,"头领继续说道,"我们又要去打猎了。"

他用长矛指指这个野蛮人,又指指那个野蛮人。

"你们中的一部分人呆在这儿把岩穴弄弄好,守卫住大门。我将带几个猎手去,弄点肉回来。守大门的人可得看着点,别让旁人偷偷地溜进来——"

一个野蛮人举起了手,头领把他那张阴冷的、涂着颜色的花脸转向他。

"头领,为什么他们要偷偷地溜进来呢?"

头领回答得含含糊糊,可态度倒挺认真。

"他们会的。他们要破坏咱们所干的事情。所以看守大门的一定得多加小心,还有——"

头领停住了。大伙儿看到他粉红色的舌尖令人吃惊地朝外伸出,舔了舔嘴唇,又缩了回去。

"——还有;野兽也想要进来。你们该记得它是怎么爬的吧——"

围成半圆的孩子们震颤不已,喃喃地一致表示同意。

"它化了装来的。即使咱们杀了猪,把猪头给它吃,它说不定还会来。所以得提防着,得当心点。"

斯坦利从岩石上抬起了前臂,竖起了一根手指,表示要发问。

"怎么啦?"

"但咱们能不能,能不能——?"

他踌躇不安地扭着身子,低着头往下面看。

"不!"

紧接着一片沉默,野蛮人各自在回忆,都很害怕,不敢想下去。

"不!咱们怎么能——杀掉——它呢?"

在联想还会再遇到的种种恐怖时,他们一方面暂时得到了一点解脱,另一方面又感到一点震慑,这些野蛮人又嘀咕起来。

"别再介意山上的事了,"头领正儿八经地说道,"要是去打猎就把猪头献给它。"

斯坦利轻击着手指又说:

"我想野兽把它自己伪装了起来。"

"也许会的,"头领说道。这是一种想当然的神学上的猜测。"不管怎样,咱们最好还是防着它一点。吃不准它会干出什么事来。"

那一伙人都细想着这话,随后哆嗦起来,就像是吹过一阵烈风。头领看到了自己那番话的效果,猛地一站。

"但是明—天我们将去打猎,弄到肉大家就大吃一顿——"

比尔举起了手。

"头领。"

"嗯?"

"咱们用什么来生火呢?"

头领的脸红了，但在红的白的黏土掩盖下，人们看不见他的脸色。他拿不准怎么回答是好，沉默了片刻，那伙人乘机又一次低声说起话来。随后头领举起了手。

"我们将从别人那儿去取火种来。听着，明—天我们去打猎，搞点肉。今天夜里我要跟两个猎手一起去——，谁愿意去？"

莫里斯和罗杰举了手。

"莫里斯——"

"是，头领？"

"他们的火堆在什么地方？"

"在老地方，靠着生火堆那岩石的后面。"

头领点点头。

"你们其余的人太阳一落就可以去睡觉。但我们三个，莫里斯，罗杰和我，我们还有活儿要干。我们将要在太阳刚落山的时候出发——"

莫里斯举起手。

"但是会发生什么事呢，要是我们碰上——"

头领挥挥手，对他提出的异议置之不理。

"我们要直沿着沙滩走。这样，要是它来了，我们就又可跳我们的，又可跳我们的舞了。"

"就靠我们三个吗？"

又响起了一阵叽里咕噜的声音,随之又静了下去。

猪崽子把眼镜递给拉尔夫,要等拿回来之后才能看得清东西。柴火很潮湿,他们这已是第三次点火了。拉尔夫往后一站,自言自语地说道:

"夜里可不能再没有火堆了。"

他内疚地望望站在旁边的三个孩子。这是他第一次承认火堆具有双重功用。确实,一方面火堆是为了使召唤的烟柱袅袅而升;但另一方面火堆也像一只火炉,能使他们舒服地入睡。埃里克往柴火上吹气,柴堆上闪出了火光,接着出现了一小簇火苗。一股黄白相间的浓烟向上散发。猪崽子拿回了自己的眼镜,高兴地看着烟柱。

"要是咱们能做个无线电收发机该多好啊!"

"或者造一架飞机——"

"——或者一艘船。"

拉尔夫对于这个世界的认识越来越淡薄,但他还是费力地思考着。

"咱们说不定会被红种人抓住当俘虏。"

埃里克往脑后捋着头发。

"他们也总比那个好,比——"

他没有点出人来,萨姆朝沿海的方向点点头,算是代他说完了这句话。

拉尔夫记起了降落伞下那个丑陋的人形。

"他讲起过死人什么的——"拉尔夫痛苦地涨红了脸，这一下他等于不打自招：跳舞时他也在场。他身子冲着烟做出催促的动作。"别停下——往上加！"

"烟越来越淡了。"

"咱们需要更多的柴火，即使是湿的也罢。"

"我的气喘病——"

得到的是死板板的回答。

"去你的鸡—喘病。"

"要是我跑东跑西地去拉木头，气喘病就会犯得更重。我希望不犯，拉尔夫，可就是要犯。"

三个孩子走进了森林，带回了一抱抱枯枝烂木。烟又一次升了起来，又黄又浓。

"咱们找点吃的吧。"

他们带着长矛一块儿走到了野果树林，也不多说话，就狼吞虎咽地吃起来。待他们走出树林时，夕阳西下，只有余烬发出一些光，烟却没有了。

"我再也搬不动柴火了，"埃里克说。"我累了。"

拉尔夫清清嗓子。

"在那上面咱们维持着火堆。"

"山上的火堆小,这可准是个大火堆呢。"

拉尔夫拿了一片木柴投到火堆里,注视着飘向暮色之中的烟。

"咱们一定要使烟老飘着。"

埃里克纵身往地上一趴。

"我太累了,再说那有什么用呢?"

"埃里克!"拉尔夫吃惊地叫喊道。"别那样瞎说!"

萨姆跪在埃里克身边。

"嗯——那又有什么用呢?"

拉尔夫火冒三丈,他竭力回想着,火堆是有用处的,某种绝妙而又无法形容的用处。

"拉尔夫跟你们讲过许许多多次了,"猪崽子不高兴地说道。"除此之外咱们怎么才可以得救呢?"

"当然啰!要是咱们不去生烟——"

在一片越来越浓的暮色当中,拉尔夫蹲坐在他们面前。

"难道你们不明白?光想着收发机和船有啥用?"

他伸出一只手,手指捏紧,攥成一个拳头。

"要从这种混乱中摆脱出来,咱们只有一件事可做。谁都可以拿打猎当游戏,谁都可以替咱们搞到肉——"

拉尔夫看看这个的脸,又看看那个的脸。他激动万分,非常自信,可脑中却垂下了一道帘幕,一时忘记了自己是在讲些什么。他跪在那儿，紧攥拳头，板着面孔，看看这个，又看看那个。随后帘幕又忽然收回了。

"噢，对了。所以咱们必须生火并弄出烟来，更多的烟——"

"但是咱们没法让火堆一直维持着！看那边！"

他们说话的时候，火堆正在渐渐地熄灭。

"派两个人管火，"拉尔夫有点像是自言自语地说道，"每天十二个小时。"

"拉尔夫，咱们弄不到更多的柴火了——"

"——在黑暗中弄不到柴火——"

"——在夜里弄不到柴火——"

"咱们可以每天早晨点火，"猪崽子说。"黑暗里没人会看见烟。"

萨姆使劲地点头。

"那可不一样，火堆在——"

"——在那上面。"

拉尔夫站了起来，随着暮色逐渐深沉，他产生了一种奇怪的失去防护的感觉。

"今儿晚上火堆就随它去罢。"

他领头走向第一个窝棚，窝棚虽然七歪八倒，还算竖立着。里面铺着睡觉用的枯叶，摸上去窸窣作声。邻近的窝棚里有个小家伙在说梦话。四个大家伙爬进了窝棚,钻在树叶下面。双胞胎躺在一块儿,拉尔夫和猪崽子躺在另一头。他们尽量想睡得舒服点,所以弄得枯叶堆窸窸窣窣地响了好一阵子。

"猪崽子。"

"哎?"

"好吗?"

"还好。"

后来,除了偶尔的窸窣声外,窝棚终于平静了下来。在他们面前挂着的,是那繁星闪烁的椭圆形夜空,此外还传来了一阵阵浪拍礁石的空洞的响声。拉尔夫定下心来作各式各样的假设,就像他每天夜里所做的那样……

假定他们被喷气机送回家,那么在早晨之前他们就会在威尔特郡[1]的大机场着陆。他们将再乘汽车;不,要更十全十美点,他们将乘火车,直下德文[2],再到那所村舍去。那时候,野生的小马又会跑到花园的尽头来,在围墙上窥探着……

拉尔夫在枯叶堆中焦躁不安地翻来覆去。达特穆尔[3]一片

---

1 英格兰南部一郡。

2 德文郡,英格兰西南部一郡。

3 德文郡的地名,位于英格兰西南部高地,德文郡南部。已决犯监狱。

荒芜，小马也是野生的。然而荒野的魅力却已经消失殆尽。

他的思想又滑到了一个不容野蛮人插足的平凡的文明小镇。还有什么地方能比带车灯和车轮的公共汽车总站更安全呢？

拉尔夫好像突然绕着电杆跳起了舞。这时从车站里慢慢地爬出了一辆公共汽车，一辆奇形怪状的汽车……

"拉尔夫！拉尔夫！"

"怎么啦？"

"别那样大声折腾——"

"对不起。"

从窝棚的黑沉沉的另一头传来了一种令人生畏的呜咽声，他们俩吓得把树叶乱扯乱拉。萨姆和埃里克互相紧抱着，正在对打。

"萨姆！萨姆！"

"嘿——埃里克！"

一会儿一切又都平静下来。

猪崽子轻轻地对拉尔夫说：

"咱们一定得摆脱这个地方。"

"这话怎么讲？"

"要得救。"

尽管夜色更加深沉，拉尔夫却吃吃地笑了起来，这是那一天他第一次笑。

"我是想说,"猪崽子低声说道。"要不赶快回家咱们都会发疯。"

"神经错乱。"

"疯疯癫癫。"

"发狂。"

拉尔夫把湿漉漉的鬈发从眼边撩开。

"写封信给你姨妈。"

猪崽子一本正经地考虑着这个建议。

"我不知道眼下她在哪儿。我没有信封,没有邮票。再说既没有邮箱,也没有邮递员。"

猪崽子小小的玩笑成功地征服了拉尔夫。拉尔夫的窃笑变得不可控制,他前仰后倒地大笑起来。

猪崽子庄严地指责他。

"我可没说什么,有那么好笑——"

拉尔夫还是吃吃地笑个不停,尽管把胸口都笑痛了。他扭来扭去,终于筋疲力尽、气喘吁吁地躺下,愁眉苦脸地等着下一次发作。他这样笑一阵停一阵,随后在一次间歇中昏昏入睡。

"——拉尔夫!你又闹了一阵。安静点吧,拉尔夫——因为……"

拉尔夫在枯叶堆中喘着粗气。他有理由为自己的美梦被打破而欣慰,因为公共汽车已经越来越近,越来越清楚了。

"为什么——因为?"

"静一点——听。"

拉尔夫小心地躺了下去,从枯叶堆中发出了一声长叹。埃里克呜咽地说着什么,接着又静静地睡着了。除了无济于事的闪着微光的椭圆星群外,夜色深沉,像蒙上了一层毯子。

"我听不到有什么声音。"

"外面有什么东西在移动。"

拉尔夫的脑袋瓜像被针刺似的痛起来。热血沸腾,使他什么也听不见,接着又平静下来。

"我还是什么也没听见。"

"听,再多听一会儿。"

从窝棚后面只有一二码处的地方,非常清晰有力地传来了树枝被折断的咔嚓声。拉尔夫又觉得耳朵发热,混乱不堪的形象你追我赶地穿过了他的脑海。这些东西的混合物正绕着窝棚潜行。他觉察到猪崽子的脑袋靠在自己的肩上,一只发抖的手紧紧地抓住他。

"拉尔夫!拉尔夫!"

"别讲话,快听。"

拉尔夫在绝望之中祈求野兽宁可选择小家伙。

窝棚外面响起了恐怖的耳语声。

"猪崽子——猪崽子——"

"它来了!"猪崽子气急败坏地说。"是真的!"

他紧紧抓住拉尔夫,终于使自己的呼吸恢复了正常。

"猪崽子,出来。我要你猪崽子出来。"

拉尔夫的嘴巴贴着猪崽子的耳朵。

"别吱声。"

"猪崽子——猪崽子,你在哪儿?"

有什么东西擦到窝棚的后部。猪崽子又强忍了一阵子,随即他的气喘病发了。他弓起后背,双腿砰地砸到枯叶堆里。拉尔夫从他身边滚开去。

接着在窝棚口发出了一阵恶意的嚎叫,几个活东西猛地闯将进来。有的绊倒在拉尔夫和猪崽子的角落,结果乱成一团:又是哇哇乱叫,又是拳打脚踢,一片稀里哗啦。拉尔夫挥拳出去,随之他跟似乎十几个别的东西扭住滚来滚去:打着、咬着、抓着。拉尔夫被撕拉着,被人猛击,他发现口中有别人的手指,便一口咬下去。一只拳头缩了回去,又像活塞似的回击过来,整个窝棚被捅得摇摇欲坠,外面的光漏到了里面来。拉尔夫把身子扭向一边,骑到一个七扭八歪的身体上,感到有股热气喷上了他的脸颊。他抡起紧握的拳头,像铁锤似的往身子下面的嘴巴上砸；他挥拳猛打，越打越狂热，越打越歇斯底里，拳下的面孔变得滑腻起来。谁的膝盖在拉尔夫两腿当中猛地向上一顶，拉尔夫翻滚到一侧，他忙抚摸着自己的痛处，可对方又滚压到他身上乱打。然后窝棚令人窒息地最终倒坍下来；不知名的这些人挣扎着夺路而出。黑乎乎的人影从倒塌的窝棚中钻了出来，飞快地逃去，临末又可以听见小家伙们的尖号声和猪崽子的喘气声了。

拉尔夫用颤抖的声音喊道：

"小家伙们，你们全去睡。我们在跟别人打架，马上睡吧。"

萨姆埃里克走近来，盯着拉尔夫。

"你们俩没事？"

"我想没事——"

"——我被人打了。"

"我也被打了，猪崽子怎么样？"

他们把猪崽子从废墟堆中拖出来，让他靠在一棵树上。夜是冷飕飕的，直接的恐怖消逝了。猪崽子的呼吸也平静了一些。

"猪崽子，你受伤了吗？"

"还好。"

"那是杰克和他的猎手们，"拉尔夫痛苦地说。"为什么他们老是要惹咱们呢？"

"咱们给了他们一点教训，"萨姆说。他人老实，接着又说。"至少你们打了，我一个人缩在角落里。"

"我揍了一个家伙，"拉尔夫说，"我砸得他够呛，他不会再赶着来跟咱们干一仗了。"

"我也是，"埃里克说。"我醒来的时候觉得有人在踢我的脸。拉尔夫，我觉得我的脸上被踢得一塌糊涂，但我毕竟也给了他个一报还一报。"

"你怎么干的？"

"我把膝盖缩起来，"埃里克扬扬得意地说道，"我用膝盖猛顶了一下他的卵蛋。你该听见他痛得乱叫！他也不会再忙着赶回来了。咱们干得不赖呀。"

拉尔夫在黑暗中蓦地动了动；可随之他听到埃里克用手在嘴里拨弄的声音。

"怎么啦？"

"一颗牙齿有点松动。"

猪崽子把两条腿曲起来。

"猪崽子，你没事？"

"我想他们是要抢海螺。"

拉尔夫快步跑下了灰白色的海滩，跳到了平台上。海螺仍然在头儿的座位上微微闪光。他盯着看了一会儿，随后又返回猪崽子跟前。

"他们没拿走海螺。"

"我晓得，他们不是为海螺而来的，他们是为了别的东西。拉尔夫——我该怎么办呢？"

远远的，沿着弓形的海滩，三个人影快步走向城堡岩。他们避开树林，沿着海边往前走。他们时而轻轻地唱着歌；时而沿着移动着的狭长的磷光带横翻着筋斗往前。头领领着他们，小跑步地一直往前，杰克为自己的成功而欢欣鼓舞。现在他真正是个头领了，他手持长矛东戳戳西刺刺。悬挂在他左手摇晃着的，是猪崽子破碎了的眼镜。

第十一章　　城堡岩

在黎明一阵短暂的寒冷中,四个孩子围聚在曾经是火堆,而现在已是黑色余烬的四周,拉尔夫跪在地上吹着。灰色的、轻微的烟尘被他吹得四处纷扬,可其中并没有火花闪现出来。双胞胎焦急地注视着,猪崽子则木然地坐着,他的眼睛近视,就像在他面前竖着一道发光的墙。拉尔夫还在使劲吹,吹得耳朵嗡嗡直响,然而,黎明的第一股微风一下子夺走了他手中的活儿,烟灰迷糊了他的眼睛。他往后蹲了蹲,边骂边擦去眼里流出的泪水。

"没用呀。"

埃里克脸上血迹干了,活像个假面具,他好像透过假面具俯看着拉尔夫。猪崽子朝大概是拉尔夫的方向凝视着。

"当然没用,拉尔夫。这下咱们可没火了。"

拉尔夫把脸挪到离猪崽子的脸约两英尺的距离。

"你看得见我吗?"

"看得见一点。"

拉尔夫把肿起的脸颊凑近猪崽子的眼睛。

"他们夺走了咱们的火种。"

由于愤怒,他的声音尖起来。

"是他们偷走的!"

"是他们,"猪崽子说。"他们把我弄得像个瞎子。看见没有?那就是杰克·梅瑞狄。拉尔夫,你召开个大会,咱们必须决定怎么办。"

"就咱们这些人开大会吗?"

"咱们都来参加。萨姆——让我搭着你。"

他们朝平台走去。

"吹海螺,"猪崽子说。"吹得尽量响点。"

森林里回响着号音;成群的鸟儿从树梢上惊飞起来,叽喳地鸣叫着,就像很久以前的那一个早晨。海滩两头都毫无动静。一些小家伙从窝棚里走了出来。拉尔夫坐在光光的树干上,其余三个站在他面前。他点点头,萨姆埃里克就坐到他右边。拉尔夫把海螺塞到猪崽子手中。猪崽子小心翼翼地捧着闪闪发光的海螺,朝拉尔夫眨着眼睛。

"那就说吧。"

"我拿了海螺,我要说,我啥也看不清楚,我得把眼镜

259

找回来。这个岛上有人干了坏透的事情。我选你当头头。只有他[1]还算替大家干了点事情。拉尔夫，这下你说吧，告诉我们怎么办——，不然——"

猪崽子突然停止讲话，啜泣起来。他坐下去的时候，拉尔夫拿回了海螺。

"就只是一个普普通通的火堆。你们该认为咱们做得成这件事，是不是？只要有烟作为信号，咱们就能得救。咱们是野蛮人吗？还是什么别的东西？只是眼下没信号烟升到空中去了。也许有船正在过去。你们还记得那件事吗？他怎么跑去打猎，火堆怎么灭了，船怎么过去的吗？而他们却都认为他是当头领最好的料。接着又是，又是……那也全是他的过错。要不是因为他，那件事决不会发生。这下猪崽子看不见东西了，他们跑来，偷走——"拉尔夫提高了嗓门。"——在夜里，在黑暗中，偷走了咱们的火种。他们偷走了火种。要是他们讨的话咱们本也会给的。但是他们却偷，这下信号没了，咱们也无法得救了。你们明白我的意思吗？咱们会给他们火种的，可他们就是来偷。我——"

拉尔夫话未讲完就停下来，这时他脑中晃过了一道帘幕。猪崽子伸出双手来拿海螺。

"拉尔夫，你打算怎么办？咱们光在这儿说，也不做决

1　指拉尔夫。

定。我要讨还眼镜哪。"

"我正在考虑。假定咱们去，就像咱们往常那样，洗洗干净，把头发理理——说真的，咱们毕竟不是野蛮人，而得救也不是闹着玩的——"

他鼓起脸颊看着双胞胎。

"咱们稍稍打扮一下，然后就走——"

"咱们该带着长矛，"萨姆说。"连猪崽子也要带。"

"——因为咱们或许用得着。"

"你没拿到海螺！"

猪崽子举起了海螺。

"你们要带长矛就带吧，我可不带。有什么用处？横竖我还得像条狗似的要有人牵着。是呀，好笑。笑吧，笑吧。这个岛上他们那伙对什么东西都好笑。可结果怎么样呢？大人们会怎么想呢？小西蒙被谋害了。还有一个脸上带胎记的小孩儿。除了咱们刚到这儿那一阵子，以后还有谁看见过他呢？"

"猪崽子！停一停！"

"我拿着海螺。我要去找那个杰克·梅瑞狄，去告诉他，我现在就去。"

"他们会伤害你的。"

"他做得够损了，他还能把我怎么样？我要跟他讲个明

261

白。拉尔夫，你们让我拿着海螺。我要给他瞧瞧，有一样东西是他所没有的。"

猪崽子停了片刻，注视着周围暗淡的人影。野草被踩得乱糟糟的，还像过去开大会的样子，还像有那么些人在听他演讲。

"我要双手捧着这只海螺去找他。我要把海螺往前一伸。我要说，瞧，你身体比我壮，你没生气喘病。我要说，你看得见东西，两只眼睛都好。可我不是来乞求眼镜的，不是来乞求开恩的。我要说，我不是来求你讲公道[1]的，不要因为你强就可以为所欲为，有理才能走遍天下。把眼镜还我，我要说——你一定得还！"

猪崽子说完这话，脸涨得通红，身体直哆嗦。他把海螺匆匆地塞到拉尔夫手中，仿佛急着要摆脱它似的，边揩擦着夺眶而出的泪水。他们四周的绿光是柔和的。易碎的、白色的海螺放在拉尔夫脚下。从猪崽子手指缝里漏出的一粒泪珠，就像一颗星星在色泽柔和的海螺曲面上一闪一亮。

最后拉尔夫坐直了身子，把头发往后一捋。

"好吧。我说——你要这样就试试吧。我们跟你一起去。"

"他会涂成个大花脸，"萨姆胆怯地说。"你知道他会——"

"——他才不会看重咱们呢——"

---

[1] 此处原文为 sport，在口语中意谓有体育道德精神的人。

"——要是他发了火咱们可就——"

拉尔夫怒视着萨姆。他模模糊糊想起,西蒙曾经在岩石旁跟他讲过什么话来[1]。

"别傻乎乎的,"他说。随后又很快地补了一句,"咱们就走。"

他把海螺递给猪崽子,后者脸又红了,这次洋溢着自豪的神色。

"你一定得拿着。"

"准备好了我就拿着——"

猪崽子想找些话来表达自己的热情,表示他非常乐意拿着海螺来对抗一切可能发生的事情。

"——我随便。我很高兴,拉尔夫,只是我要有人牵着。"

拉尔夫把海螺放回到闪光的圆木上。

"咱们最好吃点什么,再准备准备。"

他们走向被弄得乱七八糟的野果树林。猪崽子有时靠别人帮忙,有时靠自己东摸西摸找点吃的。他们吃着野果,拉尔夫想起了下午。

"咱们该像原先一样,先洗洗——"

萨姆咽下满口野果,表示异议。

"可咱们每天都洗澡哪!"

---

[1] 参见第七章开始部分。

拉尔夫看着面前两个肮脏的人,叹了口气。

"咱们该梳梳头发,就是头发太长。"

"我把两只袜子都留在窝棚里了,"埃里克说,"咱们可以把袜子套在头上,就当作是一种帽子。"

"咱们可以找样东西,"猪崽子说,"你们把头发往后扎起来。"

"像个小姑娘!"

"不像,当然不像。"

"咱们就这样去,"拉尔夫说,"他们的样子也好不了多少。"

埃里克做了个手势,表示慢一慢。

"可他们涂得五颜六色的!你们晓得这是什么意思——"

其他的人连连点头。他们太清楚不过了,使人隐藏起真相的涂脸带来的是野性的大发作。

"哼,咱们可不乱涂,"拉尔夫说,"因为咱们不是野蛮人。"

萨姆埃里克兄弟俩面面相觑。

"反正都一样——"

拉尔夫喊道:

"不许涂!"

他竭力回想起。

"烟,"他说,"咱们需要烟。"

他很凶地转向双胞胎。

"我说'烟'!咱们一定得有烟。"

除了大群蜜蜂的嗡嗡声响外,此刻一片安静。最后猪崽子和颜悦色地说了起来。

"当然咱们得生烟。因为烟是信号,要是没烟咱们就无法得救。"

"我知道这话!"拉尔夫叫喊道。他把手膀从猪崽子身上挪开。"你是在提醒——"

"我只是在说你常说的话,"猪崽子赶紧说。"我也会想一想——"

"我可不用想,"拉尔夫大声吼道。"我一直知道这话,我可没忘。"

猪崽子讨好地直点着脑袋瓜。

"拉尔夫,你是头头,你什么都记得。"

"我没忘。"

"当然没忘。"

双胞胎好奇地打量着拉尔夫,似乎他们俩是初次看见他。

他们排好队沿着海滩出发了。拉尔夫走在头里,脚有点儿跛,肩上扛着根长矛。他透过闪光的沙滩上颤抖着的暑热烟雾和他自己披散的长发，越过手臂上的伤痕，不完全地看着前面的东西。走在拉尔夫后面的是双胞胎，眼下有一点儿担忧，但充满了不可扑灭的活力。他们往前走着，很少说话，只是把木头长矛的柄拖在地上；猪崽子发现，低头看着地上，使自己已经疲劳的眼睛避开阳光，他可以看得见长矛柄沿着沙滩往前移动。他在拖动着的长矛柄之间走着，双手小心地抱着海螺。由这些孩子们组成的这个精干的小队伍行进在海滩上，四个盘子似的人影在他们脚下跳舞、交叠在一起。暴风雨没有留下丝毫痕迹，海滩被冲刷得干干净净，就像被擦得锃亮的刀片。天空和山岭离得远远的，在暑热中闪着微光；礁石被蜃景抬高了，好像是漂浮在半空中一汪银光闪闪的水潭中。

他们经过那一伙人跳过舞的地方。被大雨所扑灭的烧焦的枝条仍然搁在岩石上，只是海水边的沙滩又成了平滑的一片。他们默默地走过这里，毫不怀疑会在城堡岩找到那一伙人。他们一看到城堡岩就不约而同地停下了脚步。他们的左面是岛上丛林最密的部分，黑色的、绿色的，遍地都是弯曲盘缠的根茎，简直无法穿越；他们面前摇曳着的是高高的野草。这会儿拉尔夫独自往前走着。

这儿的野草被压得乱糟糟的，那一次拉尔夫前去探查时，他们全都在这儿躺过。那儿是陆地的隘口，围绕着岩石的是侧石——突出的架状岩石，上面是一个个红色的尖石块。

萨姆触触拉尔夫的手臂说：

"烟。"

在岩石的另一侧有一团小小的烟在冉冉上升。

"有点儿火光——我想不是烟。"

拉尔夫转过身来。

"咱们躲着干什么？"

他穿过像屏幕似的野草，走到了通向狭窄隘口的小空地上。

"你们俩跟在最后面。我先上，猪崽子在我背后慢一步。拿好你们的长矛。"

猪崽子提心吊胆地向前看着，在他面前有一道发光的帷幕，把他和世界隔开。

"安全吗？有没有峭壁？我听得见大海的涛声了。"

"你靠紧点儿。"

拉尔夫朝隘口移动。他踢着一块石头，石头连蹦带跳地滚入海中。那时海水在退落下去，在拉尔夫左面的下边四十英尺光景，露出了一块长满海藻的红色的方礁石。

"我这样安全吗？"猪崽子声音颤抖地说。"我怕得要命——"

在他们头上，从高高的尖顶的岩石上，突然传来一声叫喊,随后是一种模仿战争呐喊的叫声,紧接着在岩石背后十几个人跟着喊起来。

"把海螺给我,呆着别动。"

"站住!是谁在那儿?"

拉尔夫仰起头,瞥见岩石顶上罗杰黑黑的面孔。

"你认得出我是谁!"他喊道。"别装傻了。"

他把海螺凑到嘴边,呜呜地吹起来。野蛮人一个个冒了出来,脸上涂得辨认不出谁是谁,全围挤在朝隘口方向的侧石边上。他们擎着长矛,摆好阵势守在入口处。拉尔夫继续猛吹,也不管猪崽子给吓得魂飞魄散。

罗杰大声叫道:

"你当心点——明白吗?"

拉尔夫终于挪开了嘴唇,停下来喘一口气。他气呼呼地开口说着,可还算听得出。

"——开大会。"

守卫着隘口的野蛮人交头接耳地低声说着,可谁也没动。拉尔夫又朝前走了几步。他身后一个轻轻的声音急切地说道:

"别离开我,拉尔夫。"

"你跪下,"拉尔夫侧身说道,"在这儿等我回来。"

拉尔夫站在沿着隘口上去的半路当中,全神贯注地盯着野蛮人看。他们涂得五颜六色，神态自若，头发朝后扎着，显得比他自在。拉尔夫决定以后把自己的头发也朝后扎起来。他感到很想叫他们等着，马上就扎好自己的头发；但那是不可能的。野蛮人吃吃地笑起来，有一个用长矛作着瞄准拉尔夫的架势。在岩石高处，罗杰双手松开了杠杆，朝外倾着身子想看看情况怎么样。隘口处的几个孩子站在自己的阴影里面，看上去只是几个蓬头散发的脑袋。猪崽子蜷缩成一团，背弓得像个麻袋，失去了原来的形状。

"我要召开大会。"

一片沉默。

罗杰拿起一小块石头，往双胞胎中间扔过去，可没投中。他们都开始扔石头了，而萨姆还站在那儿。罗杰感到，他的身体里跳动着什么力量。

拉尔夫又大声地喊道：

"我要召开大会。"

他扫视着野蛮人。

"杰克在哪儿？"

这一群孩子骚动起来，他们商量了一下。一个涂着颜色的脸开了口，听上去是罗伯特的口音。

"他去打猎了。他吩咐我们别让你进来。"

"我来找你们看看火堆怎么样，"拉尔夫说，"还问问猪崽子的眼镜。"

拉尔夫前面的人群晃动起来，他们当中迸发出格格的笑声，高高的山岩上回荡着轻快而兴奋的笑声。

拉尔夫背后响起了一个人的话音。

"你们要干什么？"

双胞胎俩一个箭步冲过了拉尔夫，站到拉尔夫和入口处中间。拉尔夫很快地回过身去。杰克——从那个人的神态和红头发可以辨认出那是杰克——正从森林里走向前来。两边各蹲伏着一个猎手。三个人的脸全涂上了黑色和绿色。在他们身后的草地上，扔着一头剖开了肚子并砍去了头的野母猪。

猪崽子哭着喊道：

"拉尔夫！别离开我！"

他紧紧地抱住岩石，下面是一起一落的大海，那提心吊胆的样子很可笑。野蛮人的痴笑声变成了大叫大嚷的嘲笑声。

杰克叫喊得比嘲笑声还要响。

"你们滚开，拉尔夫。你们守着你们那一头，这儿是我的一头，我的一伙人。你们别来管我。"

嘲笑声静了下去。

"你抢走了猪崽子的眼镜，"拉尔夫说道，上气不接下气。"你一定得还给他。"

"一定得？谁说的？"

拉尔夫冒火了。

"喂！是你们选我当头头的。你们没听见海螺声吗？你玩的是肮脏的把戏——你要火种我们本来是会给你们的——"

热血涌上他的面颊，肿胀的眼睛眨动着。

"随便什么时候你要火种都可以。可你不是来要。你像个贼似的偷偷地跑来，还偷走了猪崽子的眼镜！"

"你再说一遍！"

"贼！贼！"

猪崽子尖声叫道：

"拉尔夫！帮帮我！"

杰克往前一冲，拿长矛直刺拉尔夫的胸膛。拉尔夫因为瞥见了杰克的手臂，察觉到他的武器的位置，用自己的矛柄把刺过来的矛尖挡开。接着拉尔夫转过长矛朝杰克一刺，矛尖擦过了对方的耳朵。他们俩现在胸对着胸，大口喘着粗气，推推搡搡，怒目相视。

"谁是贼？"

"就是你！"

杰克挣脱开来，朝拉尔夫挥舞着长矛。这会儿两人心照不宣地拿长矛当军刀砍来砍去，而不敢再用会致命的矛尖。

杰克的长矛打到拉尔夫的长矛上，往下一滑，把他的手指打得生疼。随即他们又一次分开，互换了位置，杰克背朝着城堡岩，而拉尔夫则站在外围，背向海岛。

两个孩子都呼哧呼哧地喘着粗气。

"再来呀——"

"来呀——"

他们双方都摆出一副恶狠狠的进攻架势，但却保持着距离，刚好两人都打不到对方。

"来呀，够你受的！"

"你来呀——"

猪崽子抓牢地面，正想设法吸引拉尔夫的注意。拉尔夫挪动身子，弯着腰，眼睛警觉地盯着杰克。

"拉尔夫——记住咱们到这儿来的目的。火堆，还有我的眼镜。"

拉尔夫点点头。他放松了刚才格斗时的紧张的肌肉，随便地站着，用长矛柄拄着地面。杰克似乎透过涂在脸上的涂料莫名其妙地看着他。拉尔夫昂首瞥了瞥尖顶岩石，随后看着面前的这群野蛮人。

"听着，我们来是要说，首先你们必须把眼镜还给猪崽子。他没眼镜就看不见东西。你们这样太不光明正大了——"

涂得五颜六色的一伙野蛮人都格格地笑着，拉尔夫心里也犹豫起来。他把头发往后一掠，凝视着面前绿色和黑色的假面具似的脸，竭力想回忆起杰克原来的模样。

猪崽子低声说道：

"还有火堆。"

"噢，对了，还有火堆的事。我又要说火堆了。自从咱们落到这岛上以来我一直在说这件事。"

他伸出长矛指着野蛮人。

"你们唯一的希望就在于：只要有亮光可以看得见，就该生一堆信号火。或许会有船注意到烟，驶过来救咱们，把咱们带回家。要是没有烟咱们就得等到有船碰巧来这儿。说不定咱们要等好多年；等到人都老了——"

野蛮人爆发出一阵颤抖的、清脆的、虚假的哄笑，这哄笑声又回荡开来。拉尔夫怒不可遏，他嗓门嘶哑地说：

"你们这群花脸呆子，难道你们不懂？萨姆、埃里克、猪崽子和我——我们人手不够。我们想要生好火堆，可是生不好。而你们呢，却打猎寻开心……"

他指着他们身后，澄澈的天空中一缕烟飘散开去。

"瞧瞧那个！那能叫信号火堆吗？那只是个烧食的火堆。眼下你们吃东西，烟就没了。你们不明白吗？也许有艘船正从那儿经过呢——"

拉尔夫停住了，这一群涂成花脸的、不知名的人守卫在入口处，他们一言不发，使他占不了上风。头领张开粉红色的嘴巴，对着在他和他那一伙人之间的萨姆埃里克叫喊道：

"你们俩[1]回去。"

没有人答应他。双胞胎迷惑不解，互相看着对方；猪崽子看到一时不至于发生冲突，便小心翼翼地站起来。杰克回首看看拉尔夫，随后又看看双胞胎。

"抓住他们。"

没人动弹。杰克怒气冲冲地喊道：

"我说，抓住他们！"

涂着脸的人群七手八脚地紧张地围住了萨姆埃里克。又响起了一阵清脆的哄笑声。

萨姆埃里克以有教养的口吻抗议道：

"唉呀，喂喂！"

"——正当一点！"

双胞胎的长矛被夺走了。

"把他们绑起来！"

拉尔夫朝着脸涂成黑色和绿色的人绝望地喊道：

"杰克！"

"别停手。绑住他们。"

现在涂脸的人群觉得已经征服了萨姆埃里克，也感觉到

---

[1] 此处原文为 You two，也可听作 You too（你们也），可能因此双胞胎感到迷惑不解。

了自己手中的力量。他们笨拙而兴奋地把双胞胎打翻在地。杰克颇受鼓舞，他知道拉尔夫会试图营救他们，返身用长矛嗡嗡地挥舞了一圈，拉尔夫刚来得及避开打击。在他们上面，那一伙人和双胞胎大叫大嚷，滚作一团。猪崽子又蹲伏下去。双胞胎很受惊地躺在地上，那一伙人站着围在他们俩周围。杰克转向拉尔夫，咬牙切齿地说道：

"看见吗？他们听我的吩咐。"

又是一阵沉默。双胞胎俩躺在地上，被乱七八糟地绑着，那一伙人注视着拉尔夫，看他究竟怎么办。拉尔夫透过额前的长发点着他们的人数，又瞥见了无效的烟。

拉尔夫熬不住了，他朝着杰克尖声叫嚷：

"你是野兽，是猪猡，是个道道地地的贼！"

他冲了上去。

杰克晓得这是紧要关头了，也向前冲去。他们俩猛然相撞，又跳了开来。杰克挥拳朝拉尔夫就是一下，打中了他的耳朵。拉尔夫一拳正中杰克的肚子，打得他发出哼哼声。接着他们俩又正面相对，气喘吁吁，怒不可遏，然而双方都没被对方的凶狠所吓倒。他们俩觉察到自己在打架时身后的叫嚷声，那一伙人持续不断的、快活的尖叫声。

在一片喧闹声中，猪崽子的声音传到拉尔夫耳中。

"让我说话。"

他站在因他们相打而扬起的尘土中,当那一伙人看到猪崽子想讲话时,刺耳的喝彩声变成了轻蔑的哄笑声。

猪崽子拿起海螺,哄笑声稍稍低落了一点,接着又响起来。

"我拿着海螺!"

猪崽子喊道:

"告诉你们,我拿着海螺!"

令人吃惊的是,这会儿倒又静了下来;那一伙人好奇地想听听,他究竟有什么有趣的事情要讲。

一阵沉默和停顿;但是在寂静之中,贴着拉尔夫的脑袋旁却响起了一种奇怪的声音。他略加注意地听了听——那种声音又响了起来;一声轻轻的"嗖!"有人在扔石头:罗杰在扔,他一手仍按在杠杆上。在罗杰下面,他只看到拉尔夫的蓬头散发和猪崽子缩成一团的胖胖的身躯。

"我要说,你们这样做就像一群小孩儿。"

哄笑声又响起来,而随着猪崽子举起白色的,有魔力的海螺,哄笑声又平息了下去。

"哪一个好一些?——是像你们那样做一帮涂脸的黑鬼好呢?还是像拉尔夫那样做一个明白事理的人好呢?"

野蛮人当中冒出响亮的喧哗声。猪崽子又叫道:

"是照规则、讲一致好呢?还是打猎和乱杀好呢?"

又响起了喧哗声,又响起了——"嗖!"

拉尔夫不顾喧哗声,叫喊道:

"哪一个好一些?——是法律和得救好呢?还是打猎和破坏好呢?"

这时候杰克也叫嚷起来,拉尔夫已无法再使别人听得出他说的话。杰克背靠着他那一伙人,长矛林立,连成一气,充满了威胁之意。他们当中正酝酿着发起一次冲击,他们在准备着,隘口将被一扫而清。拉尔夫面对他们站着,稍偏向一侧,把长矛准备好。在他身边站着的是猪崽子,仍伸着那只护身符——易碎的、闪亮而美丽的贝壳。暴风雨般的骂声朝他们俩袭来,这是一种仇恨的诅咒。在他们俩头上高高的地方,罗杰极度兴奋地、恣意地把全身的重量压在杠杆上。

拉尔夫早在看到巨石以前就听到了它的声音。他觉察到大地震动了一下,这震动通过他的脚底传来,他还听到悬崖高处有石头破碎的声响。接着一块红色的巨石直朝隘口蹦跳而下,那一伙人尖声叫喊,拉尔夫忙扑倒在地。

巨石在猪崽子的下巴到膝盖之间这一大片面积上擦过;海螺被砸成无数白色的碎片,不复存在了。猪崽子一言未发,连咕哝一声都来不及,就从岩石侧面翻落下去。巨石又弹跳了两次,最后消失在森林之中。猪崽子往下掉了四十英尺，仰面摔倒在海中那块红色的方礁石上。脑壳迸裂，脑浆直流，头部变成了红色。猪崽子的手臂和腿部微微抽搐，就像刚被宰杀的猪的腿一样。随后大海又开始起落，发出了缓慢而长长的叹息，白色的海浪翻腾着冲上礁石，又夹上了缕缕粉红色的血丝；而随着海浪再退落下去，猪崽子的尸体也被卷走了。

这下子孩子们都鸦雀无声。拉尔夫嘴唇在翕动，但没有声音出来。

杰克猛地从他那一伙人中跳了出来，发狂地尖叫起来：

"看见没有？你们看见没有？那就是你们的结果！我说，再也没有我们这一群了！海螺完了——"

他俯下身子，跑上前来。

"我是头领！"

杰克杀气腾腾地把自己的长矛对准拉尔夫飞投过去。矛尖戳破了拉尔夫肋骨上的皮肉，随即又滑开掉进了水里。拉尔夫踉跄了一下，并不觉得疼痛，只是感到惊恐，那一伙人这会儿都像头领那样尖叫着上前来。又一根长矛——一根弯的长矛，没有沿着直线飞过来——从拉尔夫面前掠过，这根长矛是从罗杰站的高处投下来的。双胞胎被捆着躺在那一伙人的背后，一张张说不清是谁的恶魔似的面孔一窝蜂地拥下了隘口。拉尔夫转身就逃。他身后响起了像成群海鸥惊叫所发出的巨大噪声。拉尔夫服从一种他并不知道自己所具有的本能,他躲闪着跑过了开阔地,因而投来的长矛距离拉得更开了。他一眼看到了一头被砍掉脑袋的野母猪,及时地一跃而过。随后他噼里啪啦地穿过簇叶和小树枝,隐没到森林之中。

头领在死猪旁边收住脚,转过身去,举起手来。

"回去!回到堡垒去!"

不一会儿那一伙人吵吵嚷嚷地回到了隘口,罗杰也在那儿加入到大伙当中。

头领气冲冲地对他说:

"为什么你不在上面守着?"

罗杰阴沉沉地看着他回答:

"我刚下来——"

紧贴罗杰的周围,散布着一种刽子手般的令人恐怖的感觉。头领没再对他说什么,只是俯首直盯着萨姆埃里克。

"你们必须加入我们这一派。"

"放我走——"

"——还有我。"

头领从还留下的几根长矛中抽出了一根,戳戳萨姆的肋骨。

"你这是什么意思,嗯?"头领狂怒地说。"你们带着长

279

矛是来干什么的?不加入我们这一派你们准备干什么?"

矛尖一戳一戳变得很有节奏。萨姆痛得大叫。

"别这样。"

罗杰在头领的身旁慢慢地挨过去,只是留心不让自己的肩膀碰着他。叫嚷声停了下来,萨姆埃里克躺在地上仰脸看着,不声不响、惊恐万状。罗杰朝他们走去,就像是在行使不可名状的权威。

第十二章　猎手的狂叫

　　拉尔夫躺在一个树丛中，思量着自己受的伤。右肋上直径几英寸的皮肉青紫，被长矛刺中的伤口处浮肿着，有一块血红的疤。头发肮脏不堪，轻叩起来就像一根根藤蔓卷须。由于穿越森林飞快地逃跑，他被擦得遍体鳞伤。他的呼吸逐渐恢复了平静，他也想好了：只好等一段时间才能冲洗这些伤口了。因为泼水冲洗时怎么能听得到赤足的脚步声呢？而在小溪边或在开阔的海滩上，又怎么能平安无事呢？

　　拉尔夫侧耳倾听。其实他离城堡岩并不远，在先前的惊慌失措之中他曾以为听到了追逐的响声。但是猎手们仅仅偷偷地跑到了绿树丛的边缘，也许是为了捡回长矛，随后都一窝蜂地退回到阳光照射的城堡岩上，好像他们也被叶丛下的黑暗吓坏了似的。拉尔夫还瞥见了其中一个，涂着一道道褐色、黑色和红色的条纹，他判断那是比尔。但事实上这不是比尔，拉尔夫想。这是一个野蛮人，他的外貌跟过去的比尔——一个穿着衬衫和短裤的孩子——的形象很难一致起来。

下午慢慢地过去了；太阳的圆光斑渐渐地移上了绿色的棕榈叶丛和褐色的树纤上，但是城堡岩的后面并没有什么声音传过来。最后拉尔夫扭动着身子钻出了羊齿草丛，偷偷地爬到了隘口前面那难以逾越的乱丛棵子的边上。他透过树枝十分小心地窥视，看见罗伯特坐在悬崖顶上放哨。罗伯特左手持着长矛，右手把一块卵石往上抛起又接住，再抛起再接住。在罗伯特的背后，一股浓烟冉冉上升，拉尔夫鼻孔张得老大，嘴里馋涎欲滴。他用手背擦擦鼻子和嘴巴。这时他觉得饥肠辘辘，这也是早晨以来他第一次感到肚子饿。那伙人一定围着开胸剖膛的野猪席地而坐，看着脂油熔化着滴在灰烬上嗞嗞而燃。他们一定很聚精会神。

另一个认不出是谁的人影出现在罗伯特身旁，给了他什么东西，随后转身走开，隐没在岩石背后。罗伯特把长矛放在靠身边的岩石上，双手抬起，把两只手之间的东西放在嘴里咬。吃喝开始了，看守者也分得了一份。

拉尔夫晓得他暂时没有危险，就一瘸一拐地穿过了野果树林，想随便弄点蹩脚的食物来吃；而当他想到山上的人有许多东西吃，不由得一阵心酸。他们今天有的吃，那么明天……

他在心里反反复复地想,但是想不透他们是不是会把他丢在一边不管;或许会把他当作一个放逐者。但是那决定命运的看法不假思索地回到了他身上。海螺被砸得粉碎,还有猪崽子和西蒙的死,像烟雾笼罩在岛的上空。这些脸上涂得五颜六色的野蛮人会越走越远。其次还有他自己和杰克之间讲不清楚的关系;因此杰克是决不会让他太平的;决不会的。

拉尔夫停顿了一下,在斑驳的阳光之下托起了一根大树枝,打算从下面钻过去。一阵恐怖使他浑身颤抖,他出声地喊道:

"不。他们不会那么坏。那是碰巧发生的。"

他从大树枝下钻过去,笨拙地奔着,又停下来谛听。

拉尔夫来到一块地方,见遍地野果,就贪婪地吃起来。他看到两个小家伙尖叫着逃走,觉得纳闷,却一点也没有想到自己的一副尊容。

吃完以后,拉尔夫朝海滩走去。此刻阳光斜射到塌掉了的窝棚旁边的棕榈树林里。那儿有平台和水潭。现在最好不要去理睬心里那种沉闷的感觉,相信他们也有常识,相信他们白天神志会正常。既然那一伙人已吃完了,那就再试试看吧。无论如何,他总不能整夜呆在这儿,呆在荒无人影的平台边空荡荡的窝棚里。在落日的余晖中,他感到自己汗毛直竖,浑身打战。没有火,没有烟,也没有人来救。他转过身去,一瘸一拐地穿越森林,朝岛上杰克他们那一头走去。

倾斜的阳光消失在密密的树枝当中。他最后来到了一块林中空地,那儿的岩石使得植物无法生长。此时空地上满是阴影,拉尔夫一眼看到空地中间有什么东西站着,赶忙闪到一棵树后;后来他看清了那白面孔只是个骨头架子,插在一根木棒上头的一只猪头正在朝他露齿而笑,就慢慢地走进空地中央,盯着那猪头看。猪头像先前的海螺那样地闪着微微的白光,似乎在讥笑他,挖苦他。一只好奇的蚂蚁在一只眼窟窿里忙碌,除此以外猪头毫无生气。

或者说,它确是毫无生气的吗?

拉尔夫觉得背上好像有针在上上下下地刺着。他站在那儿,双手撩起自己的头发,猪头跟他的脸大致处于同一高度。它龇牙咧嘴地笑着,两只眼窟窿仿佛毫不费力地巧妙地吸引住了他的目光。

它是什么?

猪头看着拉尔夫,好像它知道一切答案却不肯讲似的。拉尔夫感到一种令人恶心的恐惧和愤怒。他狠狠地挥拳猛击面前这丑陋的东西,它像玩具似的摇了摇,又晃了回来,仍然朝着他龇牙咧嘴地笑,于是他边打边大声咒骂。随后,他舔舔自己青肿的指关节,看着光秃秃的木棒,猪头骨一摔两片,在六英尺外还在痴笑。拉尔夫一阵猛扭,把颤动着的木棒从岩缝里拔了出来,他把木棒拿在手里,置于他自己和白色的碎头盖骨之间,就像是拿着一根长矛。然后他往后退,面孔始终盯着躺在地上朝天痴笑的猪头。

当苍白的光从天际消失,夜幕完全降临以后,拉尔夫又回到了城堡岩前面的乱丛棵子里。他从树丛中向外窥视,看见岩石高处仍有人守着,不知是谁拿着长矛在上面值勤。

他跪在黑影当中,痛苦地感到自己形影相吊,十分孤单。他们确实是一群野蛮人;但他们总还是人吧,一种潜伏的、对深沉黑夜的恐惧正在袭来。

拉尔夫无力地悲叹着。他虽然很累了,但是由于害怕那一伙人,还是无法宽下心来,倒头酣睡一觉。要这样做可能不行了:勇敢地走进他们占据的堡垒,对他们说——"我不跟你们吵了,"并微微一笑,在他们当中睡下去,把他们当作一群孩子,当作一群戴着帽子,过去老说"先生,是,先生"的学生吧?大白天对此的回答也许是肯定的;然而黑夜和对死的恐怖对此的回答却相反。拉尔夫躺在一片漆黑之中,他知道自己无处可归。

"就因为我还有点头脑。"

他用前臂擦着自己的脸颊,闻到一股刺鼻的气味:又是盐味，又是汗味，又是污垢的霉臭味。再往左边去，大海的浪涛在不断地上涨又退落，在礁石上翻腾过去。

城堡岩的后面传出了响声。拉尔夫使思想摆脱潮起潮落的声响，他仔细地听，听得出是一种熟悉的节奏。

"杀野兽哟！割喉咙哟！放它血哟！"
. . . .
那一伙人在跳舞。在这堵岩石形成的墙的另一侧的某个地方，他们一定围成一个黑乎乎的圆圈，有一堆火在燃烧，还有肉。他们可能正在津津有味地吃着，享受着舒适的安全之感。

听到从离他更近处的一个声响，拉尔夫直哆嗦。野蛮人正在往城堡岩上爬，一直往顶上去，拉尔夫听得到各种说话声音。他偷偷地朝前爬了几码，看到岩石顶上的人形变了样，并且变大了。岛上只有两个孩子会那样地移动，那样地说话。

拉尔夫把头伏在前臂上，伤心地接受了这一新的事实。眼下萨姆埃里克也是他们那一伙的了。他们俩正守卫着城堡岩来反对他。再也没有机会可以把他们俩救出来，没有机会在岛的另一头把一伙被放逐者组织起来了。萨姆埃里克像那些人一样变成了野蛮人；猪崽子死了，海螺也已被砸得个粉碎。

看守者终于爬了下去。没有离开的两个看上去好像成了黑沉沉的岩石的扩大了的一部分。他们身后出现了一颗星,瞬息之间就被什么东西移动过来遮住了。

拉尔夫慢慢地向前移动,像瞎子似的摸索着高低不平的地面前进。他的右手方向是一片模模糊糊的海水,他的左手下方横卧着骚动不安的大海,从上面往下看去,就像是看着一个竖井的井底,令人生畏。海水不停地围绕着那块死亡礁石起伏着,并汇成白茫茫的一片。拉尔夫慢慢地爬着,终于用手抓住了入口处的架状岩石。岗哨就在他的头上,他看得见从岩石上露出的矛尖。

他轻声地叫道:

"萨姆埃里克——"

没人回答。为了能使人听到他必须说得响一点;而这就可能会惊动那些敌视他的、满身条纹的家伙,他们正在火堆旁大吃大喝。他咬紧牙关开始爬上去,用手摸索着可以抓得住的支撑点向上攀。他手里拿着的那根曾经支着猪头的木棒妨碍着他,但是他不愿意丢掉自己唯一的武器。拉尔夫差不多到了跟双胞胎同一的高度,这才又开口喊道:

"萨姆埃里克——"

他听到岩石上传来一声惊叫和一阵慌乱声。双胞胎俩互相紧紧地抓住,结结巴巴地嘟囔着什么。

"是我,拉尔夫。"

他生怕他们会跑去报警,用力地爬上去,在岩石上探出头和肩来。他从胳膊窝处看下去,远远地看见下面围着礁石四溅的白色浪花。

"是我呀,是我拉尔夫。"

终于,他们俩弯腰朝前,注视起他的面孔。

"我们还以为是——"

"——我们不晓得是什么——"

"——我们以为——"

他们俩记起了自己新的,但又令人羞愧的忠诚。埃里克不吭声,可萨姆倒试图尽起他的职责。

"你得走,拉尔夫。你马上就走开——"

他晃着长矛,做出凶狠的样子。

"你离开。明白吗?"

埃里克点头表示同意,并把长矛刺向空中。拉尔夫用手臂撑着,没有走。

"我来看看你们两人。"

他的声音沙哑,嗓子疼痛,尽管他的喉咙并没有负伤。

"我是来看你们两人的——"

话语是无法表达这些隐痛的。他沉默下来,而明亮的星星却一直在闪闪烁烁。

萨姆不自在地移动了一下。

"说实话，拉尔夫，你最好还是走吧。"

拉尔夫又仰起了头。

"你们俩没有涂彩。你们怎么能够——？要是有亮光的话——"

要是有亮光的话，承认这些事情会使他们感到羞愧之心在灼烤。但夜是黑沉沉的。埃里克接过了话头，随后双胞胎俩一唱一和地说道：

"你一定得走，因为不安全——"

"——他们强迫我们。他们伤害了我们——"

"谁？杰克？"

"哦，不——"

他们俩俯身向他，放低了嗓门。

"走开吧，拉尔夫——"

"——这是一个帮派——"

"——他们强迫我们——"

"——我们无可奈何——"

拉尔夫再开口的时候，声音很低，似乎接不上气。

"我做了什么事呀？我喜欢他——我希望大家得救——"

天上的星星又闪着微光。埃里克摇摇头，诚恳地说：

"听着，拉尔夫。别再想着什么理智了。那算完了——"

"头儿的事你就别在意了——"

"——为你自己好你得走。"

"头领和罗杰——"

"——对,罗杰——"

"他们恨你,拉尔夫。他们打算干掉你。"

"他们明儿要追捕你。"

"可为什么呀?"

"我不晓得。拉尔夫,还有杰克——就是头领,他说那会很危险——"

"——要我们小心行事,像投刺野猪那样用长矛扎你。"

"我们要横越全岛撒开搜索线——"

"——我们要从这一头出发——"

"——非找到你不可。"

"我们要像这样发信号。"

埃里克抬起头拍着自己张大的嘴巴,发出轻轻的呜呜声。随即他又紧张地回首瞥了一眼。

"就像那样——"

"——当然,声音要响些。"

"可我什么也没干过呀,"拉尔夫迫切地低声说道,"我只是想要维持着火堆罢了!"

拉尔夫停了片刻,痛苦地想到明天。对他来说,这件事情的发生是无比重要的。

"你打算——？"

他一开始还无法作出明确的答复；可随后恐惧心和孤独感又刺激起他来。

"他们找到我以后准备干什么？"

双胞胎一声不响。在拉尔夫下面，那块死亡礁石上又飞溅起浪花。

"他们打算——哦，天哪！我真饿——"

高耸的岩石在他下面仿佛要摇动起来。

"那么——怎么——？"

双胞胎间接地回答了他的问题。

"你必须马上走，拉尔夫。"

"为你自己好。"

"避开点。尽可能避远点。"

"你们俩愿不愿意跟我一块儿走？咱们三个——咱们会有希望的。"

在片刻的沉默之后，萨姆仿佛透不过气来似的说道：

"你还不了解罗杰。他可真叫人害怕。"

"——还有头领——他们两人都——"

"——叫人害怕——"

"——不过罗杰——"

两个孩子都吓呆了。有人正从那一伙人所在的地方朝他们爬来。

"他来查岗了。快走,拉尔夫!"

在准备下峭壁的时候,拉尔夫想最后利用一下这次碰头的机会。

"我就躺在近旁;在下面那儿的乱丛棵子里,"他低声说道。"别让他们到那儿去。他们决不会想到去查这么近的地方——"

脚步声还离着一段路。

"萨姆——我会平安无事的,是吗?"

双胞胎又默不作声了。

"给你!"萨姆突然说。"拿着——"

拉尔夫觉得一大块肉推到他身上,忙一把攥住。

"可逮住我以后你们打算怎么办呢?"

头上没人吭声。他傻里傻气地自言自语着,爬下了岩石。

"你们打算怎么办呢?"

从高耸的岩石顶上传来了令人不解的答复。

"罗杰把一根木棒的两头都削尖了。"

罗杰把一根木棒的两头都削尖了。拉尔夫竭力想领会这句话的含意,可就是搞不清。他恼火地把一切坏字眼都想到了,可是却打起呵欠来。一个人不睡能熬多久呢?他渴望有张铺着被单的床——然而这儿唯一所有的,就是四十英尺下面那白茫茫的一片,那像溢出牛奶似的、围绕着那块礁石慢慢铺开的闪光的一片,那是猪崽子摔下去的地方。猪崽子无处不在,他在这隘口处,在黑暗和死亡中变得令人生畏。要是此刻猪崽子从水里冒出他那个光脑瓜,回到他身边来,该有多好哇——拉尔夫像个小家伙一样呜呜地哭,又打起呵欠来。他感到眼前天旋地转,就把手中的木棒当作一根拐杖支撑着。

可随后拉尔夫又紧张起来。城堡岩顶上有讲话声音。萨姆埃里克在跟什么人斗嘴。但是羊齿草丛和草地已经很近了。那是该钻进去躲起来的地方,旁边就是准备明天藏身在里面的乱丛棵子。这儿——他的手触到了野草——是夜里躲藏的好地方,离那伙人不远,这样,当那个怪物再出现,发生恐怖的时候,至少暂时还能跟人们混在一起,即使这意味着……

这意味着什么呢?一根两头削尖的木棒。里面有什么名堂呢?他们投长矛,可除了一根别的都没扎中。或许他们下次也会投偏。

拉尔夫蹲坐在高高的野草中,记起了萨姆给他的一块肉,就贪婪地撕咬起来。他正吃着,听到有一种新的喧哗声——萨姆埃里克发出痛苦的叫声,惊恐的哭喊,再加上愤怒的话语。这意味着什么呢?除了他以外,至少双胞胎中的一个正碰上了麻烦。随后,说话声消失在岩石下面,他也不再去想到它了。拉尔夫用手摸索着,碰到了背靠着乱丛棵子的、冷冷的、细嫩的蕨类叶丛。那么这儿就是夜里藏身的地方了。晨曦初露他就爬进乱丛棵子,挤在杂树乱枝之中,把自己隐蔽得深深的,只有像他一样地爬才能爬进来;而他就会对这样爬进来的人狠狠刺去。他将坐在那儿,搜索的人会擦身而过,封锁线朝前移动,沿岛发出呜呜的报警声,可他仍然不会被抓住。

拉尔夫在羊齿草丛中往前钻动。他把木棒放在身旁,在黑暗中缩作一团。为了骗过这群野蛮人,必须记住天一亮就得醒——他不知自己怎么一下子就睡着了,滑入了黑沉沉的梦乡之中。

拉尔夫醒了,他闭着眼睛,倾听着近旁的喧闹声。他睁开一只眼睛,发现松软的泥土几乎贴着脸庞,便把手指挖进泥土中去。亮光从羊齿草的叶丛中筛漏进来,他又听到了声音,这才意识到漫长的下坠与死亡的恶梦已经过去,早晨来临了。喧闹声是在海岸边传过来的一种呜呜声——此刻又一个野蛮人在答应,又一个野蛮人在答应。喊声像飞鸟的惊鸣,越过他、越过岛的狭窄的一头,从大海扫向环礁湖。他来不及多加考虑,只是抓起他削尖了的木棒,扭动着身子爬回到羊齿草丛中。几秒钟之内他就开始往乱丛棵子爬去；但还没爬进乱丛棵子，他就瞥见两条腿，一个野蛮人正朝他走来。羊齿草丛被重重地踩踏着，被踩倒在地，他听到有人在长长的野草中走动。一个野蛮人，不知是哪一个，呜呜地叫了两次；喊叫声在两个方向上重复着，随后又消失了。拉尔夫仍蹲伏着，缠在矮树丛之中，一时他什么也没听见。

最后他仔细察看这个矮树丛。毫无疑问，没人能在这儿攻击他——而且他还有点运气。砸死猪崽子的那块巨石蹦进了这个乱丛棵子，弹到了正中央，砸出一个几英尺见方的空地。他一钻到这儿就感到安全，感到灵便起来。他小心地坐到被砸断的枝干中，等待着搜寻者经过。他穿过叶丛抬头仰望，瞥见一样红色的东西。那准是城堡岩的顶部，离得很远，对他不再具有威胁。他怀着胜利的喜悦使自己镇静下来，听着搜索的声音慢慢消逝。

没有人，也没有声音；在绿荫丛中，随着时间一分钟一分钟地过去，他那胜利的感觉也渐渐地消失了。

最后，他听到一个声音——杰克的话音，只是嗓门压得很低。

"你能肯定？"

被问的野蛮人没作声，也许他做了个手势。

罗杰开了口。

"要是你敢耍弄我们——"

话音刚落,响起了一声喘气声和痛苦的嚎叫声。拉尔夫本能地蹲伏下去。在乱丛棵子外面,双胞胎中的一个在那儿,跟杰克和罗杰在一起。

"你能肯定他打算躲在那里面?"

双胞胎之一无力地呻吟着,接着又嚎叫起来。

"他是打算藏在那儿的吗?"

"是的——是的——哎哟——!"

树林里响起了一阵清脆的笑声。

这么说他们全知道了。

拉尔夫拿起木棒,准备撕打。可他们又能怎么样呢?他们要想从乱丛棵子里劈出条路来,得花一星期时间;而谁要是钻进来,谁就会陷入孤立无援的境地。拉尔夫用大拇指摸摸矛尖,咧开了嘴,可笑不出来。谁要敢进来试试,谁就得挨扎,扎得他像野猪似的吱喳乱叫。

他们走开了,回到高耸的岩石处去了。他能听得见离去的脚步声,还有人吃吃地笑。沿着搜索线又响起了一阵尖响的、像鸟叫似的呐喊声。这说明有些人还在看守着,等他出来;但还有些人呢——?

令人窒息的沉静持续了好长一会儿。拉尔夫发觉嘴里有从长矛上啃咬下来的树皮。他站起来,仰首朝城堡岩窥探。

正当此时，他听见城堡岩顶上传来杰克的话音。

"嗨哟！嗨哟！嗨哟！"

悬崖顶上他能看得见的一块红色岩石像帘幕拉起来似的消失了，他看见了人影和蓝天。过了一会儿大地震动起来，空中响起了巨大的刷刷声，乱丛棵子顶像被一只巨手猛刮一下。大石弹落下来，又猛烈地冲撞着一直滚向了海滩，一阵稀里哗啦的断枝残叶像下雨似的落到了他身上。在乱丛棵子的另一面，那一伙人在欢呼喝彩。

又静了下来。

拉尔夫把手指塞进嘴里咬着。悬崖顶上只剩下一块岩石了，他们或许也会去推吧；而那块岩石就像半间茅舍那么大，大得像辆汽车、像辆坦克。他十分清楚地也很苦恼地想象巨石会怎样滚下来——开始时是慢慢的，从一块突出的架状岩石落到另一块，然后就像一辆特大的蒸汽压路机那样隆隆地滚过隘口。

"嗨哟！嗨哟！嗨哟！"

拉尔夫放下长矛，接着又捡了起来。他烦躁地把头发往后一捋，在小空地上匆匆地迈了两步，又折了回来。他站着注视起零乱的断树枝头。

又是一片寂静。

他觉察到自己胸部一起一落，吃惊地看到自己呼吸得有多快。在胸膛稍偏左一点,连心跳的迹象都看得见。拉尔夫又把长矛放了下去。

"嗨哟!嗨哟!嗨哟!"

一片拖长了的尖声欢呼。

红岩石顶上什么东西发出了轰隆隆的响声,随即大地震动了一下,接着连续地颤抖起来,隆隆声也越来越响。拉尔夫被弹到空中,又摔了下来,撞到树杈上。在他的右手方向,只几英尺远,整片乱丛棵子被砸弯了,树根从土中被拔起时吱吱嘎嘎地响。他看见一个红色的东西像水车轮子那样慢慢地翻滚下来。红色的东西滚了过去,这笨重的滚动过程朝着大海方向渐渐地消失了。

拉尔夫跪在被翻起来的泥土中,等着大地平静下来。不一会儿白色的断裂的残干余枝和杂乱的乱丛棵子又回集到一起。拉尔夫观察着自己的脉搏,觉得体内有一种沉重的感觉。

又是一片沉静。

可还没有静到鸦雀无声的地步。他们在外面低声地咕哝着什么;忽然在他的右面有两处树枝猛地摇动起来,冒出了一个木棒尖端。拉尔夫惊恐万状,他把自己的木棒戳过裂缝,全力地刺过去。

"啊!"

他用双手把长矛稍稍一转,然后拔了回来。

"哦,哦——"

有人在外面呻吟,响起了一番叽里咕噜的交谈声。一场激烈的争论在继续,而那个受伤的野蛮人不停地哼哼。又静了下来,只有一个人在说话,拉尔夫判定那不是杰克的声音。

"看见了吗?我告诉过你们——他是个危险的家伙。"

受伤的野蛮人又呻吟了。

他们还有什么办法?他们接下去打算怎么办?

拉尔夫双手紧握着被啃咬过的长矛,长发披落。朝城堡岩方向只几码远的地方,有谁在低声咕哝。他听见一个野蛮人用一种震惊的声音说了声"不!";接着是强压下去的笑声。他往后蹲坐到自己的脚跟上,对着树枝形成的墙露了露牙齿。他举起长矛,轻声地吼了一下,就这样等着。

看不见的人群又一次吃吃地笑起来。他先听到一种慢慢地发出来的奇怪声音,接着是比较响的噼噼啪啪声,就像什么人在解开一大卷玻璃纸。一根枝条啪地折断了,他忙捂住嘴咳嗽了一声。黄色、白色的浓烟一缕缕地从树枝的间隙中漏进来,头顶上的一方蓝天也变得灰暗起来,接着滚滚的浓烟围住了他。

有人兴奋地大笑着,一个声音高喊:

299

"烟!"

他在浓烟下面尽量离烟远一点,在乱丛棵子中扭动身子朝森林的方向爬去。不一会儿他就看到了开阔的空地和乱丛棵子边缘的绿叶。一个涂得红一条白一条、手里拿着长矛的小野蛮人正站在他和森林的其余部分之间。小野蛮人在咳嗽,同时用手背揉着眼睛,想透过越来越浓的烟来看东西,把眼睛周围涂得都是涂料。拉尔夫像只猫似的蹿了出去:一面号叫,一面用长矛猛戳,小野蛮人弯下了腰。乱丛棵子的外边传出一声叫喊,拉尔夫带着畏惧的心情,飞快地蹿过矮灌木丛奔跑。他来到一条野猪小道,沿着它跑了一百码左右,然后往旁边跑开去。在他背后,呜呜的叫声又一次响遍全岛,有一个单独的声音连喊了三次。他猜那是号召前进的信号,于是又加快速度逃开,跑得他胸中简直像燃起了一堆火。随后他猛扑到一个矮灌木丛下,稍息一会儿,使呼吸平静一点。他用舌头舔舔自己的牙齿和嘴唇,听到追逐者的呜呜叫声被拉开了一段距离。

他有许多路可走。他可以爬上一棵树——可那未免有点孤注一掷。倘若发现了他,他们只要等着就行,别的什么都不用干。

要是现在有时间想想该多好哇!

从一个地方又传来了连续的两声呐喊,使拉尔夫猜到了一点他们的意图。任何在森林里受到了阻碍的野蛮人连叫两声,搜索线就会暂停下来,等他摆脱了障碍之后再继续向前。这样,他们就可以指望保持封锁线没有漏洞地扫过全岛。拉尔夫想起了轻而易举地冲破了他们包围的那头野公猪。要是有必要的话,在他们追得太近的时候,他可以趁封锁线拉得还开,突破它,再往回跑去。可往回跑到哪儿去呢?封锁线会来回地扫荡。他迟早总得睡觉,总得吃东西——那时候就会有人用手把他抓醒;搜寻的结果就是把他拉尔夫捕捉到手。

那又该怎么办呢?爬树吗?像野公猪似的冲破搜索线吗?两种选择都很可怕。

又一声叫喊吓得他心惊肉跳,他跳起来朝大海和密林冲去,结果被缠绕在藤蔓丛中无法脱身;他在那儿呆了一会儿,腿肚子直哆嗦。要是能够休战,多停一停,再想一想,那该多好哇!

而在那儿又无可避免地响起了横扫全岛的尖锐的呜呜叫喊声。一听到那种声音他就像一匹受惊的马似的从藤蔓中倒退出来,又一次飞跑起来,跑得上气不接下气。他扑倒在一簇羊齿草丛旁边。上树,还是突围?他屏住呼吸,抹抹嘴,告诫自己镇静下来。萨姆埃里克也在搜索线中的某处,他们恨这种勾当。或许,他们是不是在里面呢?假定不是碰到他们，而是碰上了要置自己于死地的头领或罗杰呢？

拉尔夫把乱糟糟的头发往后一掠，抹去眼睛上的汗水。他出声地说道：

"想想看。"

怎样做才恰当呢？

猪崽子再也不会来议论这个问题了。不可能再召开严肃的大会来争论了，海螺的尊严也不复存在了。

"想想看吧。"

他开始害怕脑中会有帘幕摇晃起来，使他忘掉危险，成为一个傻瓜，这是他最害怕的事了。

第三种想法就是他藏得太好了，以致往前推进中的搜索线没有发现他就走了过去。

他从地上猛抬起头，侧耳倾听。此刻另有一种嘈杂声需要他留心——一种深沉的隆隆声，似乎森林本身也在对他发怒，这是一种阴沉的响声，掺杂其中的是难以忍受的呜呜乱叫声，就像什么东西在石板上乱涂乱画。他知道自己过去在什么地方听到过这种声音，可没时间去回想。

突围。

上树。

躲藏起来，让他们过去。

离拉尔夫更近地方的一声喊叫使他站了起来，随即拔腿就逃，在多刺的荆棘丛中飞奔。他猛地一头撞进了一块空地，发现自己又回到了那块空地里面——死猪头的嘴咧得很大，在那儿笑，这时不再是嘲笑一方湛蓝的天空，而是讥讽一片浓烟。拉尔夫在树木下奔跑着，他明白了树林里的隆隆声是怎么回事。他们要用烟把他熏出来，在放火烧岛。

躲起来比上树好，因为要是给发现了还有突围的机会。

那就躲起来吧。

他想，要是现在有一头野猪，不知它会不会同意。他毫无对象地作了一个怪相。找到岛上最密的乱丛棵子、最黑的洞子，然后爬进去。这会儿，他边跑边窥探着四周。太阳的光柱和光斑从他身上掠过，肮脏的身上汗水流淌，一条条地闪闪发亮。此刻叫喊声去远了，声音也轻了。

后来他发现了一个似乎对他正合适的地方，尽管作出这种决定是不顾死活的。在这儿，矮灌木丛和密缠在一起的藤蔓编成了一块"毯子"，把阳光全挡住了。在这"毯子"的下面有一个约一英尺高的空间，它的四周全是伸往中心的水平方向的或向上长的细枝。要是往这当中钻进去，就会离灌木丛的边缘有五码远，会藏得很好，野蛮人只有趴下来才能找到你；即使在那种情况下，你也仍然在暗处——要是发生了最坏的情形，也就是他看到了你，你还是有机会朝他冲去，突破整条搜索线，让他们再往回跑一趟。

拉尔夫谨慎地把木棒拖在身后，在往上长的枝条中挪动着身子。他到了"毯子"当中就躺下来倾听。

烈火熊熊，他本以为甩在身后老远地方的擂鼓似的响声，此刻却更近了。大火能不能比一匹奔驰的马跑得更快呢？从他躺的地方望出去，他可以看到约五十码之外的一块地面布满了斑驳光影：他注视着那块地面，每一块光影上的阳光都在朝他一闪一亮。这太像他脑海里飘动着的帘幕了，一时间他觉得那一闪一亮就发生在他的头脑里。但随后光影越闪越快，又暗淡下去，终于消失了，他看见岛上升起的滚滚浓烟遮住了太阳。

如果说有人从矮灌木丛下窥探，碰巧瞥见人体，也许只有萨姆埃里克会装作没看见，一声不吭。拉尔夫把脸颊贴到赭色的泥地上，舔着干裂的双唇，合上了双眼。在乱丛棵子之下，大地在微微地颤动着；在十分明显的熊熊大火的巨大声音的掩盖之下，在胡乱的呜呜叫声的掩盖之下，或许还有一种低得听不见的什么声音。

有人在叫喊。拉尔夫急急地把脸从泥地上抬起来，朝暗淡的光线看去。他想，这下他们准已逼近了，他的心开始怦怦直跳。躲藏、突围、上树——到底哪种法子最好呢？困难在于只有一次机会。

眼下大火烧得更近了；那些枪炮齐鸣似的响声，是大树枝，甚至是树干爆裂的声响。真是傻瓜！真是笨蛋！大火一定已经烧到野果树林了——明天他们吃什么呢？

拉尔夫在他那狭窄的藏身处不安地骚动。一个人不能冒险！他们能干出点什么事情来呢？揍他？那又怎么样呢？杀了他吗？一根两头削尖的木棒。

从更近的地方突然发出的叫喊声使他猛地站了起来。他看到从缠绕的绿叶丛中急匆匆地钻出一个身上涂有条纹的野蛮人，手持长矛直朝他藏身的"毯子"走来。拉尔夫把手指抠进泥土。现在要作好准备，以防万一……

拉尔夫摸索着拿起长矛，把矛尖对着前面，这下他才发现这根木棒也是两头尖的。

野蛮人停在十五码开外，叫喊起来。

也许他能越过大火的嘈杂声听到我的心跳吧。别吱声。准备好。

这野蛮人朝前走着，所以只看得见他腰以下的部分。那是他的矛柄。现在你能看得见他膝盖以下的部分了。可别吱声。

从野蛮人背后的绿树丛中蹿出了一群吱喳乱叫的野猪，一下子就冲进了森林。鸟儿在喳喳惊鸣，老鼠在吱吱尖叫，一个双足跳的小动物也钻到了"毯子"底下，吓得发抖。

野蛮人停在五码开外，正站在乱丛棵子旁边，又大叫起来。拉尔夫把脚曲起来，蜷缩着。手里拿着两头尖的标桩，标桩颤抖得很厉害，仿佛一会儿长，一会儿短，一会儿轻，一会儿重，一会儿又轻。

呜呜的叫声从这块海岸传向那块海岸。这野蛮人在乱丛棵子的边上跪下来，在他背后的森林里，有闪烁摇曳的光。看得出一只膝盖碰动了松软的泥土，接着又是一只膝盖，两只手，一根长矛。

一张面孔。

野蛮人往乱丛棵子下面的阴暗处窥探。可以判断得出他在这一边和那一边都看见有光线，而在当中——也就是拉尔夫藏身处看不见光线。当中是一团漆黑，野蛮人皱起额头，想弄清黑暗中有什么东西。

时间一点点过去。拉尔夫也直盯着野蛮人的双眼。

别吱声。

你该回去。

现在他看见你了，他在想要看看清楚。削尖的长矛。

拉尔夫一声惊叫。这是一种恐怖的、愤怒的、绝望的惊叫，他绷直了腿，惊叫声拖长了，并变得凶了。他朝前一弹，冲出了乱丛棵子，在林间空地上狂吼乱嗥。他挥舞标桩，野蛮人被打翻在地；然而还有别的野蛮人在大叫大嚷地朝他冲来。一枝长矛朝拉尔夫飞来，他忙侧身让过，也不再喊叫,赶快逃开去。突然,在他面前闪烁着的一道道光线混合成一片,森林的吼叫变成雷鸣般的响声,挡在他正前面路上的一簇高大的灌木猛地烧将起来,熊熊的火焰形状像一把巨大的扇子。他朝右一折,拼命地飞跑,在他左面,热浪逼人,火焰像一股潮流滚滚向前。他的身后又响起了呜呜的叫声,还有一连串短促而尖响的叫声——这是表示看到了猎物的招呼声——在传扬开来。在他的右边出现了一个褐色的人影,又消失了。他们全在奔跑,在发疯似的喊叫。他听得见他们在下层林丛中咔嚓咔嚓的脚步声;而在他左边是发出很大声响的熊熊烈火,热气腾腾。他忘掉了自己的创伤和饥渴,心惊胆战;一面在飞快地逃跑,一面充满了绝望的恐惧,他冲过森林,直奔开阔的海滩。光斑在他眼前闪烁,并变成了一个个红色的圆圈,这些圆圈飞快地扩展着,然后又消失了。在他的下面,那双腿似乎是别人的了,变得越来越沉重,令人绝望的呜呜叫声就像充满威胁的一排排锯齿朝前推进,几乎就要落到头顶上。

他被一个树根绊倒在地,追逐的喊叫声更响了。他看到一座窝棚烧成一团,他的右肩方向火焰在噼啪作响,还看见闪闪发亮的海水。然后他翻了下去,在暖乎乎的沙滩上滚呀滚呀,蜷曲着身子,双臂举起保护头部,想要大声讨饶。

他摇摇晃晃地站起来,紧张地准备承受更进一步的种种恐怖，抬头一看，只见一顶大盖帽。那帽顶是白色的，绿色帽檐上有王冠、海锚和金色的叶饰。他看到了白斜纹布军服，肩章，左轮手枪，制服上一排从上到下的镀金的钮扣。

站在沙滩上的是一个海军军官，吃惊而又警惕地俯视着拉尔夫。在军官后面的海滩边上有一艘小汽艇，艇首被拖上了海滩，由两个海军士兵拉着。艇尾部还有个士兵持着一挺轻机枪。

呜呜的叫声颤抖着，渐渐消失了。

军官疑惑地打量了拉尔夫一下，随后把手从左轮手枪的枪柄上挪开。

"哈啰。"

拉尔夫意识到自己那副肮脏的样子，扭了扭身子，难为情地回答了一声。

"哈啰。"

军官点点头，似乎一个问题已经得到了回答。

"有没有成人——任何大人跟你们在一起？"

拉尔夫发愣地摇摇头。他在沙滩上侧身转了半步。一群小孩正默不作声地围成半个圆圈站在海滩上，他们身上用有颜色的泥土涂得一条条的，手中都拿着削尖的木棒。

"在闹着玩吧，"军官说道。

烈火已经烧到了海滩边的椰子树林,毕毕剥剥地吞噬着椰子林。一团似乎是离开的火焰,像个杂技演员似的摇来晃去,蹿上平台上的椰子林树梢。天空黑沉沉的。

军官咧开嘴快活地笑着对拉尔夫说:

"我们看到了你们的烟。你们一直在干什么?在打仗还是在干什么?"

拉尔夫点点头。

军官细察着他面前的这个小稻草人。这个小孩儿该好好洗洗,剪剪头发,擦擦鼻子,多上点软膏。

"我希望没人被杀吧?有没有死人?"

"只有两具尸体,已经不见了。"

军官朝前倾下身子,仔细地看着拉尔夫。

"两具?被杀的?"

拉尔夫又点了点头。在他身后,整个岛屿被大火烧得震颤不已。军官知道拉尔夫是在说实话,正像通常的情况一样。他轻轻地吹了一声口哨。

此刻其余的孩子也都出来了,其中有些是小娃儿,是些挺着胀鼓鼓肚子的褐色的小野蛮人。有一个小娃儿走到军官身旁,仰起头来说:

"我是,我是——"

然而他再也说不下去了。珀西佛尔·威密斯·麦迪逊拼命在脑子里搜寻着已被忘得精光的咒语。

军官转身对拉尔夫说:

"我们要带你们走。你们一共多少人?"

拉尔夫摇摇头。军官的目光越过他向一群身上涂着颜色的孩子们看去。

"谁是这儿的头?"

"我是,"拉尔夫响亮地回答。

一个头上戴着一顶已经很破烂的、式样特别的黑帽子,腰里系着一副破碎眼镜的红头发小男孩,朝前走上来,可随后又改变了主意,站定在那里不动了。

"我们看到了你们的烟。可你们却不知道自己共有多少人?"

"是的,先生。"

"我本以为,"军官说,他的脑海中浮现出刚才所看见的孩子们搜寻拉尔夫的情景,"我本以为一群英国孩子——你们都是英国人吧,是不是?——应该比刚才那样玩得更好——我是说——"

"起初是玩得很好的,"拉尔夫说,"可后来——"

他停顿下来。

"后来我们一起——"

军官鼓励地点点头。

"我知道了。弄得更像真的一样,像珊瑚岛[1]那样。"

拉尔夫木然地看着他。一时他脑海里闪过一幅图画,一幅那曾经给海滩蒙上过神奇魅力的图画。然而现在这岛像枯树一样被烧焦了——西蒙死了——杰克已经……拉尔夫止不住热泪滚滚,全身抽搐地呜咽起来。这是他上岛以来第一次尽情地哭;巨大的悲痛使他一阵阵地抽搐,似乎把他整个身子扭成一团。头上黑烟翻滚,拉尔夫面对着正被烧毁的岛屿,越哭越响;别的小孩受到这种情感的影响,也颤抖着抽泣起来。拉尔夫在这伙孩子当中,肮脏不堪,蓬头散发,连鼻子都未擦擦;他失声痛哭:为童心的泯灭和人性的黑暗而悲泣,为忠实而有头脑的朋友猪崽子坠落惨死而悲泣。

军官处在这一片哭声的包围之中,被感动了,有点儿不知所措。他转过身去,让他们有时间镇定一下;眼睛看着远处那艘漂亮的巡洋舰,他等待着。

---

[1] 参见第46页注释1。

译后记

威廉·戈尔丁于一九一一年九月十九日出生于英国西南部康沃尔郡的一个知识分子家庭，他的父亲是马堡中学的高级教师，政治上比较激进，反对宗教，信仰科学；他的母亲是个争取妇女参政的女权运动者。戈尔丁在康沃尔郡的乡村里度过了他的童年，生活安适，又有点儿闭塞。他自小爱好文学，据他自己回忆，七岁时就写过一首诗。一九三〇年他遵父命入牛津大学学自然科学，读了两年多以后，就像那些难以违逆天性的人一样，戈尔丁选择了自己的道路，转攻他深感兴趣的文学。一九三四年他发表了处女作——一本包括二十九首小诗的诗集（麦克米伦当代诗丛之一），这本小小的诗集未为评论界见重，但作为一个年方二十三岁的大学生，能有这样的开端毕竟是令人神往的。然而，命运之神没有慷慨无度，戈尔丁在取得决定性的成功之前还注定得走过漫长的路。

一九三五年他毕业于牛津大学，获文学士学位。此后曾在伦敦一家小剧团里当过编导和演员，这段经历给他的印象并不好，戈尔丁自称这四年白白浪费了。其实，生活的磨炼，生活面的开拓，生活经验的丰富对一个作家而言，倒是不可或缺的前提。

一九三九年戈尔丁成了家，接受了英国南部城市索尔兹伯里一所教会学校的教职，不料安生日子没过几天，第二次世界大战接踵而起。一九四〇年他应征入伍，当了五年海军，升到中尉衔，他参加过击沉德国主力舰"俾斯麦号"的战役、大西洋护航和一九四四年诺曼底登陆。战后他仍回到那所教会学校执教。战争结束了，但在成千上万善良人们的心灵里，却留下了无法磨灭的残酷烙印。戈尔丁说道："经历过那些岁月的人如果还不了解，'恶'出于人犹如'蜜'产于蜂，那他不是瞎了眼，就是脑子出了毛病。"正是这个基本观点，像一根红线似的贯串了他至今为止的全部创作。

一九四五年到一九五四年近十年之久，戈尔丁边教书，边不断地思考和写作，他潜心研究希腊的文学和历史，试图寻求人生的答案；在此期间完成过四部小说，但都没能问世，不过，这种练笔也为他日后的创作积累了经验。《蝇王》完稿后开始的命运亦不佳，曾被二十一家出版社拒绝，好不容易才于一九五四年得到出版。从他发表处女作算起，至此已整整过了二十年。《蝇王》出版后颇获好评，英国小说家、批评家福斯特（E. M. Forster）把《蝇王》评作当年最佳小说；英国批评家普里切特（V. S. Pritchett）当时就称戈尔丁为"我们近年作家中最有想象力，最有独创性者之一"。尤其到了六十年代，《蝇王》一跃为大学校园里的畅销书，在英、美学生中广泛流传，并曾搬上银幕。现在，《蝇王》已被列为"英国当代文学的典范"，成为英美大中学校文学课的必读书。

戈尔丁一举成名后发表的主要作品有：小说《继承者》（1955），《品彻·马丁》（1956），《自由坠落》（1960），《教堂尖塔》（1964），《金字塔》（1967），《蝎神》（中短篇小说集，1971），《黑暗昭昭》（1979），《启蒙之旅》（1980）——此书获当年英国最具声望的布克奖（Booker McConnell Prize），《纸人》（1984）。此外，他还写过剧本和评论等。戈尔丁一九五五年起为皇家文学会成员；一九六一年辞去教职专事写作，同年获牛津大学文学硕士学位；一九七〇年获布赖顿市萨西克斯大学文学博士学位。他到访过美、苏等国。

一九八三年，戈尔丁被授予诺贝尔文学奖，瑞典文学院声称，这是"因为他的小说用明晰的现实主义的叙述艺术和多样的具有普遍意义的神话，阐明了当今世界人类的状况"。

综观戈尔丁的作品,《蝇王》无疑是其中最重要,也是最具影响的代表作。

人们不禁要问:《蝇王》究竟是一部什么内容的小说?它又为什么会在西方引起如此的重视呢?

小说的情节并不复杂,它描述了这样一个骇人听闻的故事:在一场未来的核战争中,一架飞机带着一群男孩从英国本土飞向南方疏散。飞机被击落,孩子们乘坐的机舱落到一座世外桃源般的、荒无人烟的珊瑚岛上。起初这群孩子齐心协力,后来由于害怕所谓"野兽"分裂成两派,以崇尚本能的专制派压倒了讲究理智的民主派告终。

"蝇王"即"苍蝇之王",源出希伯来语"Baalzebub"(又有说此词出自阿拉伯语,见本文参考资料第一种),在《圣经》中,"Baal"被当作"万恶之首",在英语中,"蝇王"是粪便和污物之王,因此也是丑恶的同义词。小说命名,似取意兽性战胜了人性,孩子们害怕莫须有的野兽,到头来真正的"野兽"却是在人性中潜伏着的兽性。野蛮的核战争把孩子们带到孤岛上,但这群孩子却重现了使他们落到这种处境的历史的全过程,归根结蒂,不是什么外来的怪物,而是人本身把乐园变成了屠场。

戈尔丁本人被西方评论家列为"寓言编撰家",他的作品被称为"神话"或"寓言",英国文学批评家伊文斯(I. Evans)就称《蝇王》是关于恶的本性和文明的脆弱性这样一部哲学寓言式的小说,这话不无道理。就《蝇王》而言,小说中的人物、情节和环境描写等各方面都具有某种象征性。

情节的发展是从拉尔夫和杰克这一对基本矛盾出发的。拉尔夫是个金发少年,从小过着中产阶级的安宁生活,心地善良,不乏主见,象征着文明和理智(不完全的);与此对照的是杰克,红头发,瘦高个儿,教堂唱诗班的领队,象征着野蛮和专制(对基督教有所讽刺)。矛盾在于,以海螺为权威象征的头头拉尔夫最关心怎样才能得救,他坚持生一火堆,作为求救信号;他还要大家筑茅屋避风雨,要大家讲卫生,在固定地方解手。这些想法和要求代表着文明和传统的力量。杰克则对打野猪入了迷,其他事情他置之不理。随着矛盾的深化,杰克日益得势,拉尔夫的一套主张却应者寥寥,最后连他自己也差点被对方杀掉。在矛盾冲突的过程中,除了如火堆熄灭的事件之外,对"野兽"的害怕占了极重要的地位,从全书看来,所谓海中来的野兽,空中来的野兽都是一种渲染,无非为了突出真正的"野兽"来自人本身(也就是"兽性"的发作)。小说结尾时,拉尔夫热泪盈眶,他"为童心的泯灭和人性的黑暗而悲泣,为忠实而有头脑的朋友猪崽子坠落惨死而悲泣"。而因为拉尔夫和猪崽子（Piggy）在大雷雨的时候也参与过杀害西蒙的狂舞，所以他俩的童心也不复存在了。区别只在于拉尔夫终于认识到"人性的黑暗"，猪崽子却始终否认这一点。所谓"人性的黑暗"，主要指嗜血和恐惧。嗜血从杰克开始，逐步发展为他那帮猎手的共同特性；恐惧从害怕"野兽"生发开来，最终成为支配孩子们的异己力量，在这两种因素的制约下，杰克等人把脸涂得五花八门，在假面具后面，他们"摆脱了羞耻感和自我意识"，并伴之以"野性的大发作"。这标志着猎手们已可悲地蜕化为野蛮人。拉尔夫反对涂脸，实是坚守着文明的最后一道防线。

在这场文明和野蛮的角斗中，分别依附于拉尔夫和杰克的猪崽子和罗杰构成两个极端。猪崽子是个思想早熟的善良少年，身胖体弱，常发气喘病，他出身下层，经常用不合语法的双重否定的句式来表示肯定的意思，讲的是伦敦方言（cockney），戴着一副深度近视眼镜。他的眼镜是生火必不可少的工具，因此可以把眼镜当作科学和文明的象征。尽管通过眼镜片的聚光为孩子们带来了至关重要的火，但猪崽子始终受到嘲笑和挖苦。照作家看来，猪崽子的缺点在于他过分相信科学的力量，却根本看不到"人性的黑暗"，因而他就无法理解所谓"野兽"或"鬼魂"都出自人的"恐惧"之心。猪崽子过分相信成人的世界，他没有认识到，正是大人们进行的丧失理性的核战争把孩子们带到了荒岛上，因此，大人并不比小孩高明。阴险而凶残的罗杰扮演着刽子手的角色，作家对这个人物着墨不多，读后使人感到帮凶有时比元凶更凶恶。手持海螺的猪崽子最后就直接死于罗杰撬下的大石。猪崽子之死和海螺的毁灭意味着野蛮终于战胜了文明。拉尔夫被追逐只不过是尾声罢了。

同《蝇王》的命名直接有关的是西蒙，一个先知先觉，神秘主义者。他为人腼腆，不善发言，但有正义感，洞察力很强。在大伙儿对"野兽"的有无争论不休的时候，西蒙第一个提出："大概野兽就是咱们自己。"他想说最肮脏的东西就是人本身的邪恶，孩子们却把他轰了下来，连猪崽子都骂他"放屁！"正如鲁迅所说："许多人的随便的哄笑，是一支白粉笔，它能够将粉涂在对手的鼻上，使他的话好像小丑的打诨。"

为了搞清"野兽"的真相，西蒙无畏地上山去看个究竟，中途他在一块林中空地休息，看到当中竖着个满叮着苍蝇的死猪头（这是杰克等献给"野兽"的供品）。天气异常闷热，西蒙的癫痫病再度发作，在神志恍惚之中，他觉得满是苍蝇的猪头仿佛成了一只会说话的硕大的苍蝇之王。作家借蝇王之口指出"野兽"就是人的一部分（可同上文西蒙直觉的判断相呼应),并且预告了西蒙要被众人打死的可悲下场,这一片段是揭示题意的核心。西蒙苏醒以后,继续朝山头进发,结果他看清所谓"野兽"原来只是具腐烂发臭的飞行员尸体。他不顾自己正在发病,爬下山去诉说实情,不料此时天昏地暗、雷雨交加,杰克等人反倒把西蒙误当"野兽"活活打死。具有讽刺意义的是,孩子们所杀死的"野兽"却是唯一能向他们揭开"野兽"的秘密,从而使他们免于沦为真正野兽的人;孩子们把西蒙叫做"疯子",但真正丧失理性的却是他们自己。不难看出,西蒙的悲剧是许多先觉者的共同悲剧,一种卡珊德拉式的悲剧。第一个直立行走的猴子据说是被其他猴子打死的,第一个说出某种真理的人也常难逃毁灭,屈原如此、布鲁诺如此、中外古今往往如此。

被统称为"小家伙"的一些孩子大约六岁,他们漫无纪律,随地大小便,只知道吃睡玩。西蒙看不起小家伙用沙子搭的小房子;猪崽子把小家伙称为不懂事的"小孩儿";拉尔夫统计自己一派的力量时把小家伙除掉,认为他们不算数,他在危急的时候希望"野兽"拣小家伙吃;而杰克则把小家伙称作"哭包和胆小鬼",如果被"野兽"吃掉,那"真是活该"!珀西佛尔就是其中的一个典型,他先还牢记着自己的姓名、家庭地址、电话号码,这在文明社会里不失为有效的护身符,但在这个没有法律和警察保护的荒岛上,这种护身符毫无作用。临末珀西佛尔堕落为一个连自己的名字都记不起的野蛮人。

小说中的人物虽然都是少年儿童,但戈尔丁的目的主要是通过这些具有象征意义的人物来揭示他的道德主题——人性"恶"。戈尔丁认为,社会的缺陷要归结为人性的缺陷,作为一个作家,他的使命是医治"人对自我本性的惊人无知",他的作品是使人正视"人自身的残酷和贪欲的可悲事实"。当然,《蝇王》的成功不只是因为戈尔丁的道德主题,普列汉诺夫指出,艺术"表现人们的思想,但是并非抽象地表现,而是用生动的形象来表现"。(《没有地址的信》,着重号原有)《蝇王》中的孩子们虽然各具一定的象征性,但他们本身是栩栩如生的。作家采取现实主义的创作手法,寓人物于故事情节的发展之中,对人物进行了多侧面多层次的细节刻画。小说前半部分呈暖色调,后半部分渐转为冷色调。作家寓情于景、借景抒情,在某些地方做到情景交融、动人心弦,如描写大火、雷雨、海市蜃楼、西蒙之死等段落。小说的结构具有一种简练明快、直截了当的风格,一开始读者就随主人公直接进入场景,戛然而止的结局又给人以回味和反省的余地。

如同任何真正的文学作品一样,《蝇王》也有其源流:

源是指作家所处的环境对形成他的创作思想所起的影响；流是指作品在文学史上的承继性。

戈尔丁关于人性"恶"的观点是抽象的，但这种观点的形成是具体的，它滥觞于作家的经历及其所处的时代。残酷的战争粉碎了青年诗人的一些浪漫主义想法，导致了作家创作中严峻的一面。一九五七年，法国作家加缪在瑞典接受诺贝尔文学奖时曾说过："这是一些在第一次世界大战初期出生的人们，在他们二十岁的时候，正当希特勒政权建立，与其同时革命有了最初一些进展，然后他们完成教育是面对着西班牙战争、第二次世界大战和集中营的、受拷打的、被囚禁的欧洲。就是这些人，今天不得不要教育人并且处在原子毁灭威胁下的世界上进行工作。我认为，谁也不能要求他们是温情主义的……"荼毒生灵的帝国主义世界大战确实使许多善良的人们大开眼界，西方文明和道德走进了死胡同，比较严肃的作家想寻找出路，又无法在现实社会中找到出路，于是只好在作品中逃向大海或孤岛，在与世隔绝的境地里，人物难以逃脱困境，从而表现出一种充满禁闭感的冷酷心理（如海明威于一九五二年发表的《老人与海》就是一例）。

出于这种强烈的感受，戈尔丁对巴兰坦（R. M. Ballantyne）的《珊瑚岛》很不以为然。《珊瑚岛》发表于一八五七年，是英国文学中尽人皆知的儿童小说，描写拉尔夫、杰克、彼得金三个少年因船只失事漂流到一座荒岛上，他们如何团结友爱、抗强扶弱、智胜海盗、帮助土人。显而易见，此书属于传统的荒岛文学。从《鲁滨逊漂流记》开始的荒岛文学，一向以描写文明战胜野蛮为其宗旨，鲁滨逊使土人星期五归化可为例证。在这样的作品中，文明、理性和基督教的信仰总会战胜野蛮、本能和图腾崇拜。戈尔丁在《蝇王》中反其道而行之，他揭露了真正野蛮的就是自诩为基督文明传布者的白人本身，这无疑是深刻的，也正是这一点，使《蝇王》别具一格，并使人耳目一新。戈尔丁的作品常常由别人的作品派生而来，如《蝇王》中的几个主要人物就脱胎于《珊瑚岛》的，但他的作品又具有针对性地带上了自己的特色。

戈尔丁认为当代文学对其影响很小，他说："要是我真有什么文学源头的话——我不明白为什么一定要有——但要是我真有的话，我将列出诸如欧里庇得斯、索福克勒斯，也许还有希罗多德这样大名鼎鼎的人物。"《蝇王》同欧里庇得斯的《酒神》确有某些近似之处，可资佐证。首先，从主题思想看，酒神狄俄尼索斯在希腊神话里代表着一种本能的力量，《酒神》一剧即描写了这种自然的原始力量的胜利，《蝇王》描写的人性"恶"，同酒神代表的非理性力量一脉相传。其次，从作品的重心看，《酒神》一剧描写忒拜王彭透斯不信酒神，一次他化装成女人去偷看酒神女信徒的祭祀，而女信徒们（彭透斯之母也在内）在极度的狂热中把他当"野兽"撕得粉碎，这是酒神对彭透斯的惩罚，西蒙之死与此相仿。再次，从结构上看，《酒神》一剧是以酒神突然出现为结尾的，采用了所谓"机械降神"的手法。在《蝇王》快结束时，拉尔夫被杰克等追得走投无路，突然意外地出现了来营救的军舰和军官，也有点像"机械降神"。对此的解释是，戈尔丁认为成人们的战争只是更大规模的孩子们的猎捕，军官可以把孩子们重新带到"文明"世界里去，但又由谁来拯救军舰和军官呢？

《蝇王》之所以能在客观上取得成功，一方面是因为当《蝇王》出版之际，正是东西方冷战激烈的时代，核战争的阴影笼罩着全球，不少人不但想到核武器将会给人类带来怎样的直接危害，而且想到万一核战争爆发后幸存者将会怎么样，《蝇王》大胆地预言了历史上可能发生的这可怕的一页，因而迎合了人们对核战争的后果感到忧虑和进行思考的需要。另一方面，当时大学里的文学教学受"新批评派"研究方法的影响，以精读课文为基础。《蝇王》所具有的多层次多方面的象征性，恰恰给人们提供了"见仁见智"的各种可能。相信弗洛伊德的从中得出孩子们的行为是对文明社会和父母权威的反抗；道德主义者认为由此可以知道，一旦脱离社会制约和道德规范，"恶"会膨胀到何等程度；政治家说《蝇王》说明了民主的破产和专制的胜利；基督教徒归之于原罪和世纪末；还有的人索性把戈尔丁看作存在主义者。由此可见，在这样的社会现实和这股文学潮流中诞生的《蝇王》，它能够很快地引起共鸣、受到评论界的重视，也就不足为奇了。

作为一个具有独创性的作家，戈尔丁一向否定创作中表面化和简单化的做法。他强调作家要摆脱一切传统的政治、宗教和道德的信条，通过自己的眼睛独立地观察世界，但他观察的结果却令人绝望。戈尔丁对黑暗的社会现实深感不满，但他却把这些弊端归之于解决不了问题的抽象的人性"恶"。有必要指出，《蝇王》的人性"恶"主题并不新鲜，在东方思想史上，荀子早就说过："人之性恶，其善者伪也"，韩非更是力主性"恶"说的；在西方思想史上，十七世纪的英国哲学家霍布士认为人是凶恶的动物，在原始状态下人对人像狼一样。这种说法的缺点在于把人看作孤立的人，把人性看作抽象的人性。"但是，人的本质并不是单个人所固有的抽象物。在其现实性上，它是一切社会关系的总和。"西方的一些评论家强调戈尔丁与巴兰坦的区别，但他们却没有看到他们俩殊途同归：两者都从抽象的人性出发，只不过前者描写的是"恶"的征服史，后者描写的是"善"的征服史。荒岛固然为文学上的乌托邦和反乌托邦提供了充分的想象余地，但荒岛文学的弱点也在于此，从某种意义上而言，这种文学毕竟是背对现实的。

总而言之，戈尔丁的作品并没有也不可能"阐明当今世界人类的状况"，从中倒可以看到严峻的西方社会现实的曲折反映，看到作家想寻找出路又找不到出路的苦恼。戈尔丁的本意是想通过《蝇王》复制一部袖珍版的人类发展史，但他忘记了个体发展史并不完全重现种系发展史。当然，这不等于说《蝇王》没有发人深省之处。恩格斯说过："人来源于动物这一事实已经决定人永远不能完全摆脱兽性，所以问题永远只能在于摆脱得多些少些，在于兽性或人性程度上的差异。"（《反杜林论》）人类的前途无疑是光明的，但通向光明的道路上不见得没有黑云蔽日的时候；人类的未来是可以乐观的，但盲目的乐观主义者不见得比认真的悲观主义者更高明。至少在提醒人们警惕和防止一部分人"兽性"大发作这点上，读读《蝇王》也许会有所启示。

龚志成

一九八四年十月

William Golding
LORD OF THE FLIES
Copyright © 1954, 1967 by William Golding
This edition arranged with FABER AND FABER LTD.
Through Big Apple Agency, Inc., Labuan, Malaysia
Simplified Chinese edition copyright:
2022 SHANGHAI TRANSLATION PUBLISHING HOUSE (STPH)
All rights reserved.

图字：09-1997-162号

图书在版编目（CIP）数据

蝇王：特精版/（英）威廉·戈尔丁（William Golding）著；龚志成译. — 上海：上海译文出版社，2022.2（2024.7重印）
ISBN 978-7-5327-9012-8

Ⅰ.①蝇… Ⅱ.①威…②龚… Ⅲ.①长篇小说—英国—现代 Ⅳ.①I561.45

中国版本图书馆CIP数据核字（2022）第022984号

蝇王（特精版）
〔英〕威廉·戈尔丁 著 龚志成 译
责任编辑/宋 玲 装帧设计/汐和 at compus studio 插画/eve liu

上海译文出版社有限公司出版、发行
网址：www.yiwen.com.cn
201101 上海市闵行区号景路159弄B座
上海雅昌艺术印刷有限公司印刷

开本787×1092 1/32 印张10.75 插页7 字数136,000
2022年4月第1版 2024年7月第2次印刷
印数：50,001—58,000册

ISBN 978-7-5327-9012-8/I·5601
定价：59.00元

本书中文简体字专有出版权归本社独家所有，非经本社同意不得转载、摘编或复制
如有质量问题，请与承印厂质量科联系。T: 021-68798999